Mentions légales
Design Couverture : Many Design
Mise en page : Instant Immortel
Correction orthographique : Au Phile des Mots
Images : © Pixabay

© 2022 — Sloane Morningstar
Tous droits d'auteur réservés

Code ISBN : 9798363601200

Dépôt légal : Août 2022

« Le code de la propriété intellectuelle et artistique n'autorisant, aux termes des aînés 2 et 3 de l'article L.122-5, d'une part, que les « copies ou reproductions strictement réservées à l'usage privé du copiste et non destinées à une utilisation collective » et, d'autre part, que les analyses et les courtes citations dans un but d'exemple et d'illustration, « toute représentation ou reproduction intégrale, ou partielle, faite sans le consentement de l'auteur ou de ses ayants droit ou ayant cause, est illicite » (alinéa 1er de l'article L.122-4). Cette représentation ou reproduction, par quelque procédé que ce soit, constituerait donc une contrefaçon sanctionnée par les articles 425 et suivant du Code Pénal. »

INSANE

AVERTISSEMENT

Cet ouvrage est une œuvre de fiction contenant des thèmes dérangeants qui pourraient heurter la sensibilité du lecteur.

Violence graphique, automutilation, non-consentement et autres sujets sensibles sont abordés dans Insane.

Je ne peux les citer tous sans gâcher la surprise pour ceux qui n'ont pas peur de plonger dans la noirceur qui compose mes personnages.

Ne cherche pas une princesse à sauver.
Cherche une reine prête à se battre à tes côtés.

— *Auteur anonyme* —

CHAPITRE 1

Les jours se sont confondus avec les semaines. Le temps a montré ses couleurs blanches et les températures ont flirté avec la barre du zéro absolu durant la période de Noël, sans nous offrir un infime rayon de soleil.

Pourtant, c'est dans mon être que la chaleur a brûlé.

La vie a repris son cours avec une légèreté que je n'avais pas connue depuis très longtemps.

J'ai consacré du temps à mes études, entrecoupé par des instants privés avec Dayan. Mes heures libres m'ont donné l'occasion de découvrir la personne qui se cache sous cette couche épaisse de glace qu'il s'emploie à montrer au monde.

Il s'absente parfois plusieurs jours sans me donner de ses nouvelles et réapparaît tout aussi subitement qu'il est parti. C'est devenu une routine. Je ne pose pas de questions.

Je côtoie toujours Auren, si ce n'est à distance.

Je me suis éloignée dans le but de la tenir à l'écart de mes problèmes. Nous sommes toujours amies, partageons même nos repas sur le campus quand nos plannings concordent, ce qui est assez rare au vu des examens finaux qui approchent à grands pas.

Elle profite toujours de nos rencontres pour discuter de son copain. Je l'écoute avec attention me confier son bonheur que j'envie avec un pincement au cœur.

L'entendre parler de leurs projets, de leur couple, me fait trop souvent réaliser à quel point je ne connaîtrai jamais cela avec Dayan.

J'ai fait mon deuil malgré la douleur de ce constat. Je préfère jouir de ce que j'ai, me focalisant sur l'instant présent.

Je n'ai pas eu affaire à Kael depuis la nuit où j'ai été agressée dans le parc, même si le comportement de Dayan est parfois inquiétant.

Il ne se confesse toujours pas à moi, m'intimant à la prudence dès que nous sommes intimes. L'ombre de Kael plane toujours au-dessus de nous.

Je sais que Dayan s'éloigne pour cette raison. Ses silences de plusieurs jours sont les pires. J'ignore toujours à quoi et à qui m'attendre. Mon unique lien avec lui, durant ces laps de temps sans le voir, est Lennox. Il m'informe de tous dangers ou des menaces potentielles. Kayden s'est fait plus discret, néanmoins, il reste dans les parages tout en gardant ses distances.

Nous ne nous reposons pas pour autant. Je suis toujours alerte et consciente de mon environnement. Cette paix est fragile et j'appréhende le moment où elle se brisera.

Ce soir ne fait pas exception.

Je me suis enfermée dans mon antre pour la soirée, m'immergeant dans mes notes de physique quantique sans parvenir réellement à me concentrer. J'ai besoin de me recentrer si je souhaite atteindre mon objectif.

Quand on frappe à ma porte, je sursaute.

— Je suis occupée, lancé-je.

— Qu'est-ce que tu fous ? Est-ce que tu te masturbes là-dedans ?

J'écarquille les yeux alors que mon estomac se retourne face aux paroles de Nate.

Je me lève et m'empresse de déverrouiller l'accès que j'ouvre d'un coup sec. Je le trouve avec un rictus goguenard tandis que ses billes se promènent sur moi comme s'il cherchait la moindre trace d'un délit charnel.

— Qu'est-ce que tu veux ? demandé-je en luttant contre la gêne occasionnée par ses mots et son regard pénétrant.

— Tu m'as manqué, souffle-t-il, avec ce petit sourire en coin.

Je roule des yeux et m'écarte pour le laisser entrer, me dérobant à son inquisition visuelle.

— Ça ne fait que deux semaines qu'on ne s'est pas vraiment vus, grommelé-je en sentant son mensonge éhonté.

Il hausse les épaules et se pavane dans la pièce, ses prunelles se baladant sur le tour de la chambre.

Je ne peux manquer son apparence si mature et son attitude décontractée. J'ai un pincement au cœur alors que je mesure combien il a grandi en si peu de temps.

Pour son anniversaire, ma mère l'a emmené en Floride pour les congés de Noël. Elle n'en avait pas pris depuis des années. J'ai décliné l'offre, prétextant l'utilité de cette pause pour me plonger dans mon travail étudiant.

J'avais surtout besoin de me retrouver seule pour réfléchir à ma vie.

Ses cheveux sont un peu plus longs. De la pilosité a commencé à envahir sa mâchoire et sa musculature est plus large. Son regard est, lui aussi, plus aiguisé, moins innocent.

Bon sang, qu'est-ce que j'ai encore raté durant ces dernières semaines ?

Une pointe de culpabilité me titille tandis que cette petite voix mesquine dans mon cerveau me tanne que je suis une mauvaise personne de l'avoir abandonné à lui-même. Je secoue la tête pour chasser ce sentiment et me déplace dans sa direction.

— Tu as du poil au menton, fais-je remarquer.

Je ris en le serrant contre moi. Merde, il m'a manqué aussi. Compte tenu de tout ce qui s'est déroulé durant ces deux mois, je n'aurais jamais pensé que nous serions à nouveau aussi proches. Sauf que je lui ai toujours fait promettre de venir vers moi quand les choses sont compliquées ou qu'il a besoin d'une oreille attentive pour s'épancher.

— Comment étaient tes vacances ? m'enquiers-je.

— C'était cool, déclare-t-il rayonnant alors qu'il se détache de moi et se dirige vers mon lit, y tombant en se mettant à l'aise.

— Calme. Maman a beaucoup dormi, mais nous avons pu profiter ensemble, ce qui était bien, ajoute-t-il.

Ma mère est infirmière et fait des heures folles, ce qui signifie qu'il est difficile pour elle de passer du temps de qualité avec nous, alors je suis contente qu'ils aient partagé du temps conjointement.

— Je suis désolée si je n'ai pas été très présente, soupiré-je honteuse.

— Ce n'est pas grave, j'ai eu plus de temps pour jouer et je suis sorti au cinéma avec les gars, explique-t-il fièrement. Bien plus amusant que toi qui bûches sur tes exams avec ta copine.

Je me mords la lèvre pour empêcher mon sourire de se répandre alors que les pensées salaces de tout ce que j'ai fait avec Dayan me traversent l'esprit.

Des soirées passées chez lui, lovée contre lui alors que nous conversions d'absolument tout et rien. À se disputer pour, au final, finir par céder l'un à l'autre.

Un vrai couple moderne.

Une partie de moi requiert à lui parler de Dayan, ce qui est surprenant en soi ; je ne ressens jamais le besoin de dire quoi que ce soit à personne. Je suis presque certaine qu'il jouerait la carte du frère protecteur et exigerait de le rencontrer pour jauger s'il est digne de moi.

Malheureusement, la réalité est bien trop sombre pour être traitée comme une banale rencontre entre deux individus.

De plus, ce n'est pas seulement à moi qu'il faut que je pense. Je fais confiance à Dayan, mais cela ne suffit pas pour notre cas de figure.

Qu'est-ce qui m'arrive, bordel, pour que je commence à m'ouvrir et à me fier aux gens ?

Je suis convaincue que moins il y a de monde au courant, mieux c'est. Quand je serai diplômée dans quelques mois, ce sera terminé. Je partirai pour débuter ma vie en tant qu'astrophysicienne et Dayan... Bien, il continuera à faire ce qu'il fait.

En espérant que je sois toujours vivante, tout du moins.

— Ça a l'air ennuyeux, grogne-t-il, me faisant sourire alors qu'il soulève mon manuel de physique quantique que j'utilisais plus tôt avant qu'il ne frappe à ma porte.

Je ne peux peut-être pas lui divulguer ma relation amoureuse, mais il y a quelque chose que je dois lui notifier. Ce truc qui me tourmente depuis qu'ils ont mis les pieds ici. Qui, si je ne le partage pas avec lui, risquerait de l'exposer.

— J'ai fait la connaissance de ces types lors d'une fête, annoncé-je.

C'est une forme détournée de la vérité, certes, mais qui a un but.

Je ne maîtrise pas tout et s'ils changeaient d'avis et décidaient de s'en prendre à mon entourage, je veux être sûre que Nate est préparé à cela. Dayan est une chose, mais Kael est comme un électron libre. Impossible à contenir.

Nate se fige un instant, ses globes scrutant lentement les miens. Il s'incline légèrement d'un côté alors qu'il essaye de me lire, évaluant si, oui ou non, je lui raconte des conneries.

— Tu es dans un machin du genre, polyamour ? demande-t-il, le nez retroussé. Parce que si c'est le cas, je ne veux rien entendre, appuie-t-il en pointant son index vers sa langue tirée.

— Non, mon Dieu, Nate, répliqué-je sérieusement en dodelinant la tête avec une expression horrifiée. D'où est-ce que tu tires ces idées, bon sang ?

Il me regarde bouche bée, ressemblant à un poisson hors de l'eau.

— Y a-t-il quelque chose que j'ai loupé ? enquêté-je sur un ton suspicieux.

Il rougit tout en secouant du chef.

Nate vient de fêter ses quinze ans. Je suis consciente de combien les hormones nous rongent durant cette période pubère. Cependant, mon ciboulot oppose de la résistance à l'idée que mon cadet passe par là avec tout ce que ça implique.

Mes propres pulsions et désirs sont dans l'overdrive et je refuse d'imaginer qu'il subisse la même situation.

Beurk et re-beurk !

Mon estomac se noue de malaise, quelque chose qui est devenu récurrent au cours des dernières semaines, chaque fois que je songe à Dayan et au fait de mon attirance physique pour un meurtrier.

Je ne sais pas ce qui s'est passé ou comment j'ai fini par avoir envie de toute cette dépravation, mais je sais juste, au fond de mes tripes, que cette histoire ne va pas finir comme dans un conte de fées. Le peu que je connais de Dayan est suffisant pour garantir cela. Ajoutez toutes les questions que je me pose, la tension qui couve entre Kayden et moi, sans parler de la haine pure qu'il éprouve envers moi, et oui, n'importe quel idiot constaterait que tout est sur le point d'exploser. C'est comme naviguer sur une mer quand une tempête frappe. Vous voyez la vague énorme arriver, vous avez beau rabattre les voiles, vous ne pouvez pas y réchapper. Tout ce que vous pouvez faire est de la subir.

— Ce sont juste des amis, éludé-je en repoussant une grimace à ce dernier mot.

— Amis, hein ? reprend-il avec un clin d'œil espiègle, tout en me cognant l'épaule de la sienne.

Je lève les yeux au ciel face à son esprit tordu et perverti par ses hormones.

— Oui, affirmé-je. Néanmoins, je me méfie et tu dois en faire autant. S'ils se présentent un jour à la maison, ne leur ouvrent pas.

Il arque un sourcil, confus.

— Soit tu me caches un truc, soit tu devrais vraiment apprendre à relâcher la pression, sinon tu finiras vieille fille avec vingt chats.

J'arque un sourcil.

— Tu te doutes du pourquoi je me montre prudente, soupiré-je.

Nate rit en me donnant une tape sur le bras.

— Ce sont juste des mecs qui passent leur journée à chasser de la chatte et courir après leur prochaine soirée, Lake, se marre-t-il.

— Oh ! mon Dieu, mais d'où sort ce langage ? éclaté-je, choquée.

Il relève les épaules nonchalamment.

Je n'ai pas besoin non plus qu'il me questionne ou qu'il suppose que je suis encore plus parano qu'il ne le pense probablement déjà.

À contrecœur, je force un rire qui devient contagieux.

— Tu as sans doute raison, m'esclaffé-je. Sauf pour les félins, je déteste ces bêtes infernales.

Il éclate plus fort de rire. Je lutte contre l'angoisse de mon côté.

Quand le calme est revenu, il est le premier à rompre le silence.

— Je ne suis pas un gamin stupide. J'ai quinze ans, pas cinq, me rappelle-t-il. Et si ces gars se ramènent sans y avoir été invités ou qu'ils te manquent de respect, je leur ferai regretter de t'avoir regardée, conclut-il d'une voix sombre.

Des larmes perlent sur mes cils, que je m'empresse d'effacer du bout des doigts.

— Je t'aime, petit frère.

— Moi aussi, chuchote-t-il.

Nous discutons le reste de la soirée avant que Nate n'attrape son ordinateur portable et quelques collations pour que nous visionnions un film jusqu'à ce que nous soyons tous les deux accablés par la fatigue.

— Petit déjeuner demain ? demande-t-il avec espoir en quittant ma chambre.

— Que si je te dépose au collège, souris-je.

Il hoche la tête en signe d'assentiment, la joie illuminant ses traits alors qu'il se faufile hors de ma chambre. Enfilant un short de nuit et un T-shirt ample, je me glisse sous les couvertures.

J'ignore pourquoi, mais j'ai l'intuition que la tranquillité qui règne depuis un moment est sur le point de s'achever.

CHAPITRE 2 - Dayan

Je retire la fleur de ma poche et la balance sur la dépouille.

Sans regarder le cadavre, je me retourne et m'enfonce dans la pénombre.

Je dégage le camouflage de mon faciès alors que je parcours le couloir qui ramène à l'agitation.

Les sons et l'odeur de sueur me percutent de plein fouet. Je rechigne à la vue de la cohue qui s'étale sur mon chemin vers la sortie.

Je suis encore gonflé à bloc et chargé d'adrénaline, ce qui me rend instable et dangereux.

Je ne dois pas perdre le contrôle. Ce n'est pas arrivé depuis un moment, si l'on occulte ce putain de voyage que j'ai fait vers la Russie la semaine passée.

L'autre était aux commandes durant tout ce temps, jusqu'à ce que j'émerge en plein milieu d'une fusillade dans des tunnels sombres.

J'ai pu sortir de ce traquenard uniquement en me faufilant à travers le carnage des balles qui sifflaient au-dessus de nos têtes.

Le retour avait été tout aussi merdique, ponctué par la mauvaise humeur de l'équipe, du moins, de ce qu'il en restait.

Depuis, Axelrod fulmine dans son bureau quelque part dans l'un de ses bâtiments sécurisés. Il se contente de me filer des missions de débutants en guise de punition.

L'autre a échoué et m'a laissé assumer son échec.

Il a refusé de me dire en quoi cette tâche consistait, conservant le silence en me servant son amertume et sa colère.

Même Len n'est pas parvenu à dégoter les infos. Cette affaire paraît trop grosse pour que Delon se risque à ce que quelqu'un tombe dessus.

Je n'ai pas vu ma petite souris depuis ce qu'il me semble une éternité. Le Datura me tient occupé et mes nuits sont trop agitées. Le manque de sommeil me maintient en permanence sur le fil du rasoir. Une seule seconde de faiblesse et l'autre mettrait la main dessus.

Depuis son dernier message, je redouble de méthodes de relaxation pour me garder à flots.

Ce n'est qu'une question de temps avant que je ne cède à l'épuisement et qu'il me domine. Même Delon me traque comme un chien antidrogue dans l'attente de mettre la main sur lui.

Cet enfoiré a merdé et refuse de se manifester.

Nos ambitions sont opposées, mais pour une fois, je suis reconnaissant de sa couardise et son mutisme.

Néanmoins, il est rusé et ne capitule jamais quand il a une cible. Cette cible est trop tentante pour qu'il abandonne ses desseins. Ce n'est qu'un contretemps mineur dans ses objectifs funestes. M'enlever ce qui compte le plus est ce qui alimente son existence, pas même la crainte de Delon ne le fera abdiquer.

Je me secoue et m'arrache de mes songes. Je dois encore atteindre l'issue avant que quelqu'un ne déniche le corps inanimé.

Je ne crains pas l'adversité, mais mon identité est notre arme ultime.

Le masque qui recouvre notre visage est ce qui instille la peur chez nos ennemis. L'inconnu les effraye plus qu'une tronche balafrée. La paranoïa de se trouver en présence de l'ange de la mort est leur plus grande hantise.

La fleur blanche du Datura n'est que la carte de visite.

Je contourne maintenant la foule, me dirigeant vers l'accès. Les gens s'écartent sur mon passage, évitant d'entrer en contact avec moi, différents regards me jaugeant. Je détonne clairement dans cette assemblée de pingouins en tenue de soirée, même avec mon costard Armani sur mesure.

Les dames me contemplent avec désir, les hommes me perçoivent comme de la concurrence. Certains admirent ma carrure, d'autres, plus méfiants et plus attentifs, discernent, à travers mon accoutrement, ce qui se cache réellement en dessous.

Ce gala est l'un de ces évènements annuels auquel nombreux pontes paradent pour exposer leur dernière acquisition en matière de femme et exhiber leur pognon. Ils n'ont pas la moindre cellule de bonté et de générosité comme ils le laissent voir à l'occasion de ces réceptions de bienfaisance.

C'est pour la plupart des salauds qui violent des gamins, dépensent des millions dans les enchères aux Red Rooms sur le Dark Web, ou encore qui détruisent des milliers de vies sans s'arrêter sur ces pauvres personnes à qui ils ont tout arraché dans le seul but de construire un hôtel de luxe.

Ils affichent une face clean devant les caméras, serrent des poignes à longueur de journée devant les photographes lors de l'inauguration d'un centre d'aide pour handicapés ou un orphelinat.

Dès que les appareils sont éteints, leurs vraies couleurs se montrent. L'orphelinat est le tremplin à un réseau de trafic d'enfants, leur hôtel planque dans le penthouse un service de prostitution de mineures.

Ou comme ma cible de ce soir, son laboratoire de médicaments abrite des officines cachées où ils élaborent des nouvelles drogues de synthèse vendues sur le marché noir.

Le Datura Noir est le principal acheteur. Des millions de dollars sont écoulés en quelques mois. Mais ce salopard a voulu nous doubler en nous vendant de la merde pour distribuer la bonne came à nos rivaux.

Tout sera vendu à l'un de ses opposants. Bien entendu, le nouvel acquéreur est déjà en place dans l'ombre et appartient à notre syndicat.

Delon est vraiment doué pour le business, mais mon rôle est de donner l'exemple pour quiconque essayerait de nous la jouer à l'envers.

Je passe les larges portes vers la rue, l'air frais me frappe.

La température est saisissante et agit comme un seau d'eau glacée.

Je prends un instant pour gonfler mes poumons, proférant à mon système épuisé une bouffée énergique.

Je ne m'attarde pas plus que nécessaire, lançant mes jambes en direction du souterrain à quelques ruelles de là où j'ai garé mon SUV.

Une fois installé sur le siège conducteur, je connecte le Bluetooth et rejoins la sortie.

Je commande par vocal le téléphone afin d'envoyer la confirmation de l'exécution de ma mission à Delon.

Je n'attends pas de réponse de sa part, aussi, j'allume ma playlist au hasard.

Le son de *Dirty Mind* et les paroles de *Boy Epic* traversent les haut-parleurs tandis que j'aborde l'artère principale.

La circulation est plus fluide à cette heure tardive, je franchis sans encombre les grandes avenues. Ma mâchoire se décroche sous l'assaut d'un bâillement insistant.

Je monte le volume de la radio, abaisse ma vitre afin de me garder alerte.

Tandis que les rues défilent, mes pensées dérivent vers la petite souris. Piqué par une curiosité malsaine et un besoin viscéral de l'entendre, je renonce à me faire vibrer les tympans aux basses de la musique et opte pour la douce mélodie de sa voix.

À partir des commandes aux volants, j'enclenche l'appel, mon cœur se réchauffant d'anticipation dès la première sonnerie.

Je lutte contre un énième décrochement de la mâchoire juste à l'instant où son timbre endormi perce dans le système audio du véhicule.

CHAPITRE 3

Une vibration résonne dans mon esprit, m'arrachant de mon sommeil. Quand mes yeux s'ouvrent, je m'attends à voir la lumière du petit matin. Au lieu de cela, c'est la pénombre qui m'accueille. Je me déplace et me retourne vers la table de chevet pour prendre le téléphone portable qui continue de racler sur le dessus du meuble, menaçant de chuter.

« D » clignote sur l'écran, me faisant froncer les sourcils.

— Tout va bien ? croassé-je d'un timbre assoupi.

— Je souhaitais entendre le son de ta voix.

Je repose ma tête sur l'oreiller. Ses mots me font frissonner et un sourire se répand lentement sur mes lèvres.

— Quelle heure est-il ? demandé-je dans un bâillement incontrôlable.

Je passe une main sur mon visage pour me frotter les paupières, essayant de les réveiller alors qu'elles flanchent désespérément vers le bas.

Son rire retentit à travers le haut-parleur.

— Il est tard en fait, avoue-t-il. Mais je voulais m'assurer que tu étais en sécurité.

— Tant que je me tiens loin de toi, je le suis, le taquiné-je.

— Ce fait est incontestable, soupire-t-il.

La culpabilité me ronge alors que mon intellect, maintenant alerte, me nargue avec des souvenirs de nous deux.

Il vagabonde vers des images de Dayan remontant le long de mon anatomie, sa bouche traçant son cheminement vers mon cou. Mon pouls se met en branle, mes palpitations cardiaques entament une course effrénée qui entraîne ma respiration dans une cavalcade plus rapide et superficielle.

— Tu me manques, confessé-je avec nostalgie, devenant un peu humide avec mes pensées lubriques. J'aimerais être avec toi en ce moment.

— Tu as l'air un peu essoufflée, sermonne-t-il d'une tonalité rauque qui me donne envie de me tripoter.

Je glisse ma paume posée sur mon ventre sous l'élastique de mon short, la calant entre mes cuisses. Sans attendre, je débute des cercles en de légères caresses sur mon clitoris.

Un halètement m'échappe et son gémissement en réponse me fait sourire en connaissance de cause.

— Lake ?! Est-ce que tu te touches ?

Je sens la faim dans son ton. Elle me fait trembler alors que l'excitation lubrifie encore plus mon intimité.

— Peut-être, murmuré-je.

Il grogne comme un animal aux abois et je m'enorgueillis.

Un autre souvenir de sa langue sur mes plis intimes défile dans mon cerveau et je pousse un miaulement tandis que mes phalanges se hissent à l'intérieur de mon fourreau.

— Qui t'a donné le droit de jouer avec ce qui m'appartient ?

Son intonation est, cette fois-ci, une démonstration de possessivité à l'état pur tel que certains mâles utilisent comme une arme de séduction.

Et bordel, ça marche du feu de Dieu !

Mais il est hors de question que je sois la seule à souffrir de ces provocations destructrices pour ma libido et ma santé mentale.

On peut être deux à jouer.

— Qui va m'en empêcher ? le défié-je.

Dayan n'est pas le genre d'homme que l'on brave facilement et l'idée de m'amuser avec lui comme ça semble particulièrement jouissive. Ici, dans le noir, avec des kilomètres entre nous, j'ai envie de le provoquer sans risquer de déclencher une tuerie.

Si c'était une tierce personne, Dayan la tuerait sans hésiter. Dans mon cas, il est évident qu'il est plutôt en train de planifier déjà des milliers de façons de me faire payer plus tard mon affront en usant de diverses méthodes de manipuler mes chairs. Il y a des avantages agréables à être appréciée par le malin lui-même. Ce nouveau jeu est certainement l'un d'entre eux.

— Est-ce que tu penses que tu es à l'abri de ma vengeance ? questionne-t-il sombrement avec une pointe d'amusement.

Je me mordille la lippe, enflammée par ses promesses sous-jacentes.

— Je suis propriétaire de mon corps, ronronné-je. Et je suis chez moi. Ma place, mes règles.

Un rire nasal perce dans le combiné. Il n'y a rien d'humoristique. C'est de l'arrogance pure.

— Tu as tendance à oublier où se situe ta « place », lance-t-il narquois.

— Je suis curieuse de la connaître, gloussé-je.

— Sous moi, les jambes écartées, ma main enroulée autour de ta gorge, continue-t-il.

Il me faut me retenir pour ne pas miauler comme une chatte en chaleur à ses propos.

— Je ne te vois pas dans le coin. Je peux continuer et il n'y a rien que tu puisses faire pour m'arrêter.

La série de jurons qui filtre du haut-parleur est un signe qu'il est sur le point de relever mon défi. C'est enivrant et terrifiant à la fois. Le pouvoir que je détiens sur un homme comme lui est exaltant. Il est toujours en quête de contrôle, d'une ancre solide dans les eaux les plus agitées. J'ai remarqué à plusieurs reprises le geste subtil qu'il effectue quand quelque chose l'ébranle. Il triture ses bracelets de cordes autour de son poignet. Sauf que maintenant, avec lui à l'autre bout du fil et incapable de m'atteindre, je peux bousculer toute cette maîtrise de soi soigneusement construite.

Je l'imagine en train de les tirer et les manier avec force, cela me donne un rictus sadique.

— Quand j'aurai mis la main sur toi, petite… commence-t-il, mais je l'interromps rapidement.

— Quand ? Oh, non, mon grand, ça sera bien trop tard. En ce moment, je joue avec mon clitoris, susurré-je.

Quelles que soient les braises que j'avais moi-même allumées, sa voix et ses menaces ont jeté de l'essence dessus. Désormais, c'est un incendie qui se propage et qui brûle rapidement de manière incontrôlable. Je gémis alors que mes doigts deviennent plus fermes autour de mon bourgeon tendu et gonflé.

— Tu as des couilles de narguer le diable comme ça, siffle-t-il, la frustration pesant dans son ton sombre.

Je me mords la lèvre inférieure pour étouffer le cri aigu qui les franchit.

— J'ai des ovaires, pas des couilles, contré-je d'une tonalité erratique et déformée par l'extase que je me procure.

Je gèle quand je discerne le bruit des pneus qui freinent subitement, puis celui des clignotants à travers le téléphone. Je l'imagine changer de direction pour qu'il puisse venir ici, dans mon lit, au lieu de l'endroit où il se dirige maintenant.

Mon cœur s'emballe avec des sentiments contradictoires.

L'excitation de ce qu'il me réserve et la crainte qu'il ne débarque ici, là où se trouve ma famille.

— Allo? Dayan? Tout va bien? m'inquiété-je soudain alerte.

Je perçois enfin, au bout d'un moment qui s'éternise, le son du moteur qui reprend de la vitesse.

— As-tu déjà été baisée si fort que tu ne peux plus bouger d'un pouce?

Son ton est si obscur qu'il me fait frissonner. Néanmoins, le soulagement de l'entendre me replonge dans ma béatitude.

— Est-ce une promesse? gloussé-je.

— Je vais te donner un tout nouveau sens au mot défoncé, grogne-t-il. Je vais te faire regretter d'avoir foutu les pieds dans ma vie. Les choses que je vais te faire feront passer une lame enfoncée dans ta chatte pour un simple massage.

Je m'assieds, les sourcils froncés face aux images brutales qu'il dépeint.

— Tu sais ce que je fais aux petites salopes, hein?

Je bondis hors du matelas, mes genoux fléchissant sous mes muscles instables. Ma main libre empoigne mes mèches roses et tire dessus.

— OK, tu as gagné, capitulé-je en prenant soin de murmurer pour ne pas réveiller mon entourage.

Un rire qui s'apparente plus à un aboiement me fait écarter le portable de l'oreille. Je vérifie l'écran sans savoir pourquoi je le fais, car même si je sais, cela ne changera rien à l'identifiant qui s'affiche dessus – D.

Mensonge.

Connerie.

— Je vais faire mieux, poupée. Utilise tes doigts pour te baiser pour moi, commande-t-il frénétiquement.

Je n'obéis pas.

— Fais ce que je te dicte ! tonne-t-il impérieusement.

Mon regard se porte sur le tour de la pièce, comme si je craignais qu'il ne soit caché dans l'ombre et puisse voir mon inaction.

Et puis je pense à mon ordinateur posé sur mon bureau. Je me précipite dessus, mais dans ma précipitation, je me cogne l'orteil contre un tas de livres laissé sur mon chemin dans le noir.

Je glapis de douleur.

— Eh bien, ricane-t-il, je te promets de faire bien plus que ça.

Je me redresse et parcours les derniers pas qui restent jusqu'au mobilier. J'allume la lampe et analyse mon écran. Il est bien verrouillé et éteint, la pastille toujours en place sur la lentille de la caméra.

Je pousse un soupir qu'il interprète comme mon obéissance.

— C'est ça. Tu le sens ? Ce n'est pas assez, n'est-ce pas ? taquine-t-il et cela recentre toute mon attention sur lui et à quel point je me sens effrayée et soulagée en même temps.

Je secoue la tête tandis qu'une nouvelle émotion naît dans mon esprit.

La curiosité et une excitation malsaine.

— Non. Pas assez, glissé-je d'une voix atone.

— Je vais arranger ça. Quand je rentrerai à la maison, je t'attacherai dans mon plumard et te brûlerai les cuisses avec la force avec laquelle je te fourrerai. Tu me supplieras d'arrêter, maugrée-t-il de manière si rauque qu'on dirait qu'il doit forcer les mots à sortir de sa gorge. Et tu prendras chaque centimètre de ma queue.

Je frémis alors que ses paroles vulgaires me percutent de leur violence.

Dayan n'est pas un amant tendre ni un conteur de douce romance. Cependant, ses propos vont bien au-delà de sa nature sombre. Ce sont des ultimatums clairs, non pas des promesses sensuelles destinées à m'exciter.

Ce n'est tout simplement pas lui.

— Et quand est-ce que tu me veux, Dayan ?

Je ne tomberai pas dans son piège, mais je ne le laisserai pas non plus croire qu'il me fait peur. Il est temps de saisir le taureau par les cornes et d'affronter la réalité.

— Demain soir, vingt heures, je serai là et je t'emmène avec moi, annonce-t-il avec ce timbre froid et détaché.

Mon pouls fait une embardée, le sang bat dans mes tempes et m'assourdit provisoirement, mais je ne flanche pas.

Cette foutue fierté aura finalement ma peau.

— Très bien, me résigné-je.

— Profites-en tant que ça dure, parce que, quand je mettrai la main sur toi, tu me sentiras durant des jours entiers.

J'ai le souffle coupé et la confirmation de mes soupçons depuis un moment. Néanmoins, je ne suis pas la gamine naïve qu'il pense que je suis.

Il veut me voir et mettre la main sur moi ?

Bien.

Mais attention, j'ai des épines et elles sont vénéneuses.

— J'ai hâte d'y être, assuré-je d'un air narquois.

— Ne t'avise pas de jouir jusqu'à ce que je t'en donne la permission. Putain, à qui appartiens-tu, poupée ? exige-t-il et je frissonne, son commandement sévère m'aidant à garder le cap.

— Toi, lâché-je en roulant des yeux.

— C'est exact. Tu es à moi.

La menace bourdonne telle une onde lugubre, mais rien ne peut me faire changer d'avis.

Le moment est venu d'affronter le danger de face.

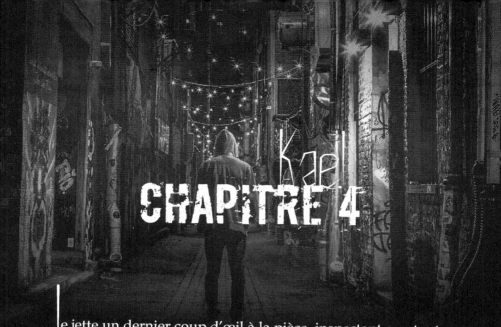

CHAPITRE 4
Kaell

Je jette un dernier coup d'œil à la pièce, inspectant que tout est en place comme il se doit.

Une risette merdique naît sur mes lèvres tandis que je ferme les yeux, la tête penchée en arrière. Mon esprit digresse, me parasitant d'images tout aussi colorées que sombres.

Conserver mon calme s'avère primordial si je désire exécuter mon plan à la lettre.

Je me remémore les dernières heures, ses halètements à travers le combiné, ses gémissements alors que le chaos était comme un baume apaisant.

J'ai puni et tué beaucoup de femmes, mais jamais je n'avais eu autant besoin de combler d'abord l'une d'entre elles. J'ai envie de lécher ses larmes, de m'en abreuver jusqu'à plus soif. Mais surtout, elle représente tellement plus qu'une simple garce anodine.

Je veux savourer sa douleur et sa misère, la marquer même dans la mort afin que cette petite merde n'oublie jamais qu'aucune chatte ne mérite sa miséricorde.

Il me faut d'abord me concentrer. Nous aurons beaucoup de temps et de plaisir avant que j'en arrive à cette étape.

Il y a tellement de choses à faire.

Faire joujou avec elle en premier lieu.

Je me redresse et me plante devant la glace. Je prends un air renfrogné, puis j'adopte une expression contrite. Je plisse les paupières, simulant l'agacement, puis pousse un long soupir d'exaspération.

J'éclate soudain de rire à la vue de mon visage si identique à mon autre facette faible.

C'est pathétique et si amusant à la fois.

Je me reprends et me canalise cette fois-ci sur mon sourire. Les fossettes se creusent de chaque côté de mes joues, je revêts une mine rêveuse, le regard légèrement brumeux, puis explose de rire une fois de plus sans me contrôler.

Je recouvre mon faciès neutre, le reflet me satisfaisant instantanément.

Je m'éloigne du miroir et vérifie une dernière fois le schéma des derniers déplacements de Dayan, grognant encore à la simple idée de devoir foutre les pieds dans ce restaurant de merde dans lequel il se nourrit souvent.

Il pense que Lennox est le seul à être un as de la technologie.

Pauvre petite merde…

J'ai, moi aussi, un hacker dans la poche, et aucun de ses déplacements n'est un mystère pour moi. La seule chose avec laquelle je ne peux pas lutter est les mouchards que Lennox a fourrés partout dans ses appareils.

Mais le SUV et sa Ducati sont un vrai panier à crabes.

J'enfile la veste à capuche par-dessus mon haut, envoie un clin d'œil à mon reflet, puis je quitte l'appartement en sifflotant vers l'ascenseur.

Sur le trajet, mes pensées s'envolent dangereusement vers ma proie. L'anticipation me rend fébrile et inattentif dans ma conduite.

Ce soir-là, dans le parc, j'ai agi comme un putain de drogué ; incapable de me décider ou de réagir correctement. Elle était à ma merci, une arme pointée sur son crâne rose. Une offrande sur l'hôtel d'un Dieu. Cette divinité vengeresse se trouvait à quelques pas et n'a rien fait mis à part dévorer du regard ce beau sacrifice sans riposter.

Pire encore. J'ai hésité, me retrouvant figé, rongé par l'intime conviction que cette gonzesse se distinguait pour avoir captivé Dayan. Je n'ai obtenu aucune réponse dans ce laps de temps.

Comment ai-je pu le laisser reprendre le dessus sans le voir venir ?

Qu'a donc cette fille de si particulier pour que Dayan ait réussi à me contrer si facilement ?

Je veux découvrir ce qu'elle a de si singulier avant d'exécuter ma vengeance.

Une belle quantité de miel implique de la douceur.

Je ne me contenterai pas de l'éliminer rapidement. Non…

Je veux marquer le coup de manière plus percutante.

Je vais lui montrer qu'on ne feinte pas avec moi aisément.

Cette enflure a essayé de me baiser en me cachant la vérité. Non de cela d'avoir épargné la vie d'un témoin, il s'est entiché de celle-ci.

Il a tenté de me masquer son existence en me tenant à l'écart avec des mensonges et des fausses pistes. Ses deux complices n'ont fait que retarder l'inévitable. Ils n'ont fait qu'enrager la bête.

Il regrettera de m'avoir dupé.

Je monte le son de la stéréo, frappant des mains en rythme contre le volant tandis que Primal de Neffex traverse les haut-parleurs. Un rictus sadique étire mes lippes alors que les paroles font échos à mon humeur.

« I know

All the dark places where my mind goes

Now I know

How you make me feel is something primal »

Je ralentis dans le quartier résidentiel. Toutes les maisons se ressemblent ici. Des devantures blanches et défraîchies s'alignent les unes à côté des autres, séparées uniquement par une allée courte.

La brume témoigne de la fraîcheur humide, ne dissimulant pas le niveau moyen des habitations. Je grimace à la vue de ce spectacle miteux.

Mon intérêt s'oriente vers la façade où mon gibier réside. Je suis en avance, néanmoins, un sourire narquois prend place dès qu'une silhouette mince et gracile descend les quelques escaliers du patio.

Même dans le brouillard, ses cheveux aux nuances sucrées volettent avec les rebonds de son déplacement hâté.

Il semble que mon nouveau jouet ait de l'esprit. J'adore les défis.

J'adopte une mine détachée, déverrouille les portes juste à l'instant où elle se présente côté passager.

L'air glacial s'engouffre dans l'habitacle alors qu'elle s'empresse de grimper.

Le silence flotte un instant. Nous nous scrutons comme deux étrangers.

Je capture chaque brin de sa peau diaphane, me noie dans la pâleur camaïeux de ses iris juste avant que la lumière du plafonnier ne me prive de sa clarté. Elle me toise avec un sourcil arqué, aucune peur ne transparaît.

J'ai envie de l'ouvrir comme un paquet cadeau pour voir ce qu'il y a de caché à l'intérieur. Cependant, je ne me laisserai pas aller à mes pulsions. J'ai d'autres desseins avec elle.

Sans hésiter plus longuement, je me penche vers elle, attrape son visage en coupe et l'attire vers le mien sans préambule. Nos lèvres s'écrasent l'une contre l'autre dans un baiser aussi sauvage que mon besoin de la faire saigner.

Elle répond à mon assaut avec autant de force, ce qui me surprend.

Qui aurait cru que cette fleur fragile avait en elle autant de férocité.

Je romps le baiser, mordillant sa chair pulpeuse inférieure avant de m'écarter.

— Tu m'as manqué, susurre-t-elle à bout de souffle.

— J'ai prévu de me rattraper ce soir, assuré-je.

Elle acquiesce timidement avant de pivoter dans son fauteuil pour s'attacher.

Je remets le SUV en marche, rageant intérieurement à la sensation collante et suffocante des gants qui grincent sous mes mouvements.

Qu'est-ce qu'il ne faut pas faire par représailles…

Nous roulons depuis dix minutes, profitant de la musique comme distraction tandis que j'endosse mon rôle de mec distant.

Putain, j'ai soif de goûter à ses larmes, de la faire hurler de jouissance et de douleur. Je veux me saouler à la mélodie de ses cris tandis que je la découpe. Seulement, il ne s'agit pas de mes désirs égoïstes cette fois. J'y ai songé durant trop de temps, transpirant d'excitation devant les images pour tout foirer.

Comme si elle entendait mes pensées, son regard bifurque vers mon profil, je sens le poids de celui-ci dans mon angle de vision. Mes rétines lâchent la route alors que je les tourne vers ma passagère.

Elle n'a rien de commun avec mes toiles habituelles.

Elle est bourrée de défauts.

Sa bouille est ronde et pleine, comme si l'enfance s'accrochait encore à ses os. Sa tignasse a cette teinte pisseuse et pâle qui lui confère une allure de poupée bas de gamme que l'on déniche dans les friperies. Même la structure de ses mèches apparaît négligée. Sèche et peu entretenue. Elle n'est pas pour autant repoussante.

Elle a les plus magnifiques yeux qu'il m'ait été donné de voir. La photo de sa carte étudiante ne rend pas justice à la coloration si parfaite de ses iris.

Son corps est tonique, sa poitrine a la taille parfaite pour mes paumes. Le souvenir de l'avoir eue sous moi refait surface.

Je me recentre rapidement vers l'asphalte. Un accident n'est pas à l'ordre du jour.

— Tu m'emmènes où ? questionne-t-elle soudain.

— J'ai pensé qu'après tout ce qui s'est passé, un lieu bondé serait plus sûr, déclaré-je avec une pointe d'humour.

Je capte son sourire dans ma périphérie.

J'essaye de contenir la grimace qui menace de déformer mes lèvres. Je me fixe à mon objectif, accentuant ma résolution à jouer mon interprétation à la perfection.

C'est grâce à cela que je me détends aussi vite et offre même un sourire naturel.

— Toujours aussi maniaque du contrôle, taquine-t-elle.

Ces mots devraient m'irriter. Néanmoins, je ne peux négliger la note comique de ceux-ci. Ils me révèlent une part de Dayan que je ne percevais pas jusqu'à présent.

Finalement, cette soirée sera bien plus instructive que prévu.

— Je ne veux pas gâcher la surprise, affirmé-je avec flegme.

Nous avons roulé dans le mutisme durant les vingt dernières minutes. J'ai volé à la dérobée son essence mystérieuse, tentant de déchiffrer ce qui attirait autant Dayan. Sans parvenir à identifier la moindre parcelle de clarté.

Le restaurant où je l'entraîne se situe en plein cœur de No Lita. Ils y servent une cuisine mexicaine et ont la particularité d'être aménagés dans un ancien hangar. C'est un endroit assez intimiste et fréquenté à la fois. Je reconnais l'attrait de mon double pour ce genre de place. Moins de monde et nourriture simple.

Dès que les prunelles de Lake se plantent sur le lieu, elle se retourne vers moi, qui garde une distance avec elle, en arrière, comme le ferait cet imbécile aux goûts culinaires discutables. Ses astres s'illuminent avec une lueur qui m'arrache un froncement de sourcils.

Une forme d'excitation éclaire ses iris, cependant, elle n'a rien de sexuel, ce qui me déconcerte royalement.

Je suis accoutumé à l'exaltation chez une femme. L'œillade gourmande qu'elle pose sur moi avec cette ébullition et convoitise est toujours muée par la luxure. Cette étincelle qui luit néanmoins dans ses globes céruléens est alimentée uniquement par quelque chose de pur et innocent.

C'est énervant et vexant à la fois. Pas une seule fois je n'ai ressenti cette même attraction chez elle.

Cette nana est un véritable mystère que j'ai envie de résoudre à mesure que je passe du temps avec elle.

Je me secoue, pénètre à sa suite dans le petit *diner*, plissant les paupières à la soudaine lumière qui envahit l'espace clos.

Je roule des yeux à la vue du van vintage qui prend une place centrale contre un mur de brique dans lequel deux employés semblent préparer des boissons. Les guirlandes lumineuses et la décoration industrielle me filent une furieuse envie de m'enfoncer une lame dans les yeux.

Ma compagne adopte un comportement plus enthousiaste, son regard fuyant à droite et à gauche pour capturer un maximum de notre environnement qui paraît visiblement être à son goût.

Elle pivote vers moi, son épaule entrant en contact avec mon torse.

Son sourire franc m'atteint de plein fouet alors qu'elle exprime son enchantement :

— Comment savais-tu que je suis fan de mexicain ? s'emballe-t-elle.

Je devrais reculer, tenir le rôle avec plus de sérieux, pourtant, je suis pris dans la toile de son parfum qui tapisse mes poumons tandis que le mouvement soudain et sa proximité ont répandu l'odeur de son shampoing jusqu'à mes sinus.

C'est une fragrance douce qui colle à son personnage. Une fois encore, elle bouscule les codes en m'exposant une facette que je ne trouve jamais chez une autre gonzesse.

Elles sont toujours parfumées avec des bouquets forts et riches. Vanillés ou floraux. Son effluve est fruité et discret. Un relent exotique qui me plonge dans une brume étrange. Je me penche inconsciemment vers le sommet de son crâne, inspirant profondément sa senteur qui évoque une canopée luxuriante et sauvage.

Elle s'éloigne lentement, me privant des émanations douces qui sont remplacées par les riches épices qui flottent dans l'air.

C'est comme un seau d'eau froide. Une main m'arrachant à la chaleur pour m'immerger dans les profondeurs des abysses glaciales.

Je croise son regard inquisiteur qui fouille mon visage avec une pointe de malice.

— Tu devras attendre pour le dessert, m'asticote-t-elle.

Je me rembrunis aussitôt quand un gars nous accueille.

La bonne humeur de celui-ci me laisse de marbre, jusqu'à ce que je saisisse qu'il me confond avec mon alter ego.

— Ravi de vous voir, s'enthousiasme-t-il. Comme d'habitude ou ce sera juste vous deux ?

Je lui renvoie le sourire, enchanté par ma tromperie qui renforce ma stratégie.

— Non, mes deux amis ne se joindront pas à nous ce soir. C'est uniquement ma petite amie et moi, assuré-je avec une feinte fierté.

Lake me vole un regard énamouré tandis que le serveur opine avec des étoiles dans les mirettes. Il nous guide vers notre table que j'ai pris soin de réserver plus tôt dans la journée.

Je ne fais preuve d'aucune galanterie, la laissant s'installer sur son siège en face du mien.

Elle ne se départit pas de sa gaieté, balayant la salle avec curiosité.

— Alors, commence-t-elle en ouvrant la carte posée devant elle. Tu viens souvent ici ?

Je m'adosse à la chaise, affichant une mine neutre.

— C'est un de mes endroits préférés, annoncé-je avec nonchalance.

Elle se mordille la lèvre, concentrée sur le menu devant elle.

Ses dents blanches, avec une légère distorsion, me captivent un instant tandis que j'imagine mordre à sa place pour en tirer son sang. Sa bouche badigeonnée de rouge rubis.

— Qu'est-ce que tu me conseillerais ? s'enquiert-elle sans lâcher la carte.

Je me redresse lentement, appuyant mon avant-bras sur la table.

— Les tacos sont faits avec des produits frais, mais je te recommande de goûter à leur soda maison, le Lupita, avisé-je.

Comment sais-je tout ça ?

Parce que j'ai fait étudier et éplucher mon double en mon absence. Il n'a aucun secret pour moi, si ce n'est ce qu'il me cache dans ces putains de pièces.

Red n'est qu'un moyen comme un autre pour piger ce que Dayan fabrique dans mon dos.

Ce néant dans lequel il m'enferme n'est rien de plus qu'une manière de me réduire au silence. Il ne réalise pas à quel point je le connais mieux que lui-même.

La voix douce de la fille assise en face de moi me sort de mes pensées. Je la toise, curieux. Elle m'observe avec une expression indéchiffrable une fraction de seconde avant de me dédier un sourire timide.

— Je vais suivre tes conseils, dit-elle en reposant le menu.

J'acquiesce du chef, m'affalant nonchalamment contre le dossier de mon assise. Mon coude réside sur la surface plane, mon poing se referme autour du cuir tandis que je refoule une grimace autant que mon envie de déchirer cette daube qui me fait transpirer.

Elle scrute mon mouvement, ma colonne se raidit subrepticement quand ses sourcils se froissent.

— Je comprends la distance nécessaire entre nous, mais peut-être devrais-tu les enlever pour manger ? suggère-t-elle innocemment.

J'arque un sourcil, la fixant alors que ses propos me laissent un goût acide sur le palais. Se jouerait-elle de moi ? Ou tente-t-elle de me piéger ?

Même si je suis tenté de me débarrasser de ces gants affreux, je n'en fais rien. C'est moi qui mène la danse dans cette partie de jeu, pas elle.

Il est temps que je monte le niveau d'un cran.

Sans lui donner une chance de se dérober, je me redresse et me penche, j'empoigne sa main de la mienne, attirant son attention.

Sa réaction m'étonne quand, au lieu de plonger dans mon regard, elle scanne les alentours avec appréhension avant de me concéder ses billes claires où défile son inquiétude au lieu de la chaleur habituelle qu'ont les femmes à mon toucher.

Me serais-je fourvoyé sur la relation entre elle et Dayan ?

— Qu'est-ce qui t'inquiète ? enquêté-je le plus calmement possible.

Elle resserre sa paume sous la mienne avant de relâcher la pression.

— Es-tu sûr que c'est prudent de se montrer comme ça ? élude-t-elle.

Sa réponse n'est pas celle que j'attendais. Je ne peux nier qu'elle me surprend et je déteste ce sentiment.

Je n'ai jamais été rejeté de la sorte par une femelle. Encore moins venant d'une nana à peine sortie de l'adolescence.

Sa prudence me dérange autant qu'elle m'intrigue.

Je me renfrogne et retire mon membre du sien.

Putain, c'est une fournaise là-dedans.

Je repose ma paluche sur ma jambe, prenant cet intermède qui me soustrait à sa vue pour soulever le cuir de ma peau afin d'y faire entrer de l'air plus frais. Je soupire intérieurement au contact de la fraîcheur.

— Tout va bien ? se préoccupe-t-elle les sourcils froncés.

— Ouais.

Elle hoche la tête. Juste au moment où sa bouche s'ouvre, le serveur se présente. Nous commandons, me contentant de demander « l'habituel » alors qu'elle se calque sur moi sans un mot de plus.

Elle tapote du bout des doigts sur la table, son regard toujours fuyant de gauche à droite avec cette lueur amusée qui se pose sur le décor à te filer une migraine ophtalmique.

Elle est silencieuse, calme et se fond totalement dans l'ambiance. Je profite de sa flânerie pour l'épier sans être trop évident.

Il y a une force en elle que je ne saurais identifier. Cette onde discrète qui flotte sous son derme opalescent. Elle n'est en rien une petite chose fragile comme elle le projette.

Je l'ai vue à l'œuvre.

Elle possède une part sombre qu'elle enrobe inconsciemment sous des couches de douceurs. Cependant, c'est naturel chez elle. Je connais bien assez le type de nénette manipulatrice pour différencier un mensonge et quelque chose d'inné.

Bien sûr, ce n'est pas quelque chose qui est ancré en soi de naissance. C'est l'aboutissement d'expériences qui vous marquent à vie, comme un tatouage imprimé sur votre âme.

Est-ce le résultat des nombreuses cicatrices qui gâche son épiderme entre ses cuisses ?

Qui les a mises là ?

Ma paume frotte inconsciemment sur mon bras. Les aspérités qui s'y trouvent ont-elles les mêmes origines que les siennes ?

Un raclement de gorge m'arrache de mon esprit qui vaque. Ma vision fait le point sur un visage pâle aux traits froissés.

Je cesse mon geste, ramène ma main sur la table.

— Tout va bien, Dayan ? se soucie-t-elle.

Son attitude m'emmerde, néanmoins, je feins l'ignorance.

— Le service est long ce soir, souligné-je à la place.

Comme si l'abruti avait entendu ma plainte, il se matérialise à la gauche de mon invitée, se confondant en excuses pour l'attente, prétextant une salle comble et un manque de personnel.

Je triture mon piercing, le serrant entre mes molaires pour garder une réplique cinglante. Mon homologue ne réagirait certainement pas. Cette couille molle conserverait le silence.

Deux paniers sont placés devant nous. Deux autres plus petits sont posés de chaque côté, puis c'est au tour de nos breuvages.

À la vue de l'épaisse mélasse, je réprime un grognement désapprobateur.

Ce gars est non seulement une bite, mais en plus un terroriste de la bouffe.

Fort heureusement, il se défoule sur la fonte pour éliminer toutes ces bouses de notre organisme.

Je peux avaler de la nourriture rapide, mais j'ai mes limites. Je préfère me passer d'un repas le soir, privilégiant plutôt une boisson protéinée qui me prodigue de l'énergie avant d'effectuer quelques merdes pour Delon.

— Hum, ça a l'air délicieux, se délecte-t-elle.

Je force un sourire léger, l'invitant d'un hochement du menton à attaquer son burrito.

Elle ne se fait pas prier et s'empare de son sandwich dans lequel elle croque avec passion. Je la détaille tandis qu'elle mâche en poussant un gémissement de bonheur qui me laisse pantois.

Mon comportement semble l'alerter, car elle essuie maladroitement le coin de sa bouche, rougissante comme une vierge effarouchée.

— Tu ne manges pas ? m'interroge-t-elle.

Je suis incapable de réagir ou de prononcer un mot.

Tout ce que je fais, c'est la dévisager en me questionnant sur le genre de personne qu'est Lake Braxton.

— Bien, alors je vais devoir m'occuper du tien aussi. Hors de question de gaspiller un tel délice, affirme-t-elle en se penchant déjà vers moi, une main tendue vers mon panier de burritos.

Je capture son poignet vivement à l'instant même où ses doigts atteignent le bord de celui-ci. Elle éclate de rire, me surprenant une fois encore. Cependant, son hilarité me captive encore plus. Je suis soudain affamé. Non pas de nourriture, mais de ce son clair et cristallin qui sonne comme une mélodie divine.

— Tu as changé d'avis ? se marre-t-elle.

Je plonge mon regard dans le sien.

— Je n'ai faim que d'une autre chose, prononcé-je d'un timbre bas et caverneux.

Son rire meurt, laissant place au silence. Seuls les bruits ambiants nous parviennent.

M'abaissant plus près, j'enserre son poignet plus fort.

— Je t'ai promis des représailles pour avoir touché ce qui est à moi, l'as-tu déjà oublié ?

Elle secoue la tête lentement. La crainte anime un instant ses prunelles avant que la noirceur de ses pupilles envahisse le bleu océan. Elle est clairement excitée par ma menace.

— Je suis un homme de parole, ajouté-je sournoisement.

Elle se détend sous ma prise, approche son faciès du mien, je vois la détermination s'enrouler autour de ses iris comme un serpent se love autour d'une pierre d'obsidienne.

— Je ne suis pas ta proie, Dayan, murmure-t-elle. Je ne suis pas non plus à toi.

Je m'incline davantage, rapprochant mes lèvres des siennes dans un acte dominant. Elle ne recule pas, ne me donne pas accès non plus à sa chair molle. Sa conduite me fascine complètement. Elle devrait avoir peur, se fondre sous mon charme. Or, elle se calque sur mon acte, reflétant ma suprématie jusqu'aux profondeurs de son regard.

Je n'avais jamais eu affaire à une femme de son acabit. Elle ne se replie pas sur elle-même. Elle ne cherche pas à me plaire. Elle ne me regarde pas comme une erreur de la nature ou comme quelqu'un qu'elle pourrait manipuler. Elle ne joue pas, elle ne me contourne pas.

Elle ne s'offre pas non plus.

Elle est capable de passer d'une fille innocente à une renarde confiante et provocante en quelques battements de cœur.

Si je ne l'avais pas eue sous la main, vu ses balafres, elle aurait pu être ma perfection féminine.

L'altération de sa peau, son corps sans courbes, la teinte de ses cheveux... tout en elle est aux antipodes de mes toiles. Elle ne peut être une de mes œuvres. Néanmoins, elle pourrait bien être une pièce de ma collection.

La seule que je garderais en vie pour profiter de sa beauté cachée.

Une œuvre d'art intemporelle et inclassable. Un objet d'une collection inestimable et impossible à déchiffrer de par la complexité de sa composition. Seulement, l'artiste qui l'a créée ne peut être un monstre comme celui qui m'a créé.

Je volerai l'ouvrage à son créateur, je m'approprierai celle-ci à ma manière.

CHAPITRE 5

C'est elle qui rompt notre proximité, reculant sur son siège en me privant de son contact. Je n'avais pas réalisé la perte de son membre, trop perdu dans mes réflexions.

Elle me dédie un sourire chafouin avant de s'emparer de son burrito et d'y mordre à pleines dents.

Désireux de m'extirper de son aura, je commence à manger, surpris par les saveurs qui éclatent en bouche dès lors que je prends une bouchée.

La conversation a été réduite tout le long de notre repas. Je ne le dirai jamais à haute voix, mais j'ai été agréablement surpris par la qualité de la bouffe de ce modeste restaurant.

La plus grosse surprise, néanmoins, reste la fille qui m'accompagne.

Non de cela d'avoir fait naître plus de questions dans mon esprit, elle m'a étonné de par sa capacité à ingurgiter autant de nourriture sans se lamenter un seul instant de tout ce qu'elle devrait faire pour l'éliminer. Toutefois, je me demande où elle le met alors que nous marchons côte à côte dans les rues encore bondées à cette heure tardive.

J'ai goûté à la douceur de son nectar, empoigné sa chair dure et tonique alors qu'elle s'offrait à mon double. Même si l'expérience a été insatisfaisante, je me surprends en cet instant à douter de moi.

Je n'avais jamais été interrompu alors que je m'apprêtais à retirer du monde une âme corrompue.

Aurais-je commis une erreur ce jour-là ?

Aurais-je pris une âme pure ?

Aucune femme n'est pure, putain !

Alors, qu'est-ce que je suis en train de foutre ?

Mon humeur bascule en une fraction de seconde. La fureur s'approprie mon être comme un poison infiltrant mes veines, altérant mes organes vitaux. Mon pouls s'accélère, mes muscles se durcissent, ralentissant considérablement mes mouvements de marche. Ma vision devient noire.

La silhouette qui me dépasse se stoppe à quelques mètres. La nuance de rose gold qui reflète les spots des devantures m'apparaît comme un halo angélique bordant la couronne de sa tête.

Sa voix perce à travers les bruits ambiants tandis qu'elle m'atteint avec des intonations familières de peur.

Cette note me galvanise au point de me bercer dans une agréable chaleur qui me dégèle, ramène mon palpitant à une cadence plus lente.

— Dayan ? répète Lake.

J'ai conscience de ce qu'elle voit dès que son visage se froisse.

Je desserre les mâchoires, détends mes poings, me délestant de la tension en adoptant une allure plus lâche. La crainte qu'elle m'ait démasqué me relance dans une colère moindre.

Cependant, elle me toise d'une manière suppliante. Il me faut un laps de temps pour saisir qu'elle me réclame une autorisation qui m'échappe jusqu'à ce que je comprenne par son attention qui oscille entre ma poigne et mes yeux.

Jouant au mec torturé, je lui octroie, après un moment de fausses hésitations, le droit de me joindre. Elle ne montre aucun flottement et attrape ma main gantée. Son emprise est ferme et douce à la fois, comme si elle mettait autant de cœur à me communiquer son respect pour *son* rejet de tout effleurement et sa confiance en lui.

J'ignore lequel des deux est le plus à plaindre.

Elle, pour son attirance pour cette couille molle, ou lui pour être aussi pathétiquement foutu dans son ciboulot.

Je resserre sa paume, diffusant toute ma frustration dans ce geste. Si elle souffre, elle en demeure mutique, ne laissant rien transparaître sur elle non plus.

Il est temps de se reprendre et de remettre mon plan en action.

Fort de ma décision alimentée par ma détermination, je la guide à travers les allées et la foule en direction de notre deuxième destination.

Nous sommes samedi, les New-Yorkais profitent de la soirée, malgré les températures un peu fraîches, pour se détendre et festoyer.

À l'approche de mon but, je la sens se raidir, un rictus perfide se dessine sur mes lèvres, que je ravale aussitôt que le poids de son regard pèse sur mon profil.

Me glissant plus profondément dans la peau de son chevalier eunuque, je lui accorde un petit encouragement :

— Il n'y a rien à craindre, assuré-je tandis que nous passons les piliers qui marquent l'entrée du parc.

Elle jette un œil par-dessus son épaule, puis m'examine avec un sourcil arqué.

— La dernière fois que tu m'as dit ça, j'ai dû tirer sur quelqu'un pour te sortir des emmerdes, rappelle-t-elle.

Ce coup-ci, je ne parviens pas à enrober ma stupéfaction. Elle est inscrite sur toute ma face.

Je pensais jusqu'ici que la balle qui avait perforé le genou de ce connard venait de Dayan. Il est peut-être un lâche en matière de gonzesses, mais Delon n'a jamais eu à redire sur ses aptitudes avec une arme.

Encore que, je n'aurais jamais pu croire que c'était l'œuvre de cette fille.

Je note également l'ironie dans son ton, ce qui m'amuse autant que ça m'agace.

Elle a de l'humour, je ne peux le lui enlever. Seulement, qu'elle me considère comme un type que l'on doit défendre et me confonde avec lui pour cela m'emmerde foncièrement.

Je déteste les femmes qui s'imaginent être meilleures qu'un homme. Ce genre de nana avec une estime de soi aussi grosse qu'une montgolfière. C'est ce qui les mène tout droit sur une toile peinte avec leur sève corrompue.

Toutefois, il y a quelque chose de nettement différent dans son attitude et dans ses prunelles. Ce n'est pas de la supériorité ou de l'arrogance qui l'anime, comme avec Red ou toutes ces morues qui se ruent sur moi.

C'est une forme altérée de honte.

— Ouais, tu as eu des sacrées baloches, dis-je sans trop m'engager.

Elle m'immobilise en plein milieu du sentier, ses iris perçants vissés sur les miens.

Je ne m'attendais certainement pas à y trouver de la reconnaissance.

— Tu aurais pu les laisser faire ce pour quoi ils avaient été payés, chuchote-t-elle.

Cette information me transperce comme une lance alors que je lutte pour qu'aucune émotion n'apparaisse.

Ce soir-là, j'ai émergé en plein milieu de la lutte, mettant un temps infini à piger la situation. Mon rythme cardiaque était fou comme chaque fois que je m'extrais du néant.

Quand ma vision a fait le point sur mon environnement, la première chose que j'ai vue, c'était elle. Elle était tenue par l'arrière, un gun braqué sur la tempe. Le type qui la menaçait était instable sur ses jambes. La difficulté avec laquelle il se maintenait debout trahissait une blessure à une articulation.

Je ne me suis pas attardé là-dessus. J'étais trop absorbé par ma proie qui me suppliait de la sauver. Elle appelait son nom à lui alors que j'étais à portée de main.

L'idée de la briser m'excitait. Je sentais mes doigts fourmiller sous le toucher fantôme de son derme. J'ai été déconnecté tandis que j'imaginais que la peur sur son visage en cet instant ne serait qu'un échantillon de celle que je lui arracherais avec mon scalpel.

Je me suis figé sur place, en proie à tant de sentiments. Elle était passée en un éclair d'une position de faiblesse à un état de crainte.

Elle ne flippait pas de mourir.

Non.

Elle redoutait de ne plus jamais me revoir.

De ne plus jamais, *le* revoir.

Elle l'appelait.

Entendre son prénom sur ses lèvres quand je me tenais face à elle m'a foutu en rogne.

Et puis ce fut le néant.

J'ai perdu le contrôle au profit de cette autre part de mon corps.

Depuis lors, à chaque éveil, je me suis juré de les punir tous les deux.

Lui pour m'avoir déjoué à chaque tour.

Elle pour l'avoir captivé et le pousser à me déjouer.

Un cercle vicieux.

Sauf que le cercle s'est refermé autour de moi, le vice s'est emparé de mon être comme un insecte dans une toile.

Piégé.

L'orgueil est une plaie qui, une fois ouverte, ne se referme jamais vraiment. Mais alors, est-ce aussi ainsi avec la colère ?

Pourrais-je aller contre ma nature pour atteindre mon but ?

Je me secoue mentalement quand sa voix perce dans la nuit.

— Pourquoi m'as-tu épargnée ?

Là, maintenant, j'ai l'intime conviction qu'elle s'adresse à moi et non à lui.

Aurais-je commis une erreur ?

Ou m'a-t-elle pris pour un con tout ce temps ?

Étrangement, cette dernière ne me pique pas comme elle le devrait.

De la fierté et un soupçon d'admiration me gagnent.

Si elle est capable d'être sincère avec moi, de me montrer ses vraies couleurs après que je lui ai montré les miennes, devrais-je continuer ce divertissement tout seul ?

Non.

Ce n'est pas une femme faible qui me fait face. C'est une guerrière avec plus de courage que la plupart des individus à qui j'ai eu affaire dans ma vie.

Rien que pour ça, elle mérite un peu d'honnêteté. Car affronter un ennemi la tête haute est bien plus que les hommes que j'ai tués n'ont jamais su faire devant leur mort imminente.

— J'ai été fasciné, avoué-je sans trop en révéler.

Je suis un menteur.

J'adore trop notre petit jeu pour y mettre fin de suite. J'ai des objectifs trop importants pour tout bazarder alors que la soirée débute seulement.

Ma réponse semble la laisser pantoise et insatisfaite. Elle s'avère même embrouiller son esprit vif.

Elle se renfrogne comme une enfant pétulante, ce qui, je le reconnais, lui donne un air attrayant. Elle paraît plus jeune encore.

Je n'ai rien contre la jeunesse, un trou ne fait aucune différence pour ma bite. Mais je ne fais pas dans les gamines. Malgré son attitude infantile, elle n'a rien d'une adolescente.

Elle est comme un papillon pris dans sa chrysalide. Coincé entre deux étapes cruciales de sa courte existence. Sa transformation en sublime créature tardant à se dévoiler. On ne sait jamais ce qui se planque dans ce cocon, et pourtant, on pressent que le résultat sera de toute beauté.

C'est ainsi que rayonne Lake Braxton.

De l'extérieur, son apparence est celle d'une nana banale et fragile. Intérieurement, c'est une femme fatale.

Je commence à discerner enfin ce qui l'a attirée dans le giron de mon alter ego.

Avant de me ramollir, je l'invite à me suivre. Avide de découvrir un peu plus de ce qui se cache sous cette carapace intrigante.

Elle m'emboîte le pas en sourdine tandis que je devine les rouages dans sa tête qui se déchaînent.

Au bout de quelques mètres parcourus, le silence devient pénible, le hululement des oiseaux nocturnes m'agace.

Elle garde ses distances, ce qui fait enfler ce sentiment qui me ronge de l'intérieur. Je suis un mec tactile, j'aime avoir accès à ce que je convoite sans barrière ni retenue.

— Aurais-tu la trouille que je te corromps ? ironisé-je.

Elle pivote face à moi, plissant les yeux avec une expression sournoise.

— Je pense que c'est trop tard pour ça aussi.

Sa réplique me file un frisson qui me déclencherait une érection si ce n'était ma colère qui accapare trop de sang en le fouettant vers mon cerveau.

— Est-ce un reproche ? l'interrogé-je sensuellement.

Un bip unique brise notre échange tandis que je retire le téléphone de ma poche arrière. C'est Red qui, comme toujours, me harcèle de message sulfureux en imaginant que je la baiserai en échange d'informations.

J'ignore son invitation, mes pouces se déplacent rapidement sur le clavier alors que je rédige une réponse courte et menaçante.

La laisser totalement dans le noir est pire que de la rejeter. Elle est comme une chienne enragée qui ambitionne une friandise. Refusez-la-lui et elle ameutera tout le quartier jusqu'à ce qu'elle l'obtienne.

Même après l'avoir laissée déchirée et saignante, cette salope s'obstine à courir après ma queue. Elle est peut-être folle, mais elle est surtout intelligente.

Son immunité auprès de Delon lui confère une assurance qui lui garantit un laissez-passer.

Elle est dangereuse et la tenir à distance est la seule option que j'ai pour ne pas franchir la ligne et la crever comme elle le mérite.

Mon humeur est à nouveau sombre au moment où je range l'appareil.

— Tout va bien ?

— Rien qui ne te concerne, claqué-je en miroir de mes émotions orageuses.

Elle fouille mon visage un instant, puis ses traits se délitent pour adopter un masque de velours.

— Je comprends, soupire-t-elle. Ton travail, ponctue-t-elle en mimant des guillemets.

J'arque un sourcil agacé, me demandant ce que cet imbécile a dévoilé encore.

Je m'approche, plongeant mon regard acéré dans le sien. Elle ne recule pas, soutenant notre échange visuel avec autant de courage que de courroux dans le mien.

— Tu m'as vu à l'œuvre, et pourtant, tu ne trembles pas, grogné-je.

— Nous avons tous une part sombre en nous, Dayan. Tu m'as appris à vivre avec la mienne et à l'embrasser. Pourquoi craindrais-je la tienne ? Je la respecte.

Une sensation inédite de possessivité me perfore le crâne, imprégnant dans ma boîte crânienne un mot qui se répète en boucle « mienne ».

Plus je passe du temps avec elle, plus cette notion s'enterre dans cette partie primitive.

— Pourquoi tu n'as pas peur de moi ? insisté-je.

Je repousse mes instincts, affamé de ses paroles.

Je supplie presque de l'entendre prononcer mon nom. Je le désire comme une pute accro au crack.

— Parce que je t'aime comme tu es, déclare-t-elle.

Ces trois syllabes sont le ciment qui me fige dans ma stupeur.

Réalise-t-elle ce qu'elle vient d'engendrer ?

La bête qu'elle vient d'appâter ?

Comment peut-elle formuler ça alors que celui devant elle est l'homme qui veut achever sa vie prématurément ?

Ma vue vire au rouge.

Cette inconsciente manipulatrice.

Elle est comme toutes ses semblables. Une catin du Diable. Une vile créature destinée à avilir les mâles en les empoisonnant de leur vil mensonge.

Ma paume s'enroule autour de son cou, se referme comme un étau autour de sa trachée. Je veux voir le voile de la mort recouvrir ses orbes, l'entendre inspirer son dernier souffle.

Elle ne se débat pas. Ne crie pas.

Elle me dévisage simplement, les larmes perlant au bout de ses cils où la lumière des lampadaires s'accroche en reflétant leur halo.

— Tu mens, persiflé-je entre mes dents.

Elle cligne lentement des paupières, libérant les perles salines qui dévalent sa peau d'albâtre qui rosit déjà. Je me penche et les lèche comme un assoiffé. Elle est glacée sous ma langue. La salinité éclate sur mes papilles avec une amertume étonnante. Elles ne devraient pas avoir ce goût rebutant. Je décale la tête, sondant sa figure qui a adopté une carnation carmin.

Elle devrait se défendre maintenant. Tenter de se soustraire pour prendre cette bouffée vitale. Or, elle ne m'offre aucune résistance. Elle me toise juste en silence, comme si elle avait accepté la fatalité.

Je resserre mes doigts, la pousse à agir, à faire émerger la combattante qui m'a battu déjà une fois et m'a montré la force qui la compose.

Or, elle n'en fait rien.

La sclérotique de ses yeux a pris une teinte plus foncée, ses lèvres ont viré au bleu et pourtant, elle ne réplique pas.

Je m'arrache en mettant un écart entre nous.

Je ne sais plus de quoi je suis capable.

Elle crache et tousse à pleins poumons, sa main massant la colonne de sa gorge tandis qu'elle est pliée à la recherche de son air.

Je la contemple silencieusement. Elle me refuse son attention, se concentrant sur le sol alors qu'elle s'époumone encore.

Durant un temps indéfini, seul le son que produit l'air entrant durement dans ses bronches brise le calme.

Ma vision est à l'opposé de sa respiration ; claire et dégagée. La brume qui l'avait envahie a disparu et une palette de couleurs sombres la recouvre.

Je reste à distance.

Elle se redresse, me lorgnant comme si elle me voyait pour la première fois.

— Tu ne me fais pas peur, coasse-t-elle.

— Tu devrais, grondé-je.

— Nous avons déjà eu cette conversation, Dayan, souligne-t-elle.

Je réprime un haussement de sourcils. Donc, l'autre tâche a déjà tenté de l'éloigner.

Intéressant…

— Alors, pourquoi tu persistes à vouloir me dompter ?

Elle s'avance dans ma direction, s'arrête à portée de bras. Ce n'est pas par crainte, je le distingue dans sa posture. C'est de la prudence envers moi.

— Je ne cherche pas à t'amadouer, soupire-t-elle. Je pensais qu'après avoir traversé tout ce que nous avons fait, tu savais que je n'étais pas ce genre de personne.

Me teste-t-elle ?

Ce serait idiot de sa part. Nous sommes au milieu du parc, isolés et seuls à cette heure tardive. Je pourrais facilement la tirer derrière des fourrés et l'étriper sans que quiconque l'entende.

Il me faudrait à peine quelques secondes pour sectionner la bonne artère et la laisser se vider à mort.

Non. Cette fille n'est pas en train de me manipuler.

Elle est juste aveuglée par des sentiments qui la rendent stupide.

Comment peut-elle ressentir quoi que ce soit pour lui ?

Comment peut-elle garder son sang-froid après ce que je lui ai fait ?

Je fais un pas. Elle ne bouge pas.

Comment fait-elle pour ne pas trembler quand je me tiens face à elle ?

Je teste nos limites alors que ma main se tend pour se poser sur sa joue.

Elle n'esquive pas mon contact. Au contraire, elle s'appuie contre ma paume comme un animal réclamant la caresse de son maître.

Et c'est ce que je suis. Elle m'appartient.

Je ne sais pas encore ce que je souhaite le plus faire avec elle.

La garder ou la tuer.

Elle n'a pas conscience d'être en présence de son bourreau.

Je suis l'artiste de la mort, la main du destin.

Savoir si elle a un futur ou non repose entre mes doigts et ma volonté.

C'est galvanisant, exaltant d'une manière inédite. Pour la première fois de mon existence, je suis responsable de l'avenir d'un humain, sauf que là, ce n'est pas de son trépas, mais de sa vie.

La seule personne pour qui j'ai fait ça n'est autre que Dayan.

Je n'ai jamais hésité auparavant. Les femmes ont toujours été que de simples accessoires pour mes réalisations. Des déchets une fois qu'elles avaient rempli leur fonction pour recouvrir mes toiles.

Seulement, cette petite pincée d'incertitude qui me démange m'oblige à revoir mes plans.

Pour une raison primaire, j'aspire à posséder une œuvre d'art vivante. Et c'est ce que je vais faire.

La chaleur transperce la couche des gants qui me privent de sa peau. Je dois redoubler d'efforts pour ne pas briser ma résolution à jouer le rôle de mon double pathétique.

La jalousie est une nouvelle émotion, un poison qui s'infiltre dans mes veines tandis que des images de ma propriété étalée et offerte à mon autre facette défilent dans ma tête.

Je n'ai eu qu'un avant-goût d'elle, à peine une goutte d'eau de l'océan de sa saveur. Cette rivalité entre lui et moi est aussi vieille que ma naissance, pourtant, je n'avais jamais expérimenté la jalousie jusqu'alors.

Je ne peux me laisser emporter par ce trouble qui ne mènera nulle part.

— Dayan ? susurre sa douce voix.

Je vibre de rage à ce nom. Je veux la gifler pour l'insulte, mais ce n'est que le revers de la médaille quand c'est moi qui ai initié cette partie de jeu.

Comment réagirait-elle si je me dévoilais ?

Serait-elle en colère ? Me fuirait-elle ?

Me frapperait-elle ?

— Qu'est-ce qu'il y a ? grogné-je en contenant de justesse mes ténèbres.

— Tout va bien ?

J'ai envie d'éclater de rire tellement la situation est ridicule.

Cette nénette a réduit mes couilles à la taille de raisins. Je suis surpris de ne pas avoir glapi comme un lapin.

Il est temps de passer à la vitesse supérieure.

— Oui, assuré-je d'un timbre neutre.

Je scrute les alentours, remarquant un couple qui flâne à plusieurs mètres de distance. Je n'ai ni la lubie ni la patience de traîner plus longtemps ici.

Je la veux rien que pour moi avant que Dayan ne gâche tout, encore une fois, ou l'un des deux idiots dont il s'entoure en permanence.

— Il caille et j'ai une dette à récolter, rappelé-je.

Elle frissonne et j'ignore si c'est de froid ou d'appréhension. Je n'en ai cure à ce stade. J'ai un ouvrage à créer et trop peu de temps devant moi.

— J'espère que tu es prête à payer ? ajouté-je sournoisement.

Elle me sonde un instant, puis son regard prend une forme assurée.

— J'ai hâte de savoir ce que tu as dans la manche, déclare-t-elle.

Je ne me fais pas prier et accepte son défi. Je l'empoigne et la tire vers la sortie.

Moi aussi, j'ai hâte de savoir si mon acquisition vaut le coup de l'exposer ou de l'enfermer dans une pièce privée.

CHAPITRE 6

Dès que nous franchissons le pas de la porte, son humeur paraît changer.

Elle se déplace dans le salon comme si les lieux étaient acquis. Elle se déleste de son manteau, laisse tomber son sac au sol près du canapé, puis se tourne vers moi, les bras croisés.

Je ne l'ai pas vue aussi indécise auparavant.

Elle m'observe tandis que je brise la distance qui nous sépare, étudiant ma démarche dans le but certainement de déterminer si elle doit m'autoriser à la toucher ou pas.

J'ai épuisé toute ma retenue pour ce soir, puisé jusqu'à la dernière goutte de mon sang-froid pour jouer un rôle qui m'a demandé beaucoup trop de concessions.

Comme si ma nature était féline, elle me déchire de l'intérieur pour reprendre le dessus. Et je la laisse faire avec soulagement, l'accueille tel un amant.

Je m'immobilise devant elle, le bout de mes bottes butant contre les siennes. Je saisis sa mâchoire, tirant son visage près du mien.

— Tu es prête pour moi ?

Elle plonge son regard dans le mien, une étincelle furtive traverse ses iris juste avant de disparaître.

Si je n'en connaissais pas bien la signification, je pourrais l'avoir rêvée. Or, je l'identifie aisément, car elle est la dernière lueur avant la mort. Alimentée par la peur, brillante dans son dernier souffle par la résignation.

Je la repousse en arrière, la basculant sur le sofa. Elle chute lourdement en position assise, levant les yeux sur les miens.

À cette hauteur, je la domine sans peine, la barricade avec mon corps.

Je me penche, mon buste s'inclinant si bas, qu'elle cale son dos contre le dossier. Mes bras l'emprisonnent de chaque côté de sa tête alors que je prends appui au-dessus d'elle.

J'ai besoin de la goûter. Ses lèvres sont à quelques centimètres des miennes, nos souffles se mélangent.

Elle suit ma ligne de mire qui s'attarde sur sa bouche pincée. Elle lit mon hésitation, ses sourcils se fronçant.

Je rétablis un contact direct avec elle, mes poings se fermant dans un grincement de cuir qui suspend le silence un instant.

Mon agacement explose alors que la sensation d'étouffement me dilate les narines.

Elle me surprend au moment où, venues de nulle part, ses lippes entrent en contact avec les miennes.

Je me décide en une fraction de seconde. Contractant mes abdos pour garder ma posture inclinée, je détache mes paumes pour bazarder ces putains de gants.

Elle se glisse timidement dans ma cavité buccale. Je réponds comme un affamé, attaquant son muscle tendre avec férocité.

Mes mouvements manuels se calquent sur celui de ma langue tandis que je retire le cuir de mes mains. Aussitôt à l'air libre, j'empoigne ses cheveux en l'attirant plus près qu'il ne l'est possible.

Je sens sa cadence ralentir, elle se raidit. Mes paupières s'ouvrent, ma vision rencontre deux flaques océans.

Elle sait.

J'interromps notre connexion charnelle, non sans relâcher ma prise sur sa chevelure.

Un rictus cruel se répand sur mon faciès. Ses orbes brûlent comme des charbons ardents.

— Tu es pleine de surprise, me moqué-je.

— Et tu es un piètre menteur, rétorque-t-elle froidement.

Je libère ma poigne et recule.

— Qu'est-ce qui m'a trahi ? demandé-je amusé.

Elle secoue la tête, ses émotions transpirant de par ses pores et ses traits fanés.

Je me détourne, me dirigeant vers le bar pour me remplir un verre de whisky. Je pivote tout en me versant une rasade du spiritueux. Je croise ses prunelles qui me détaillent maintenant comme un laser. Je vois le moment où elle assimile chaque différence, chaque détail qui n'est pas *lui*.

Je repars vers elle, choisissant de m'asseoir sur le fauteuil qui lui fait face. La table basse octroie une barrière qui semble la mettre à l'aise. Je pose devant elle un verre à moitié rempli, puis m'installe confortablement.

— Si tu sais qui je suis, commencé-je, pourquoi ne t'enfuis-tu pas ?

Je bois une gorgée, excité de sa réponse à venir.

— À quoi ça servirait, Kael ?

Je clos les paupières une seconde aux syllabes de mon nom.

Je les rouvre et avale d'un trait le contenu. J'accueille la brûlure de l'alcool avec sérénité.

Je le dépose sur le mobilier, m'accoude sur mes cuisses.

— Tu ne pourras jamais me fuir, confirmé-je.

Elle se baisse vers sa boisson, l'amène sous son nez sans jamais rompre notre contact visuel, puis renverse le tout dans son gosier comme si le liquide était une sorte de filtre de courage.

Elle s'adosse au divan, reposant sa nuque contre la tranche, son attention braquée sur le plafond.

Sa position vulnérable, l'exposition de sa gorge me font vibrer alors que des images d'elle couverte de sang, sa sève vitale s'écoulant de sa trachée ouverte me déclenche des frissons.

Au bout d'un long mutisme, sa voix perce avec une intonation faible.

— Qu'attends-tu de moi ? demande-t-elle.

Je redresse ma colonne vertébrale. La teinte de capitulation qui colore son timbre m'atteint comme une gifle.

— Regarde-moi, exigé-je.

Avec du retard, elle s'exécute lentement. Quand ses rétines percutent enfin les miennes, j'intercepte l'apathie qui s'y trouve.

— Il t'a parlé de nous, n'est-ce pas ?

Ses globes apparaissent troubles, elle acquiesce du chef.

— T'a-t-il expliqué ce que nous sommes ?

Un rire âpre et bref la secoue.

— Sais-tu même qui tu es ?

Sa question me pique au vif, cependant, je ne montre aucune réaction.

— Je suis ce qu'il a voulu faire de moi. Son arme, ajouté-je.

— Alors, pourquoi le torturer ? renifle-t-elle.

Elle se hisse, me fusillant d'une œillade sombre me défiant de répondre.

Je hausse les épaules avec nonchalance sans contrôler le sourire narquois qui se dessine.

— Je m'amuse un peu avec lui.

— Foutaise ! Tu lui pourris la vie, en as-tu conscience ?

Ma mâchoire se crispe, mes poings se referment alors qu'il me faut tout le self-control que je possède pour ne pas bondir par-dessus ce fichu meuble et la saigner à mort.

— Tu ignores tout de lui on dirait, raillé-je à la place.

— Suffisamment pour être au fait que depuis le moment où tu es apparu, il a dû s'exiler et se planquer au point d'avoir peur de lui-même, persifle-t-elle.

Malgré sa virulence et son aversion claire pour moi, je la veux encore. C'est étrange et excitant. J'ai tué pour bien moins que ça.

Je m'esclaffe. Non, pas de joie, mais d'amertume. Comprend-elle l'ampleur de la maladie de Dayan ?

Non.

— Tu te fourvoies complètement, ricané-je. Je ne suis pas le problème, mais la solution. Ton cher Dayan n'était qu'une loque, un punching-ball et un putain de martyr sans couilles qui acceptait tout ce que sa garce de génitrice lui administrait sans broncher, sifflé-je. Je l'ai sauvé de ses griffes en le libérant de cette pute manipulatrice et barge. Je lui ai donné une chance de survivre. Je l'ai rendu plus fort, lui ai octroyé le pouvoir de ne plus jamais souffrir sous la coupe d'un autre.

— Tu l'as jeté directement dans les griffes d'une organisation criminelle, objecte-t-elle.

J'arque un sourcil à ses connaissances. Que lui a-t-il encore confié, cet imbécile ?

— Alors, c'est ainsi que ça va se terminer ? Tu me tues ici même ? Mon cadavre comme punition à Dayan ?

Même si son acte de bravoure me fout en rogne, je suis plus touché par le fait qu'elle ne voit ma contrition envers elle.

Je le mérite.

Après tout, je suis celui qui a intenté à sa vie plusieurs fois.

— Je n'ai pas l'intention de me débarrasser de toi, grincé-je. Stoppe tout de suite ce mélodrame qui me file la migraine.

Elle se renfrogne aussi sec.

— Pardonne ma mémoire qui me rappelle constamment que tu as essayé de me buter à plusieurs reprises, suis-je bête, je dois avoir un câble qui a pété, ironise-t-elle avec véhémence.

Sa propension à me provoquer est énervante et rafraîchissante à la fois.

Je ne peux m'empêcher de la comparer en cet instant à Red. Cette dernière est tout aussi provocante, mais c'est sa folie qui la guide. Cette gonzesse est pourrie jusqu'à la moelle et composée que de malice.

Lake Braxton est faite de pureté et d'innocence avec une paire de couilles plus grosse que celle d'un taureau. Elle en a aussi la force.

— Tu es une femme bien étrange, ne puis-je garder pour moi.

Elle éclate d'un rire sans humour.

— C'est moi qui suis étrange ? C'est un cas typique de l'hôpital qui se moque de la charité.

Ce qui est réellement bizarre est son absence de méfiance avec moi. Elle est une contradiction à elle seule. Un casse-tête chinois que je ne parviens pas à cerner.

Je ne peux m'empêcher de continuer à la comparer à Red.

Il y a, dans sa façon de me tenir tête, une assurance similaire à la fille aux cheveux rouges qui me fait enrager. Elle me pique, ignorant tous ses instincts de prudence. Simplement, la différence entre elles réside dans ce qui motive cette impétuosité.

L'une le fait avec des desseins malsains, motivée par son désir égoïste et sa soif de pouvoir. Red est un conquistador en mission de possession d'un territoire hostile. Elle convoite mon corps dans le seul but de se l'approprier pour nourrir son ego. Tel un dresseur qui éprouve de la fierté à dompter un fauve.

La deuxième, n'est rien de tout cela.

Son unique motivation siège dans son cœur qui, pour une raison inconnue, s'est épris de cet animal féroce et mortel. Elle ne cherche pas à l'apprivoiser. Elle s'offre à ses dents et ses griffes sans crainte de mourir. Elle accueillerait la mort avec un soupir d'aisance. Elle ne la fuit pas. Elle l'embrasse comme un amant longtemps perdu. Elle ne cherche pas à conquérir ces terres inhospitalières. Elle s'adapte à elles, se fondant comme une autochtone dans la nature.

La peur que j'aie fait naître en Red est noyée par son ego surdimensionné que j'ai fissuré en lui exhibant mon tempérament bestial. Elle n'abdiquera pas par pur orgueil.

Lake ne me craint pas malgré cela. Elle est tout aussi sauvage que moi, elle n'en a tout simplement pas conscience.

Il n'y a qu'elle qui mérite ma signature, elle sera ma plus grande œuvre d'art. Plus personne ne contestera ma propriété, pas même Dayan.

Il est temps de passer à l'action.

Je quitte mon assise et tends ma paume ouverte devant elle. Elle la fixe un certain temps, puis ses yeux remontent vers mon visage. Son hésitation m'agace légèrement. Je soupire pour l'exprimer.

— Il est temps de rembourser ta dette, annoncé-je avec un air sournois.

Au lieu de s'emparer de ma main tendue, elle s'adosse au canapé, croisant ses bras contre sa poitrine. Cet infime geste de rébellion attise ma violence intérieure. Je n'ai pas pour habitude d'être renié de cette façon.

— Je n'ai aucune dette envers toi, Kael, me contredit-elle. Tu t'es immiscé dans un jeu qui ne te concernait pas.

J'arque un sourcil, pris au dépourvu par ses allégations.

Se fiche-t-elle de moi depuis le départ ?

Oh ! Elle va payer pour cela.

— Comment sais-tu que ce n'était pas moi à l'autre bout du fil depuis le début ? enquêté-je d'un ton perfide.

Elle campe sur moi ses prunelles meurtrières qui me raidissent la bite.

— Je ne sais pas, dit-elle en haussant les épaules.

Sa réponse évasive joue avec mes nerfs et mon contrôle. Si je cède, alors je perdrai à mon propre jeu.

J'enjambe la table basse, la prenant au dépourvu. Elle s'imaginait peut-être en sécurité, ce qui est ridicule. Je me campe devant elle, la contraignant à incliner la nuque. J'aperçois enfin cette étincelle de colère faire rage dans ses iris. Elle clignote comme un phare dans la nuit.

— Tu n'es pas aussi bon acteur que tu penses, claque-t-elle.

J'explose de rire. Ce n'est pas de joie ou de bonne humeur. Non. C'est une note plutôt caverneuse et froide. Il n'y a aucune chaleur dans mon éclat, car la réalité de sa manipulation vient de me sauter à la tronche.

Je me figurais être le marionnettiste alors que les ficelles étaient autour de mes membres depuis le commencement.

Je fonce sur elle, empoignant sa tignasse au sommet de son crâne, resserrant mon emprise tandis qu'elle secoue la tête dans une tentative vaine de déloger ma poigne.

Je me penche, amenant mon visage face au sien. Nos nez se frôlent, nos souffles se mélangent. Le sien est chaud là où le mien pourrait être glacial. Elle cesse de s'agiter, soudant ses billes camaïeux dans le vert profond des miennes.

Il n'y a aucune trace de crainte dans l'océan Pacifique dans lequel je me trempe. Sa puissance me surprendrait si je n'y avais pas déjà goûté. Je désire comme un affamé qu'elle me combatte. Je souhaite qu'elle me montre de quel bois elle est faite.

Elle me défie d'un regard si intense qu'elle pourrait voir dans les profondeurs de mon âme mon alter ego. Est-ce cela qu'elle cherche ? Croit-elle réussir à me transpercer jusqu'à ce qu'elle trouve le mec dont elle est tombée amoureuse ?

Cette simple pensée me ronge comme de l'acide.

La jalousie me dévore. Cette possessivité m'embrouille. Je ne peux l'avoir pour moi tout seul, contraint à partager mon obsession avec cette petite merde faible et pathétique.

Elle m'appartient.

Quand j'en aurai fini avec elle, ils ne l'oublieront jamais.

Je l'oblige à se tenir debout. Ses jambes chancellent, elle s'accroche à moi avant de s'écarter comme si mon contact la dérangeait. Je capture son expression faciale, réalisant alors que ce n'est pas pour elle, mais pour moi. Le fait qu'elle me prête les mêmes faiblesses que mon alter ego me fait gronder.

J'enserre ses poignets et plaque ses paumes sur mon torse.

Elle s'immobilise, ses billes se précipitant directement sur les miennes. Sa respiration est profonde et rapide. La mienne est calme et lente. Elle ne bouge pas. Sa mine est empreinte de confusion.

— Je ne suis pas comme lui, grommelé-je agacé.

Elle tressaille imperceptiblement, puis ses sourcils se froncent, plusieurs émotions défilent sur ses traits avant de se figer en un masque neutre.

— Qu'attends-tu de moi ? murmure-t-elle d'un ton sibyllin.

Je l'étudie un moment, comme je le fais toujours avec mes futures œuvres.

Ses lèvres rosées, dont l'inférieure est plus épaisse que la supérieure. Ses pommettes saillantes tachetées, sa mâchoire fine qui termine en pointe légèrement arrondie. Son nez droit avec une courbe à l'extrémité au-dessus de l'axe central de sa bouche. Ses cheveux qui retombent comme un rideau ouvert de chaque côté de ses épaules. Le mouvement de ses tendons autour de son cou quand elle déglutit.

— Te donner ce que tu veux, déclaré-je.

— Comment sais-tu ce que je veux ? demande-t-elle toujours fixée sur mon buste.

Je ne prononce aucun mot. Je réfléchis à la meilleure manière de l'amener là où je la veux.

— C'est évident pourtant, assuré-je.

Elle penche la tête, m'octroyant une œillade où transparaît le désir ardent qui la consume depuis trop longtemps.

La frustration est une sensation puissante et qui nous porte à faire tout et n'importe quoi pour l'enrayer. La convoitise du Saint Graal a poussé les hommes à faire des choses innommables au nom de leur quête. Lake ne fait pas exception. Moi non plus.

— À quel prix, Kael ?

Un sentiment de victoire me galvanise, crayonnant un sourire sur mes lèvres.

— Tout a un prix, c'est vrai, acquiescé-je. Ce que je veux c'est que tu te soumettes tout en continuant à me battre. Je veux que tu souffres et que tu aimes ça. En échange, je t'offrirai tout ce que tu veux de moi, sans rien te laisser prendre.

Elle me sonde, fouille dans mes astres comme si elle pouvait percer à travers pour découvrir la vérité derrière.

Je n'attends pas de réponse de sa part. Du moins, pas le type qui se concrétise par des paroles. Tout ce dont j'ai besoin se situe juste devant moi.

Dans l'affaissement de ses paupières, sur le relâchement de ses épaules, sur la montée et la descente de sa poitrine.

— Comment puis-je être sûre que tu ne me mens pas ?

Je recule tout en me dégageant de mon sweat. Je saisis ensuite l'arrière du col de mon T-shirt et l'enlève. Torse nu, je reprends ma place, agrippant ses poignets pour placer à nouveau ses paumes contre mes pectoraux.

Ses sphères bleues s'emplissent de larmes silencieuses. Ses mains glissent le long de mon thorax avec douceur et déférence quelques secondes, puis elle les laisse choir contre ses cuisses.

Ses joues brûlantes et colorées de grenat attirent mon attention alors que la teinte trahit ses émotions.

Culpabilité, colère et honte se mêlent.

Autant de sentiments qui me flanquent un mal de crâne. Je ne lui laisse pas le loisir de se plonger dans sa tête et ses pensées. J'encadre son visage et fonds sur elle.

Cette fois, je ne cherche pas à la punir, à ce qu'elle saigne. J'ai l'intention de la posséder.

Elle répond à mon baiser avec trop de retenue. Je mords dans sa lèvre, lui tirant un gémissement. Ce son est comme une mélodie douce à mes oreilles. Je fourre ma langue plus loin, la dominant en témoignage de mon appropriation de chaque parcelle de son être.

Elle s'éloigne soudain, brisant notre liaison avec un tel détachement, que je grince des dents.

— Je ne tromperai pas Dayan, notifie-t-elle. Que tu sois si près m'emmêle l'esprit. C'est bien assez difficile de cerner votre truc à tous les deux. C'est perturbant et clair en même temps. Vous êtes une seule et même personne et pourtant, si différents, soupire-t-elle les sourcils froncés.

— Tu ne le trompes pas, puisque c'est les mêmes chairs, raillé-je.

Elle croise les bras, indiquant clairement sa position ferme.

— Je ne coucherai pas avec toi, insiste-t-elle sévèrement.

— Je ne te donne pas le choix, tenté-je avec fermeté.

Elle décroise ses membres et enfin, je souris à la vue de son attitude de combattante que je convoite alors qu'elle décale légèrement sa jambe d'appui, pivote subtilement son buste pour se camper offensivement.

Je sais à l'instant que je ne peux pas la toucher sexuellement. Je serais incapable de retenir mes pulsions funèbres. J'exclus de prendre sa vie. Je veux la voir s'épanouir.

Est-ce cela que l'on appelle « l'amour » ?

Je l'ignore.

On dit que l'amour, c'est voir à l'intérieur de l'autre.

Moi, c'est la couleur de son sang qui m'intéresse. Je rêve de m'y noyer et l'enfermer dans mes ténèbres.

Enfin, son bassin bascule, ses guiboles tendues fléchissent. Elle fronce les sourcils, puis se redresse à nouveau en posture défensive.

— Je te botterai le cul ce coup-ci, menace-t-elle, les paupières papillonnantes.

Un sourire insidieux se dessine tandis qu'elle dodeline la tête, une expression confuse animant ses traits en sueur. Ses bras tombent mollement, ses yeux brumeux se jettent sur les miens alors qu'une étincelle de compréhension les illumine.

Un rire me fait vibrer le coffre alors que je me déplace vers elle. Je tends une main pour la caresser, mon regard accroché à ses cils qui ombragent ses cernes.

Le poids de sa tête penche contre ma paume tandis que la drogue infiltre insidieusement chaque cellule de son anatomie.

— Q... Qu'e... que... Tu, bafouille-t-elle rageusement.

Je souris comme le chat du Cheshire là où la haine transpire de ses commissures courbées vers le haut.

Je la cueille à la seconde où ses muscles l'abandonnent, lui évitant une chute alors que je la soulève comme une mariée.

— Chut ! soufflé-je sournoisement, dis-toi que c'est un acte de gentillesse que je t'offre là, me marré-je avec excitation.

Son front cogne contre l'arête de ma mâchoire, son souffle balaye la colonne de ma gorge avec une lenteur signifiant que le narcotique a achevé son travail.

Elle aurait dû refuser mon offre. Ne sait-elle donc pas qu'accepter un verre que l'on n'a pas préparé soi-même est dangereux ?

J'avoue que je comptais sur sa naïveté et sa confiance pour parvenir à mes fins.

Je franchis le seuil de la chambre, mon œuvre inconsciente dans mon étreinte. Je la dépose délicatement sur le dessus du plumard, écartant les mèches qui me privent de la vue de son visage.

Je passe le bout de mes doigts le long de son front, les faufilant vers le bas en passant sur la ligne droite du pont de son nez. Je les appuie sur sa lèvre inférieure, ourlant la chair molle. J'enfonce le bulbe de mon index entre ses dents, forçant le passage serré jusqu'à ce que j'atteigne la douceur tendre de sa langue inerte qui repose sur son lit osseux.

Je teste son réflexe nauséeux en entamant des va-et-vient. Aucune réaction ne se produit avant que je ne retire mon extrémité de son écrin humide et chaud.

Ma bite pousse contre la fermeture de mon pantalon.

Je pourrais la baiser dans cet état d'inconscience, prendre ce que je désire.

Peut-être le ferais-je.

Mais pour l'heure, j'ai un besoin plus urgent que de me vider les couilles dans sa douce chatte.

Je recule, me redresse de toute ma hauteur, dominant et surplombant son corps offert. Mon érection devient douloureuse tandis que ma vision parcourt sa silhouette.

Le bistouri caché dans la ceinture arrière de mon jean bouillonne contre mon derme comme s'il s'éveillait pour guider mes gestes.

Posant un genou sur le matelas, je commence par découper les étoffes qui me privent du spectacle qui m'intéresse. Une fois mise à nu, je me nourris de la texture et des grains de sa peau.

Je sors ma verge de sa prison, mon regard oscillant entre celle-ci et le scalpel. Je veux la poignarder de mes deux armes, mais dans quel ordre ?

Il est temps de cesser de cogiter.

L'heure est venue de marquer ma propriété de manière à ce que personne n'ignore à qui elle appartient.

CHAPITRE 7

Un parfum masculin remplit mes poumons, les frissons que cette odeur déclenche m'arrachent des ténèbres dans lesquelles je suis enfermée depuis je ne sais combien de temps. Gardant les paupières fermées, je fais un point sur ma situation. J'essaye de faire appel à ma mémoire défectueuse. Une douleur abominable s'est accaparé ma chair et mes muscles. C'est une impression étrange, comme si un poids lourd m'avait roulé dessus.

Mon crâne me lance, ma langue pèse. Un goût amer et âpre me tire une grimace. J'ai cette sensation horrible d'avoir avalé du coton.

Cependant, ce sont les flashs qui défilent dans mon cerveau qui sont la plus grande source de souffrance.

Kael.

Moi.

Son corps sur le mien, ses mains qui parcourent ma peau brûlante.

Ses baisers.

Le néant.

Je me débats tandis que le calvaire devient atroce.

Du sang.

Mon sang.

Le vert de ses iris d'une forêt luxuriante remplacé par un noir d'encre. Ce sourire cruel et la folie qui se dessine sur ses traits. La cruauté avec laquelle il me pénètre, son plaisir au son de mes cris. Son membre qu'il poignarde entre mes cuisses comme la lame qu'il m'enfonce.

Un sanglot éclate dans ma gorge. J'ai mal. Comme si j'avais ingurgité du verre. Ma bouche est désertique. Mes lèvres sont collées entre elles. Je remue pour tester mes réflexes. Ils sont lents et me demandent un effort considérable pour parvenir à bouger.

Était-ce un rêve ?

J'ouvre les yeux.

Kael est penché au-dessus de moi, ses sourcils froncés forment une boule à chaque extrémité.

— Espèce de fils de pute, m'étranglé-je.

Je m'enferme derrière la peau fine de mes astres, renforçant mon refus de le voir en me détournant de lui.

— Lake. S'il te plaît, calme-toi, tout va bien, dit-il d'un ton implorant.

C'est la voix grave de Dayan. J'ose un coup d'œil en priant pour qu'il soit réel. C'est son beau visage qui me salue, avec des sillons d'inquiétude gravés sur son front.

Ce n'est pas Kael.

Non ! C'est un leurre. Il se joue encore de moi.

Je ne sais plus ce qui est véridique de ce qui ne l'est pas.

Si je respire, c'est que je suis vivante, non ?

Je lutte contre le supplice qui me paralyse. Je me bats contre lui tandis qu'il s'est emparé de tout mon être.

Dans une tentative désespérée et désordonnée, je rampe vers le bord du matelas et me penche vers le bas. Cependant, je ne touche jamais le sol.

Des bras me rattrapent, me bercent contre un buste chaud.

— Je suis désolé, répète-t-il en boucle.

Sa vulnérabilité atteint mon âme que je pensais éteinte à jamais.

Il m'avait prévenue du danger. J'ai voulu croire que ce n'était qu'une tactique minable pour repousser ses propres sentiments.

J'aurais dû l'écouter. J'aurais dû me douter que ce n'était pas du bluff. Mes désirs ont mis mon existence en péril. Et j'en paye le prix. Mon entêtement a failli me coûter la vie. J'ai blessé cet homme que j'aime tant de par ma persévérance.

Mon subconscient me rejoue les mots de Red « tu ne peux avoir l'un sans l'autre. J'espère que tu survivras, juste pour voir ta tête ».

Je repense à la torture que je lui ai imposée à plusieurs reprises dans mon besoin de l'avoir. Ce que je l'ai forcé à faire pour un simple contact.

Tout ce que j'ai fait est purement égoïste. Ma nécessité de l'effleurer sans discerner ce tourment sur sa belle figure…

Où cela m'a-t-il menée ?

Tout ce temps, je songeais qu'il souffrait d'un traumatisme, mais je me fourvoyais dans mon obstination à ne pas suivre ses avertissements.

Il me préservait et non pas l'inverse.

Je suis si embarrassée. La culpabilité m'assaille et me brise en mille éclats.

— Je suis navrée, lâché-je dans un murmure.

— Navrée pour quoi, exactement ?

— J'aurais dû t'écouter au lieu de m'obstiner.

Il m'étreint légèrement plus fort, embrassant mon crâne.

Je tressaille au contact de ses lèvres. Mon mouvement le fait raidir.

Il me réinstalle sur le lit et se dérobe aussi vite.

— Dayan, attends, l'imploré-je tandis qu'il s'éloigne.

Il s'arrête, me tournant le dos comme si m'affronter était douloureux.

Je sais ce qu'il ressent. Je refuse simplement qu'il pâtisse de mes erreurs.

— Je… C'était ma faute, avoué-je du bout des lèvres.

Il pivote lentement vers moi. Sa mine me fait grimacer tandis que des flashs clignotent dans ma mémoire.

— Tu ne peux même pas me regarder sans te demander qui se trouve en face de toi, n'est-ce pas ? dit-il amer.

Son désespoir transparaît dans son timbre et me fend le cœur. Je me redresse tant bien que mal et le brave.

— Je vous différencie, contré-je. Il me fallait le confronter pour ça.

J'ai choisi de m'exposer tout en connaissant les risques que j'encourais. Je savais ce que je distinguerais dans ses prunelles. Ce n'était pas le reflet de mes envies, mais des desseins sombres et qui n'avaient rien à voir avec l'amour. Une soif de vengeance. Tant de choses qui auraient dû me faire renoncer. Au lieu de cela, j'ai vu de la curiosité. J'ai côtoyé une version plus légère de l'individu qui m'obsède.

Je me crispe sous la brûlure lancinante d'une zone de mon buste. Ma main se plaque contre cet endroit palpitant. Je lève mon haut pour découvrir un pansement large.

— Qu'est-ce que…
— Sa revendication, me coupe-t-il sèchement.

Mon organe vital s'emballe. Des taches blanches dansent dans mon champ de vision alors que je ne perçois pas Dayan s'approcher. Il s'accroupit devant moi et me fait signe du menton.

Il décolle les bords du bandage. Une fois enlevé, il se relève et va dans la salle de bains. Je l'entends fouiller, puis il est de retour. Je ne remarque la glace que lorsqu'il l'incline au-dessus de mon ventre. Mon regard se baisse, j'étouffe un cri.

Quatre lettres rougeoyantes sont inscrites dans ma chair, juste sous mon sein gauche.

KAEL.

Je serre les dents, mais je récuse de me laisser aller à plus d'abjection. La douleur qui me comprime le cœur est mue par la haine que je lis dans le regard de Dayan. Cette affliction me poignarde telle une lance. La honte me consume tel un brasier.

Je détourne les yeux, repose le miroir sur les draps. Je rabats le sparadrap ainsi que le bas du T-shirt. Je remarque alors que ce que je revêts n'est clairement pas à moi. À en juger par la taille, il appartient à Dayan. Je tire sur le col et inspire profondément son effluve. Un mélange de son odeur et une discrète fragrance de lessive.

Il pince délicatement ma mâchoire, forçant mon visage à lui faire face. Il frotte son pouce sur ma pommette. Ses traits se durcissent d'amertume, puis il m'évite, recule, déniant d'établir un contact visuel comme si ma vue l'incommodait.

— J'ai eu une sorte de déclic, comme une pulsion qui m'a réveillé. Ton corps était mou en dessous du mien. J'ai cru que je t'avais tuée. J'ai pensé que c'était moi qui empoignais le scalpel. Et puis, j'ai compris ce qu'il fabriquait.

Ses maxillaires grincent sous la pression, ses poings se referment à tel point que ses jointures blanchissent. Je réalise alors que ses membres sont nus.

— Il m'a cédé le contrôle dans le but malsain de voir ce qu'il avait fait. Dans l'objectif de me prouver qu'il pouvait faire ce qu'il voulait, quand il le voulait. Il m'a montré ma faiblesse et exercé son pouvoir en agissant ainsi.

Des bribes de la veille me submergent. Si, dans un premier temps, elles sont floues, elles deviennent rapidement plus limpides à mesure que mon cerveau les traite.

Je ne me suis jamais sentie vulnérable. Car je savais quelque part que Dayan et Kael ne formaient qu'une seule entité. J'ignore pourquoi cette conviction m'apparaît clairement qu'à cet instant. Malgré la scarification qui est gravée dans ma peau, cette croyance est ancrée en moi.

Je devrais avoir peur. Car si cela est vrai, alors Dayan est tout aussi dangereux pour moi que l'est son alter ego.

Pourtant, aucun sentiment néfaste ne malmène mon palpitant.

Serait-ce un effet secondaire de ce que j'ai absorbé à mon insu hier soir?

Pourquoi ne suis-je pas plus alerte en sa présence?

Pourquoi cette marque ne m'effraye-t-elle pas plus que cela?

Tout s'éclaircit dans mon esprit. Et pour la première fois, mon cœur et ma tête s'accordent sur un point.

— C'est tellement étrange, formulé-je à voix haute. Tu es l'homme le plus grand, le plus redoutable et le plus intimidant que j'aie jamais rencontré, et pourtant, je n'ai jamais peur quand je suis avec toi.

Voilà la vérité pure et dure. Dès que je suis à ses côtés, je me sens bien. Puissante.

Je me mets debout, testant durant quelques secondes mes jambes afin de m'assurer que je ne m'effondrerai pas. Après quelques vacillements, j'effectue quelques pas, le rejoignant alors qu'il me tourne le dos.

Je ne me fais pas d'illusions, il m'a entendue. Fort heureusement, il ne me rejette pas ou ne m'esquive pas quand je l'atteins. Je m'appuie entre ses deux omoplates, inspirant une profonde bouffée de son parfum.

Il sent le propre, comme s'il avait pris récemment une douche. Et je devine aisément, au bouquet de bois de santal, que c'est bel et bien le cas.

Son odeur corporelle est lénifiante comme une drogue dont j'ai besoin.

Nous restons un moment ainsi, dans le silence, sans bouger. Son échine ondule à chaque respiration qu'il prend.

Je garde mes mains hors de sa portée et pour la première fois, je ne lutte pas contre l'envie de le tripoter.

Il pivote lentement, me poussant à me détacher de lui sans pour autant m'éloigner. J'en suis incapable. Le narcotique me rattrape. Je me sens frêle et fatiguée. La brûlure sous ma poitrine irradie comme une pulsation constante et dérangeante.

Je bascule sur mes pieds vers l'avant, mais au lieu de me cogner contre son torse, ses paluches me retiennent par les épaules.

— Tu n'es pas en état de te tenir debout, garantit-il avec douceur.

J'opine, rageant contre ma fragilité.

Il me porte et brise les quelques mètres qui nous séparent du lit où il s'assied en me positionnant en travers sur ses cuisses toniques.

Son sweat est ouvert jusqu'à la naissance de ses pectoraux, me laissant voir une bande d'encre. Je pose ma joue contre cette partie accessible et m'enduis les poumons de sa senteur naturelle.

Mes paupières sont lourdes, je flotte entre lucidité et inconscience, pourtant je bataille en quête de sa saveur, avide du contact de son derme contre le mien.

Ses paumes glissent sur mes hanches et il me soulève en me reposant à côté.

— Je ne te toucherai pas, pas après ce qu'il t'a fait.

La tension dans son intonation, accompagnée du léger tremblement de ses muscles, dément ses paroles. Toutes les fois où nous avons été ensemble, j'ai ressenti des vibrations sous-cutanées, comme si son corps se battait pour se contenir.

— Je ne suis pas si fragile que ça, chuchoté-je.

Il caresse mes cuisses, rehausse la tête juste assez pour embrasser mon front.

— Tu sais que ça ne sera jamais normal entre nous ? me rappelle-t-il avec une pincée de douleur.

— Je m'en doute et je ne veux pas de la normalité, soufflé-je.

— Tu as eu de la chance ce coup-ci encore, me réprimande-t-il.

— Je ne pense pas qu'il aspire vraiment à me faire du mal, murmuré-je sans savoir pourquoi.

Il se redresse, me contraignant à l'imiter. Il saisit mon menton, soudant son regard au mien.

— Comment peux-tu dire ça ? grogne-t-il furieux désormais. As-tu vu ce qu'il t'a fait ?!

Mes paupières se ferment sous le poids du sommeil. Or, je le combats. Mon état de semi-conscience me replonge dans des bribes de ma mémoire encore brumeuse.

Sa voix joue dans mon esprit. Je capture ses propos, entends la réminiscence de ses paroles alors que j'étais dans un cocon induit par la drogue.

Je force mes yeux à s'ouvrir, piégeant ses billes rageuses qui me dévisagent.

— Il a eu des heures entières pour me tuer, bafouillé-je. Il répétait en boucle qu'il ne devait pas le faire. Que j'étais importante pour je ne sais pas quoi, relaté-je à partir de mes souvenirs.

Je marque une pause, luttant contre le sable qui a envahi ma cavité buccale et mon larynx.

Comme s'il lisait en moi, Dayan se lève, et alors que je suis sur le point de me laisser emporter par l'épuisement, il me secoue doucement. Quand mes globes s'ouvrent, ce que j'aperçois en premier est une bouteille d'eau.

Il m'aide à m'abreuver avec précaution. Le passage du liquide me fait l'effet d'un baume contre la sécheresse de ma trachée. Même ma langue semble dégonfler.

Il me présente deux pilules blanches que je reconnais comme de l'Advil. Je les fourre dans ma bouche et les avale avec deux gorgées de plus.

— Merci, soupiré-je.

Il écarte une mèche de mes yeux, plongeant ses émeraudes dans les miennes.

— Tu es forte, petite, plus que tu ne le crois. Il faut du courage pour affronter le visage de son ennemi, mais seule une battante cherche le toucher de celui-ci.

— Tu n'es pas mon ennemi, Dayan.

Il écrase ses mâchoires, ses rétines sont une contradiction avec son mouvement alors que j'y relève de la tristesse.

— Tu es tellement aveuglée par mon apparence, crache-t-il en faisant une grimace de dégoût. Réveille-toi et retire ces œillères qui te trompent sur le reste. Il ne peut y avoir aucune autre raison pour que tu persistes à me vouloir, putain !

Non, c'est plus que ça. La part sombre en moi a reconnu son partenaire.

— Tu as tellement foi en moi que ça me brise encore plus, confessé-je. Si tu savais certaines choses, tu ne me regarderais plus de la même manière, finis-je en baissant les yeux sur mes mains.

— Quelles choses ? Dis-moi.

— Je savais que c'était lui dès qu'il t'a…

Je laisse mes paroles vagues, ignorant quel est le terme qui convient. Il acquiesce, m'invitant à poursuivre.

— J'étais consciente que son invitation était un piège, pourtant, je n'ai pas refusé. Au contraire, j'ai passé la journée à anticiper notre rendez-vous. J'étais à la fois intriguée et curieuse de m'opposer à lui. Mon orgueil m'a submergée. Je souhaitais lui faire face, découvrir et comprendre qui il est. Je savais ce que je risquais et je l'ai accepté quand même.

Mes mots s'étranglent au fond de ma gorge, je repousse mes larmes d'aversion de soi qui me démangent.

Toute la soirée, au restaurant, alors qu'il me conduisait à travers le parc, je savais qui il était. Je connaissais ses espoirs et ses desseins. Je les ai sentis jusque dans ma chair. Les frissons.

Et tout ce temps, je l'ai laissé me séduire. J'ai été captivée par lui comme un papillon de nuit par un lampadaire brillant.

Je voulais me prouver que j'étais forte. Lui démontrer que je n'étais pas son adversaire.

— Je ne peux avoir l'un sans l'autre, balbutié-je.

Ses sourcils se froncent, il secoue la tête avec ce qui ressemble à une rage à peine contenue.

— La mort, voilà ce que tu auras, putain !

C'est insupportable. Je me sens comme si une ancre qui pesait sur moi me tirait plus profondément sous la surface glaciale de l'océan.

Comment est-il possible que dans un monde plein de mecs, je sois tombée éperdument amoureuse d'un représentant de la pire espèce ?

— Pourquoi continues-tu à me sauver ? De moi-même. Des autres. De toi. Je suis plutôt un inconvénient pour toi, alors pourquoi moi, bon sang ?

Il me scrute fixement, comme s'il réfléchissait à la question.

Au bout d'un long silence, il prend enfin la parole :

— Je ne sais pas comment l'exprimer. C'est tellement difficile. Je n'arrive pas à trouver la façon idéale sans crainte de te terroriser.

— Dis-moi. J'ai besoin de l'entendre.

— C'est ta réaction à la douleur qui m'a attiré. J'adore te voir souffrir et en même temps, je ne supporte pas de te voir le faire. Je hais cette dépendance que tu as créée en moi. J'ai l'impression de devenir fou. Tu es une énigme que je veux résoudre, la pièce qui manquait au puzzle de ma chienne de vie. Tu fais ressortir chez moi le pire et le meilleur quand je pensais n'être qu'un être constitué uniquement de noirceur, et je déteste ça, bordel ! Pour la première fois, je ressens de la peur. C'est un sentiment dangereux pour un type comme moi. Ça pourrait tout foutre en l'air, tout ce que j'ai construit.

— Qu'est-ce que ça fait de moi ? hasardé-je avec difficulté.

Il se tourne vers moi, son attention rivée sous mon menton. Il se penche, passe son pouce sur mon cou, focalisé sur son geste comme si quelque chose l'hypnotisait.

— La lumière dans mon obscurité, ajoute-t-il.

Des larmes coulent sur mes joues alors qu'une bouffée de chaleur envahit ma poitrine. Elle s'empare de mon cœur, le vivifiant avec la douce brûlure d'une évidence.

Dayan se trompe. Je ne suis pas aveugle. J'évolue dans les ténèbres avec une aisance naturelle. Je ne suis pas attirée par la lumière, mais par l'obscurité. Je ne crains pas ce qu'il s'y cache. J'appréhende tout simplement le moment où la clarté pénétrera ce cocon pour m'y arracher.

CHAPITRE 8

J'émerge, allongée sur le côté, ma tête reposant contre la poitrine de Dayan. Ma jambe est pliée sur la sienne et le battement régulier de son cœur résonne dans mon oreille.

Pour la première fois en deux semaines, je me sens sereine. Ma cicatrice s'est refermée pour ne laisser qu'un motif rosé contre ma peau pâle. Nous ne parlons plus de Kael. Même si je garde peu de souvenirs de cette nuit-là, j'ai l'intime conviction qu'il ne me fera pas de mal.

Pour la première fois depuis longtemps, je n'ai pas rêvé de mon père ou fait un cauchemar impliquant la mort d'un de mes parents. Je ne me suis pas réveillée avec cette douleur coutumière dans mon organe vital, le corps en sueur en tentant de m'attacher à mon songe avant que la réalité ne me rattrape.

Néanmoins, Dayan s'est montré plus morose. Moins bavard. Échangeant plus de messes basses avec ses deux frères, me mettant à l'écart de leurs conversations.

Hier soir a également marqué notre première relation sexuelle depuis l'incident.

Dayan dort profondément et je me blottis contre son poitrail, inhalant son odeur. Il exhale le sexe à l'état brut avec une note de bois de santal encore imprégnée dans son derme.

Est-il conscient de notre proximité ?

Dans son sommeil, ressent-il la chaleur de mon contact ?

Décollant la tête pour poser mon menton contre lui, je le contemple dormir paisiblement. Son faciès est zen, pas un seul froncement de sourcils auquel je suis habituée. Sa bouche est scellée, aucune torsion ne la déforme.

J'ai envie de l'embrasser.

À contrecœur, je renonce à mon dessein et hisse ma main vacante. Je l'approche doucement avec l'intention d'en tracer le contour avec la pulpe de mon pouce quand mon poignet est immobilisé en l'air.

Je tressaute sous le geste brusque, libérant un souffle au lieu du cri qui menaçait de jaillir.

— Bonjour, chuchote-t-il, les paupières toujours closes.

— Bonjour, murmuré-je en retour.

Sa prise se relâche, j'enfouis ma frimousse contre son épaule tandis qu'il ramène ma pigne contre ma hanche.

Il pivote pour se positionner face à moi, ses yeux s'ouvrent pour se planter sur les miens. Nous demeurons mutiques, nous observant.

Il fouille ma figure de ses iris émeraude et il est si proche que je détaille chaque tache ambre et noir qui les perce. Sa pupille se dilate et se contracte à chaque agitation de son regard.

J'explore également ses traits, cherchant sur sa mine l'infime trace de ses sentiments. Je ne trouve rien. Pas un seul indice de son humeur. Tout ce que je vois, c'est lui.

Un sourire naît sur mes lèvres. Comme s'il lisait sur moi, il s'avance, incline mon menton puis il m'embrasse doucement. Il m'étreint, m'attirant contre lui, son membre bandé se plaque contre mon estomac. Je pose mon front entre ses pectoraux.

Je me cale sans oser me mouvoir, de crainte de briser ce moment tendre. Le silence se prolonge entre nous, alors je gamberge.

Je me demande comment ça aurait été si nous nous étions rencontrés autrement. Se serait-il intéressé à moi ?

Aurais-je été tout autant subjuguée en ignorant quel genre de personne il est ?

Il est plus âgé que moi, ce qui est, déjà en soi, un argument positif. Ses traits sont la plupart du temps sombres et ses sourires, rares. Je l'aurais peut-être zieuté et vu juste un mec austère et froid.

J'ai conscience que mon attachement pour lui est exacerbé par ses ténèbres, j'essaye de me le rappeler, mais cela ne modifie pas la façon dont je me sens. Cela ne change rien au fait que mon organe vital bat la chamade, que je le désire du plus profond de mon être.

Pas même le fait qu'il soit un tueur. Qu'une autre partie de lui me veuille d'une manière obscure.

Qu'est-ce qu'il fabrique quand il n'est pas avec moi ? À quel point sa violence se décuple et comment il laisse libre cours à celle-ci quand il s'agit de faire son travail ?

Les paroles de Kael retentissent dans mon esprit.

À quel point peut-il être cruel et sanguinaire pour avoir mérité le surnom de Reaper ?

Il entame des va-et-vient sur mes reins, puis glisse vers le bas. Sa poigne se referme avec délicatesse sur l'une de mes fesses. Il l'empoigne plus fort avant de la masser pour effacer la marque de ses doigts. Je laisse filtrer un soupir de bien-être.

Jamais auparavant un homme ne m'avait fait ressentir ça. Je ne suis pas inexpérimentée dans le domaine de la sexualité et de l'intimité, mais avec Dayan, c'est comme une leçon intensive et accélérée de haut niveau. Il me donne l'impression d'être une vierge qui voit enfin tous ses fantasmes se réaliser.

Passant mon bras sous le sien, je me crampone à lui, le tenant fermement de peur qu'il disparaisse soudainement, de me réveiller et de découvrir que tout n'était encore qu'un rêve.

Il m'agrippe alors qu'il bascule sur le dos, m'emmenant à le chevaucher. Je m'assieds sur son apex, son érection campée sur mon centre. Il lève le visage, prend mon mamelon dans sa bouche, le suçant et le mordillant par intermittence. Je gémis alors qu'il me fait alterner entre douleur et plaisir.

Il se tourne vers mon deuxième sein, sa langue titillant encore et encore le bourgeon turgescent.

Ses phalanges se clouent sur mes reins, il me tire vers le haut, alignant sa queue rigide avec mes plis humides. Il m'abaisse lentement le long de son gland percé, m'arrachant un gémissement tandis que ses billes se révulsent.

La plénitude que j'éprouve est un ravissement. J'inspire profondément tout en m'effondrant sur lui. On reste comme ça, sans ciller. Je sais que ce n'est pas un geste de tendresse de sa part. Il ne m'octroie jamais de temps d'adaptation à son intrusion massive. Comme il l'a dit, il souhaite autant mes larmes, ou ma souffrance, que ma volupté.

Et moi, j'ai autant envie de sa violence que de sa douceur.

— Dayan, imploré-je, désireuse qu'il s'anime et frotte mes parois intimes.

Il se cambre, accompagnant mes mouvements de haut en bas avec lenteur. La frustration me fait maudire à demi-voix.

Mon acte semble lui déplaire, il pénètre plus fort en moi, son bassin cognant douloureusement contre la pointe des os de mon postérieur.

Ses coups de boutoir deviennent plus rudes, je dois m'accrocher quelque part pour ne pas chuter. Prenant compte de mon dilemme, il grogne sous la coupe de son propre contentement :

— Mes épaules, mais ne crie pas, siffle-t-il, le front et les sourcils marqués par l'effort que sa maîtrise lui réclame.

Je pleure presque de soulagement et plante mes ongles pour m'arrimer.

Ses biceps se bandent, ses tatouages ondulent par-dessus ses tendons alors qu'il me manipule comme si je ne pesais rien pour me baiser plus vite et plus fort.

Je me noie dans la félicité. J'enfonce mes dents dans ma lippe inférieure pour étouffer mes cris. Je gémis d'extase tandis qu'il halète fortement.

Sa main droite se détache de mon côté et s'enroule autour de ma gorge. Je m'ancre sur ses épaules malgré mes reflex qui me poussent à me dégager. Il ne me coupe pas la respiration, du moins, pas encore.

On a joué à ce jeu-là assez souvent pour que ma confiance ne soit pas ébranlée. Je sais que je vais jouir plus fort.

Il me percute sans relâche jusqu'à ce que je me contracte autour de lui. Je me cambre, sa paume se resserre sur ma trachée, réduisant considérablement ma respiration. Il accélère la cadence, je l'accompagne autant qu'il m'est possible avec sa paume lovée autour de mon cou.

Des taches noires dansent dans mon champ de vision, le sang afflux derrière mes globes oculaires, la pression grimpe et je suis sur le point de m'effondrer. Ma bouche s'ouvre, aucun son ne la traverse. Je vacille, me fige alors que mes forces m'abandonnent. Juste au moment où mes paupières se ferment, il me libère. Tout le dioxyde de carbone comprimé dans mes poumons s'expulse dans un râle tandis que j'atteins mon apogée.

Je discerne ses convulsions alors que la jouissance l'emporte à son tour. Et ce n'est que lorsqu'il s'immobilise que je m'affaisse sur lui.

Nous restons comme ça, avec lui à l'intérieur de moi et mon buste contre le sien. Aucun de nous ne parle. Ma gorge me fait souffrir, je sens l'empreinte de chacun de ses doigts.

Je contemple l'art sur son épiderme, remarquant le sang sous mes ongles au moment où je déplie mes poings. Je me redresse brusquement, l'inspectant à la recherche de son sang. Il m'examine calmement.

— Détends-toi, petite, ce n'est pas un peu de sang qui me fera basculer, dit-il d'un ton posé.

Je secoue la tête, perturbée par son attitude si détachée. J'ai du mal à le cerner et son absence de réaction me file le tournis.

— J'ignore toujours comment me comporter avec toi, coassé-je, un sourcil arqué. Je ne dois pas crier sous peine que tu perdes pied, mais je peux te déchirer la peau jusqu'au sang ? demandé-je perplexe.

Il s'agite, se retire en me repoussant sur le côté et quitte le lit. Il s'étire, ses muscles ondoyant sous sa chair qui donnent vie à ses encres.

Mes prunelles sont attirées par le reflet métallique de son piercing sur son sexe encore gorgé. Ce n'est pas une totale érection, mais pas non plus ce que l'on qualifierait de détendu.

Bordel, ce type est une machine, soupiré-je intérieurement.

Lorsque je les relève, je croise le regard amusé de Dayan.

— Ce que tu vois te plaît ? m'interroge-t-il avec suffisance et goguenardise.

Je roule des yeux, balayant l'air d'un revers pour chasser cet apollon à l'ego aussi gros que l'Empire State Building.

Il se déplace dans la chambre, enfilant un jogging qui tombe bas sur ses hanches, puis un pull à capuche sur son torse nu. Je me régale de la vue, avalant l'excès de salive qui s'accumule dans ma cavité buccale devant ce spectacle délicieux.

— Café ?

Je mourrais pour un café. Rien que d'y penser, la quantité de bave redouble et mes papilles gustatives effectuent une danse de la joie.

— Oui, réponds-je.

Je m'enveloppe du drap défait et me hisse sur des jambes encore tremblantes de mon orgasme.

Je perçois son soupir devant ma fausse pudeur.

— Quoi ? claqué-je.

Il défait son sweat et me l'envoie. Je le rattrape, délaissant ma toge de fortune dans ma précipitation pour le saisir. Je fourre mes bras dans les manches, contrariée et divertie à la fois par la longueur de celles-ci. Je remonte tant bien que mal le zip quand je constate que mes épaules sont aussi trop étroites pour les garder au chaud. Le poids du vêtement l'alourdit, le faisant pencher d'un côté ou de l'autre, peu importe que je le place correctement.

Je ressemble à une enfant accoutrée de l'habit d'un adulte.

L'avantage est qu'il couvre mon cul et le haut de mes cuisses. Dayan kiffe peut-être mes cicatrices, mais ce n'est pas mon cas. Elles sont un rappel constant de la raison pour laquelle elles sont là.

Ajoutez à cela la nouvelle marque de propriété de Kael, je vais finir par vêtir une combinaison de spationaute en toute saison.

Je passe brièvement par la salle d'eau pour soulager ma vessie.

Quand je rejoins le salon/cuisine, l'odeur du nectar frais me fait presque gémir. Mais ce qui le fait franchir mes lèvres est ce qui s'offre à moi au moment où j'atteins la pièce de jour.

Dayan se tient torse nu, une poêle dans la main, la deuxième mélangeant une pâte dans un grand saladier. Mes iris parcourent sa silhouette pendant que je me demande comment une telle perfection existe.

— Tu aimes les pancakes ? C'est l'unique truc rapide que je pouvais faire, lance-t-il en m'adressant une œillade.

J'avance vers l'îlot et prends place en face de lui sur un haut tabouret.

— Je ne suis pas difficile.

Il me toise avec une expression indéchiffrable.

Je conserve le silence tout en me délectant du show tout aussi appétissant pendant que Dayan est occupé à la cuisson.

Je me redresse quand il dépose devant moi une assiette pleine de pancakes étonnamment bien ronds et une tasse fumante.

Il s'installe en face de moi, avec une assiette tout aussi remplie que la mienne et un mug pour lui.

— Merci.

Il acquiesce. Je m'empresse d'étancher ma soif de caféine et soupire de bonheur.

Nos regards se télescopent par-dessus le bord de mon récipient. Il me dévisage.

Je repose la tasse, m'attaquant aux crêpes. Je fredonne mon appréciation tandis que les saveurs explosent contre mon palais. Des arômes de citrons et d'oranges se combinent à un parfum de rhum.

Ses couverts claquent sur la vaisselle, me tirant de mon nirvana de façon brutale.

— Putain, Lake, grogne-t-il, les poings serrés sur le meuble.

Je ne panique pas, mais ma tension est montée en flèche. Il est trop tôt pour jouer à ce jeu du « qui est qui » et je ne suis pas en condition physique pour me défendre. D'un geste que j'espère subtil, je m'empare du couteau sans rompre notre contact visuel.

Ses orbes projettent des éclairs. Les miens trahissent ma crainte.

— Pour ta gouverne, ce couteau ne ferait rien de plus que de m'énerver, commence-t-il avec calme. Si tu veux me faire du mal, alors tu devrais plutôt essayer avec celui-là, dit-il tout en glissant une longue et large lame dans ma direction.

Je ne dissimule pas mon étonnement. Où planquait-il une telle arme, bon sang ?

Je jette à peine un coup d'œil à celle-ci, me focalisant surtout sur l'homme qui me fait face.

— Deuxièmement, reprend-il, si je devais te faire du mal, je ne le ferais pas à l'endroit même où je vis.

Je me cale contre la barre de mon assise, reculant tout en croisant mes bras sur ma poitrine.

— Voilà qui est rassurant, craché-je avec sarcasme.

Il balance la tête avec un sourire.

Je le considère tandis qu'il prend une bouchée. Ma concentration se fige sur sa bouche alors qu'elle se referme sur la fourchette. Je contiens à peine un gémissement quand sa langue lèche l'ustensile.

La bille de son piercing passe entre deux piques et la vision que j'ai en cet instant bascule vers une pensée complètement perverse.

Je m'arrache de ma rêverie scabreuse, secouant le chef comme si ça allait changer quoi que ce soit dans mon foutu cerveau piloté par mes instincts primaires.

Je retourne à mon repas, me concentrant plutôt sur les délices culinaires que charnels.

On peut entendre une mouche voler si ce n'est de temps en temps le bruit des couverts qui tintent sur la faïence.

Avant de m'en rendre compte, mon assiette et ma tasse sont vides.

Dayan disparaît un instant après que son cellulaire a émis un son, indiquant l'arrivée d'un message. Je profite de ma solitude pour débarrasser et nettoyer.

Alors que je suis sur le point de partir à sa recherche, il apparaît devant moi comme s'il avait flotté sur le parquet sans laisser aucune trace de ses déplacements.

Je claque une main sur mon cœur malmené par la surprise en laissant échapper un petit cri.

— Bon sang, tu m'as foutu la trouille, haleté-je. Tu es un vampire ou une sorte de ninja ma parole.

Mes derniers mots jaillissent dans un mélange de rire et de colère. Je jure que ce type n'est pas humain. Comment un individu de sa carrure se déplace-t-il avec autant de souplesse et de légèreté ?

Mes émotions se dispersent tandis que les siennes demeurent impassibles. Ses traits semblent figés dans du marbre, son œillade morne posée sur ma figure, qui doit être plus pâle encore qu'à l'accoutumée.

Je fronce les sourcils face à son attitude inquiétante.

— Tout… Tout va bien ?

Ses yeux s'animent enfin, ses muscles se relâchent comme si mon timbre l'avait sorti d'une transe.

— Ouais.

Je l'observe alors qu'il se dirige vers le sofa et s'y laisse tomber lourdement. Ne sachant pas comment interpréter ce qu'il vient de se dérouler, je le rejoins en m'installant sur la table basse de manière à le confronter.

Il écarte les jambes, se penche sur ses genoux, les coudes en appui, et passe ses paumes sur sa mâchoire.

Je me tais, le jaugeant en quête du moindre indice de son humeur ou de ses réflexions internes. Comme toujours, je n'y décèle rien.

Nos rétines se heurtent, chacun disséquant dans l'autre ce qui se tapisse derrière comme si tous nos secrets se trouvaient juste là.

Il pousse un long soupir et se rencogne contre le dossier en adoptant une position détendue, ce qui est aux antipodes de son état mental du moment.

— Parle-moi de tes parents, dit-il si soudainement que je me redresse comme si quelqu'un me plantait une aiguille dans le dos.

Un sentiment de malaise me poignarde. Nous avons déjà passé ce sujet. Pourquoi insiste-t-il ?

— Il n'y a pas grand-chose à raconter. Ma mère nous a élevés seule après l'accident de mon père, conté-je avec un haussement d'épaules.

Je prie fortement pour que mon jeu d'actrice soit bon, mais il persiste.

— Comment est-ce arrivé ?

Je me mords l'intérieur des joues pour ne pas flancher et conserver ma désinvolture. C'est une bataille difficile quand tout en moi se rebelle pour m'enfuir en courant. Mon instinct me dicte que les choses vont mal, des panneaux « danger » clignotent dans mon imagination. Mais fuir serait la mauvaise décision. Ça ne prouverait que ma culpabilité et mon imposture.

Alors, je m'arme de tout mon sang-froid et me prépare à narrer le mensonge coutumier que je donne à chaque fois que j'ai été confrontée à cette situation.

— Un chauffard a percuté son véhicule au moment où il traversait une intersection.

Il me fixe, les lèvres scellées entre elles comme s'il se retenait de s'exprimer.

— C'était il y a longtemps, ajouté-je en espérant que ça mettra fin à sa curiosité.

Nous restons silencieux pendant un moment, puis il pose des questions sur Auren. Alors, je lui parle d'elle et de l'amitié que nous partageons depuis notre travail en commun.

En dévisageant Dayan avec hésitation, je le questionne sur la seule affaire qui me préoccupe constamment.

— Parle-moi de lui.

Son corps se raidit.

— Je ne peux pas.

— Je sais, c'est compliqué, mais essaye, l'imploré-je.

Il ne réplique rien et zieute à la place la fenêtre qui se situe derrière moi.

— Je ne sais que ce qu'il veut me laisser voir. Il me déteste et fera tout pour m'ébranler. Tout ce qui compte pour lui, ce sont ses peintures.

Mon cœur s'effondre.

— Je suis désolée, soupiré-je. Ça doit être dur de vivre ainsi.

Son attention revient sur moi. Une étincelle de connaissance et de compassion l'anime.

— Pas plus que de devoir se cacher et mentir perpétuellement, lance-t-il avec prudence. Tu vois, nous sommes tous les deux en proie avec un passé que l'on souhaiterait enterrer, mais qui nous ronge chaque jour de notre chienne de vie.

Mon univers s'écroule. Ma vision devient sombre, mon pouls chute et mon sang se glace dans mes veines. J'ignore si c'est moi qui sombre ou si c'est le sol qui s'ouvre sous mes pieds, mais un gouffre béant se fissure en m'emportant avec lui.

J'ai l'impression de tomber en chute libre, mes cordes vocales se brisent alors que mes appels percent le néant. Je suis enfermée dans ce tunnel dans lequel je dégringole sans possibilité de distinguer l'aboutissement et d'anticiper le moment où je m'écraserais par terre.

Soudain, des mains me secouent. J'ai envie de m'y cramponner pour ralentir ma tombée, mais mes muscles ne m'obéissent pas.

Une voix lointaine atteint mes oreilles, je tente de m'y accrocher, mais mes cris sont trop forts pour parvenir à tracer l'origine et la provenance. Je suffoque désormais. Plus aucune note ne franchit mes lèvres, mes poumons refusent d'inspirer. Tout se délite autour de moi.

Je suis sur le point d'abandonner quand une vive douleur décompresse mes bronches, mes prunelles s'ouvrent enfin sur la lumière et l'appel de Dayan percute mes tympans.

— Lake ! regarde-moi !

Je lève les yeux vers son portrait qui m'apparaît comme un mirage flou, dans un premier temps, avant que ma vision ne s'éclaircisse.

La première chose qui me frappe est son expression sévère. Puis l'odeur ferreuse me frôle les sinus l'instant suivant.

— Putain, grogne-t-il en se passant une main teintée de rouge sur le front.

Je fronce les sourcils, intriguée par la source de ses traces. Il me toise avec un air désemparé comme je ne l'ai jamais vu.

Je bats des cils, tâchant de rassembler mes esprits sans succès. Je nage dans l'incompréhension totale, flottant sur un nuage cotonneux familier.

C'est cette sensation qui me fournit l'énergie nécessaire pour me contrôler à nouveau. Comme si je surgissais d'un sauna pour me plonger dans une eau gelée. Le contraste est saisissant.

— Dayan ? bégayé-je éteinte.

Il se redresse vivement.

— Putain, petite, j'ai cru que tu avais perdu la boule, s'empresse-t-il en prenant mes pommettes en coupe.

La fragrance métallique est plus forte et me fait plisser le nez.

— Pourquoi saignes-tu ?

Sa ligne de mire descend et je la suis. Mon souffle est coupé quand ma vision s'attarde sur ma cuisse ensanglantée.

— Comment…

— Tu ne respirais plus, je ne savais pas quoi faire, explique-t-il sans aucune marque de remords.

Je relève mon visage pour lui faire face.

— Tu veux dire que tu m'as scarifiée ?!

Il arque un sourcil.

— Ouais et ça a fonctionné, souffle-t-il sur un ton plat sans excuses.

Il se redresse de toute sa hauteur, son aine désormais dans la ligne de mon menton.

J'ouvre la bouche, mais il s'éloigne déjà avant de disparaître dans la chambre. Maintenant que je suis seule, la panique me regagne.

Dayan sait pour moi. Pour nous. Que va-t-il faire de ces informations. Comment a-t-il découvert la vérité ? S'il a pu mettre le doigt sur mon identité, est-ce que cela signifie que n'importe qui peut le faire maintenant ?

Je mène une bataille interne avec moi-même. L'envie d'appeler ma mère m'assaille. J'ai besoin de l'entendre et de me garantir que Nate et elle vont bien. J'aspire à me jeter sur mon téléphone et contacter l'agent du FBI pour piger comment tout ça a filtré.

Alors que je suis sur le point de céder à mes désirs, les pas de Dayan se rapprochent de mon emplacement. Je mords mes joues, luttant contre les larmes qui perlent sur la pointe de mes cils.

Sans un mot, il s'installe en face de moi et ce n'est que lorsqu'il se penche sur le côté que je remarque la boîte de secours. Je surveille ses mouvements tandis qu'il manipule le contenu pour en sortir un rouleau de bandage et une crème antiseptique.

Il s'empare d'un flacon de désinfectant, puis imbibe une boule de coton. Je grimace au froid du produit contre ma plaie encore sanguinolente. Il applique ensuite la pommade avant de poser un pansement large par-dessus.

Il me surprend lorsqu'il se baisse et dépose un baiser sur les lignes cicatricielles qui marquent ma peau tout autour du sparadrap.

Quand il se redresse, nos regards se heurtent. À nouveau, une vague saline me brûle les globes, mais hors de question qu'elle me submerge. Cependant, je ne parviens pas à prononcer un mot pour me dégager de cette impasse. Ma gorge est enflée, mes cordes vocales trop douloureuses pour former un son cohérent.

— Je ne vais pas me disputer avec toi sur les motifs qui ont mené à cette situation, Lake. Néanmoins, je voudrais que tu sois honnête avec moi pour une fois, tu peux faire ça ? me sonde-t-il avec douceur.

Son intonation prudente et tendre est la vanne qui rompt le barrage de mes lamentations.

Il me tire dans son étreinte, son parfum qui lui est propre m'atteint comme un baume lénifiant alors que je sanglote contre son cou.

Il me caresse la nuque dans des gestes apaisants. Je me colle encore plus qu'il n'est possible contre lui, capturant sa chaleur douce où son derme perce au-delà des vêtements.

Je n'ai aucune notion du temps qui défile alors que les secousses de mes sanglots se calment et que ma respiration ralentit. Même ma cadence cardiaque s'adoucit et mon organisme se réchauffe enfin.

Seules l'angoisse et l'appréhension persistent en mon sein.

Je ne sais pas comment expulser les mots alors que j'ai passé des années à les rejeter et les refouler en tout temps. J'ai travaillé dur pour effacer nos noms, nos origines et notre histoire tragique de mon langage. Simplement les réminiscences de mes rêves et cauchemars pour unique trace de ma vie antérieure.

Dayan semble sentir mes réticences, car il me repousse avec précaution pour souder ses billes de gemmes dans les miennes.

— Écoute, commence-t-il du bout des lèvres. J'ai besoin de tout connaître pour comprendre à quoi nous faisons face, rien de plus, me rassure-t-il.

Malheureusement, ses propos ont l'effet inverse. L'anxiété reprend le dessus brutalement tandis que mon cœur repart dans une course folle et effrénée.

Je secoue la tête.

Il encadre mes joues, me figeant. Nos yeux s'ancrent une fois encore dans un silence troublé par mes respirations profondes et rapides.

Je hais ma faiblesse et mon handicap momentané. Cette fragilité qui exsude de chaque cellule de mon corps. Je me suis juré de ne jamais laisser voir cette facette de moi et me voilà dans un état de totale vulnérabilité face à l'homme le plus dangereux qu'il ne m'ait été de rencontrer.

Karma à la con. Est-ce une façon tordue du Seigneur de me faire payer mes péchés ?

Mes iris se lèvent vers le plafond tandis que je jure intérieurement contre ses manières de me punir. Est-il si égoïste que dans son acte de vengeance, il a mis ma famille en danger ?

Bon sang, je perds vraiment la tête. Dayan avait raison.

C'est peut-être ce qui nous rapproche finalement. Notre folie.

Je toussote, déglutis, teste ma voix. Or, tout ce qui sort est un fouillis gargouillant et rocailleux.

Dayan capte ma détresse et s'empresse de s'éloigner en direction de la cuisine. Il me rejoint un instant plus tard, une tasse chaude dans la main d'où des vapeurs de café s'échappent.

Je la prends avec reconnaissance et avale aussitôt une gorgée brûlante. La douceur du sucre agit comme un onguent sur ma gorge malmenée. Je bois plusieurs autres lampées avant de caler la chope entre mes pognes froides. Le brasier se diffuse à travers mes paumes avec réconfort.

— Comment tu te sens ?

Je me racle le gosier à nouveau pour m'assurer qu'aucune obstruction n'est encore en place et déclare :

— Mieux.

Ma tonalité est cristalline, mais ponctuée de trémolos. Je ravale une gorgée.

— Tu m'as inquiété, notifie-t-il avec un sourire.

J'ingurgite le restant en de longues goulées. Néanmoins, je garde le mug, ayant l'impression qu'il est une bouée de sauvetage balancée en pleine mer dans laquelle je me noie.

— Je ne peux pas, soufflé-je.

Il s'incline sur le côté, flanquant ses émeraudes brillantes de détermination dans les miennes.

— Lake. Si Len est parvenu à déterrer ton passé, d'autres aussi doués pourraient en faire autant, confesse-t-il sur un ton grave. Le seul truc qu'il n'a pas réussi à cerner, et ce n'est qu'une question de temps avant qu'il n'y parvienne, c'est de quoi tu te caches ?

Mes jambes entament un tressautement nerveux, mes doigts se resserrent autour de la céramique et mon pouls cavale comme un cheval lancé à pleine vitesse.

Je ne peux tout bonnement pas dévoiler ce qu'il attend. C'est impossible.

Je ne sais pas qui il est réellement. Tout ce que je sais vient de ce que j'ai vu et de ce qu'il a laissé entendre. Il n'a pas masqué sa personnalité meurtrière ni le fait qu'il fait partie d'une organisation criminelle.

Des informations circulent certainement à notre sujet. Les recherches pour nous retrouver n'ont, sans nul doute, jamais cessé.

Pourquoi risquerais-je de divulguer des renseignements qui seraient le clou dans notre cercueil, à un tueur ?

Lisant ma bataille interne, il continue :

— Je peux te protéger. Vous protéger, rajoute-t-il rapidement. Mais je dois savoir de qui ou de quoi.

L'ironie de la situation ne m'échappe pas. Une hilarité fielleuse s'extirpe de ma gorge.

— C'est de gars comme toi dont nous nous planquons, avoué-je amèrement.

La douleur sur ses traits est trop vive pour passer inaperçue. Même si je voudrais reprendre mes paroles, je ne ressens qu'une infime pointe de regrets. Mes sentiments pour lui ne surpasseront jamais la sécurité de mon entourage.

Je le détruirais moralement sans éprouver une once de remords.

— C'est un début, acquiesce-t-il comme si j'avais rêvé l'impact de mes mots.

Je pousse un rire nasal sans joie.

— Non, on ne joue pas à ce jeu-là, Dayan, le réprimandé-je. J'ai fui depuis trop longtemps pour tout foutre en l'air. Tu es peut-être aussi, voire plus redoutable que les gens que l'on cherche à tout prix à éviter, mais je ne te céderai rien de plus que ce que je l'ai déjà fait avec qui que ce soit. Je t'ai bien assez donné, soupiré-je soudain lasse.

Parce que c'est ce qui me submerge maintenant. La lassitude de ce qu'est mon existence.

Je suis fatiguée de mentir, de me dissimuler et de surveiller toujours par-dessus mon épaule.

Je suis épuisée de surprendre mon cadet le regard dans le vide quand il pense que personne ne fait attention à lui alors que les cauchemars envahissent son esprit.

Je suis éreintée de voir le fantôme de ma mère quand il ne subsiste plus qu'une coquille vide de ce qu'elle était.

Je suis exténuée de séjourner dans la peur et la crainte que mes rêves d'avenir ne se concrétisent jamais.

Et par-dessus tout, je suis accablée de constater que la nature humaine est corrompue jusqu'à la moelle quand elle crée des êtres comme Dayan et Kayden. Des types avec une belle apparence comme une pomme bien rouge et bien brillante qui vous donne une furieuse envie d'y croquer dedans. Seulement, l'intérieur est pourri et véreux.

— Tu ne peux pas courir indéfiniment, soutient-il.

Même si son élocution est neutre, je ne manque pas de lire la colère qui l'habite. Il enferme tout sous ce physique si parfait et ô combien attrayant. Mais j'ai discerné ce qui se camoufle sous la surface. Ce n'est que ténèbres et chaos.

— Dois-je le voir comme une menace ? m'enquiers-je un sourcil arqué en croisant les bras pour garder le froid à distance qui s'est installé dans l'atmosphère.

Il hausse les siens comme si mon interrogation l'avait percuté telle une gifle.

— Je ne fais jamais de menaces sous forme de sous-entendus, petite, grogne-t-il. Je fais un travail dangereux et pour des mecs que tu ne voudrais pas rencontrer même derrière une cage à dix mètres de distance. Je ne te faisais pas assez confiance pour me contenter de ta simple parole. Je devais savoir à qui j'avais affaire. Les enjeux étaient trop importants et tu as éveillé ma curiosité lorsque j'ai compris à quel point l'idée d'aller chez les flics te rebutait. C'était trop énorme pour que je le laisse glisser. Mon taf consiste aussi à dégoter toutes les infos sur mes cibles. Appelle ça une déformation professionnelle, finit-il avec un haussement d'épaules nonchalant.

Je bondis sur mes jambes, me dressant face à lui, furibonde.

— Me faire marcher et me commander comme un chien ne te suffisait pas ? hurlé-je en pointant un index accusateur sur lui. Tu ne réalises pas ce que tu as fait. Tu te tapes de tout. Tu te moques bien du mal que tes actes peuvent avoir sur les autres. Tu es un putain d'égoïste, une merde sans valeur, un connard complètement fou, un f..

Mes mots s'étranglent avec mes larmes. En un mouvement souple, il est sur moi, il me ceinture pour me maintenir contre lui. Je hurle contre son torse, frappe mes poings contre son dos, me débats pour échapper à son étreinte que je désire et qui me répugne à la fois.

Je ne souhaite pas sa chaleur, son parfum, son contact. Je veux me battre, l'oublier, rejeter mes sentiments pour lui.

Mais tout ce que réclame ma tête n'est pas ce que me dicte mon corps. Ils semblent avoir chacun leurs propres désirs.

Il me garde contre lui, dans une prison faite de muscles jusqu'à ce que je m'effondre contre lui, vidée.

Il m'attire sur ses genoux tandis qu'il s'abaisse sur le sofa. Je le laisse me manipuler sans rechigner.

— Je suis conscient que notre relation est vouée à l'échec, soupire-t-il contre le sommet de mon crâne. Nous appartenons à deux mondes complètement différents. Mais je ne ferai jamais rien pour te blesser. Tout ce que je veux, c'est te protéger.

Mes paupières se soulèvent, une perle salée coule avant d'imbiber son haut.

— C'est pour ça que je te demande de laisser tomber, Dayan. Tu nous protégeras tant que notre relation durera, mais qu'en sera-t-il le jour où nous devrons nous séparer ?

Son thorax se gonfle, me repoussant une seconde avant qu'il ne dégonfle ses poumons.

— Peut-être est-ce la raison qui nous tiendra ensemble ? hasarde-t-il avec peu de conviction.

— Il ne me reste que quelques mois avant d'obtenir mon diplôme et commencer ma vie loin d'ici. J'ai bossé trop dur, trop souffert pour tout abandonner. Il y a trop d'obstacles sur notre trajet. Je t'apprécie avec tes défauts et tes qualités, mais regarde-nous. Nous sommes de deux univers complètement opposés. Je n'accepterai jamais complètement ce que tu fais pour vivre. Je ne pourrai pas vivre avec ça sur la conscience avant de finir dingue.

Le silence plane un moment. Chacun paraît absorber les allégations de l'autre dans ce laps de temps.

Au bout d'un temps indéfini, il le brise :

— Je ne pourrai jamais quitter l'organisation. Il n'y a qu'une façon d'en sortir et elle n'implique aucun avenir.

Ces propos me tirent des frissons parce que je comprends clairement son allusion.

Seule la mort vous libère de ce genre de syndicat du crime.

La perspective de son trépas me fait larmoyer. Je clos fermement mes paupières, luttant contre la brûlure de mes globes oculaires. Je m'octroie cette dernière goutte saline et la libère à l'instant où mes yeux s'ouvrent.

— Le temps viendra où nous nous dirons adieu, conclus-je douloureusement.

Un rire timide le fait vibrer, je me redresse afin de confronter son visage en quête de compréhension quant à sa soudaine humeur rieuse.

Nos regards se percutent, l'éclat dans ses émeraudes me procure une sensation de légèreté.

— Alors, il ne nous reste plus qu'à faire en sorte que ces prochains mois soient mémorables, souffle-t-il avec tendresse et une pointe de malice.

Même si mon cœur se fissure, je savais que nous n'avions aucun futur ensemble. La conversation que nous avons ici rend les choses plus réelles et douloureuses. Cependant, je ne refoule pas cette petite lueur d'espoir qui fleurit dans un coin de mon âme. Je suis convaincue que Dieu a des projets pour chacun et qu'il ne peut pas être aussi cruel. Pourquoi m'avoir mise sur le chemin de Dayan si c'est pour me le reprendre ?

Je suis allée trop loin dans cette union, mon palpitant et mon être se sont recollés après avoir été morcelés pendant longtemps. Je veux croire encore en la possibilité d'un miracle.

Est-ce que ça fait de moi une idiote ?

Les battements de son cœur ralentissent, sa respiration adopte une cadence plus légère.

— À quoi tu songes ? enquêté-je.

Il m'examine, sa vision descend vers le sud, s'attarde sur ma poitrine, puis sur mon entrejambe.

— J'ai quelques idées, annonce-t-il d'un timbre sombre et ludique à la fois.

CHAPITRE 9

Les jours se confondent et les nuits se ressemblent.

Les cauchemars sont plus forts, plus vivants. Distinguer les rêves et le réel devient difficile. Depuis que l'autre a posé sa marque sur la petite souris, certaines choses ont changé.

Il m'est à présent plus compliqué de maîtriser mes émotions. Il y a un boucan constant dans ma caboche, un grincement à l'instar d'un animal qui gratte une surface dure. Parfois, le bruit s'apparente à un écho de voix lointaine et inintelligible.

Ma concentration est, elle aussi, une épreuve de plus en plus éreintante. Une sensation de flottement s'empare de tout mon être. Ma vision se trouble comme si je percevais le monde à travers un verre épais et embué.

Les visages inconnus s'emmêlent avec d'autres que je côtoie chaque jour depuis des années.

Je crains par moments que la maladie de ma génitrice ne grignote insidieusement ma santé mentale.

Je refuse de livrer mes angoisses et ma condition à mes frangins. Ils s'inquiéteraient, ou pire, me regarderaient avec pitié.

L'unique réconfort est que Lake est accaparée par ses études. C'est un poids en moins sur ma conscience. Tant que j'ignore ce qu'il se passe, je préfère l'écarter.

Je n'ai pas entendu jacter non plus de l'autre ni de sa complice depuis que Delon m'a implicitement recommandé d'apaiser sa Reine. Il semble satisfait d'elle ces derniers temps. Elle n'est pas venue fourrer son nez dans nos affaires et ne s'est pas pointée à mon appartement pour me provoquer ou commencer une nouvelle bataille.

Cette salope doit ruminer son fiasco après qu'elle a placé une prime sur Lake. Mais ce qui la tient certainement loin de mon radar est la crainte de ce que je lui ferai quand je mettrai la main sur elle.

Même si je sais qu'elle ne s'arrêtera pas à un échec, le gus que Len a missionné sur son cas comme une ombre n'a signalé aucune activité suspecte.

Nous restons constamment sur nos gardes, guettant l'instant où Red fera un pas de travers.

Depuis le premier incident entre l'autre et Lake, cette petite maline a contré la surveillance de Len. Bien que je reconnaisse qu'elle a du chien, personne ne peut l'affronter et se vanter de l'avoir battu sur son propre terrain.

En bref ?

Il a piraté son réseau électrique et raccordé toute la maison à son logiciel espion. Toute source de son et d'images est devenue une vitrine pour quiconque a accès à son logiciel. Il a connecté mon téléphone comme seul utilisateur après que je l'ai menacé de le faire intégrer un programme d'alcoolique anonyme. La blague était drôle pour lui jusqu'à ce que je le convainque que mes contacts pourraient le traiter tel quel pour la quantité de cette daube chimique qu'il ingère par jour.

Lennox s'est considérablement détendu avec la petite souris, ce qui le rend très à l'aise avec elle. Ce qui est bizarre quand on connaît l'histoire de Len. Il n'est pas un génie malfaisant avec un clavier et un écran juste pour la beauté du geste ou par couardise. Len est le gars le plus recherché par Interpole, le FBI et la CIA. Même le KGB et le MOSSAD veulent le choper depuis un bail. Il a du mal à se fier aux gens. Sortir à l'air libre est un jeu pour lui. Lancer un SPAM sur le réseau de la ville et son faciès apparaîtra sur les caméras comme celui de quidam. Selon sa disposition, il portera la tronche d'une personne lambda ou comme lors de la fête nationale l'an passé, celle du président Trump.

Cela a valu à l'équipe de sécurité du chef des USA une panique totale et un vent de marée médiatique qui a occupé les médias durant plusieurs semaines.

Mes pensées dérivent vers l'objet de mon obsession. C'est ce qui me déconnecte le plus de la réalité depuis peu. Elle accapare mon esprit même quand je réalise un labeur pour le Datura. C'est ce qui la rend dangereuse à sa manière. Un manque de circonspection pourrait m'être fatal ou me faire foirer ma mission.

C'est cette combinaison de tout qui m'a porté à prendre rendez-vous avec la psy. La thérapeute étant tenue au secret professionnel, même avec des types comme moi, je n'ai pas hésité à requérir son avis sur mon état.

En attendant, je redouble d'efforts pour montrer une attitude normale, aussi peu qu'un individu avec les bagages que je traîne ne le peut.

Je suis assis avec mes acolytes dans la cuisine spacieuse de notre logement commun.

Comme tous les jours, mes frères ont un désaccord auquel je prête peu attention, fatigué de faire office de la Suisse.

Tu serais mieux entre des cuisses chaudes.

— Quoi ? grondé-je en me redressant.

Len et Kayden cessent toute conversation, me fixant comme si une deuxième tête se trouvait sur mes épaules

— Mec, ça va ? se soucie Len.

— Cet idiot souhaite vraiment tenter cette merde, je te jure, s'esclaffe Kayden.

Je le zappe, concentré sur les traits déconcertés de Lennox.

— De quoi parliez-vous, putain ? grogné-je.

Lennox échange un regard avec Kayden dont la bonne humeur a laissé place à de l'incompréhension.

— Et toi, de quoi tu causes ? s'enquiert ce dernier la mine froissée.

Je suis sur le point de répliquer une connerie quand mon portable signale un texto. Je vérifie rapidement l'identité de l'expéditeur et pousse un soupir las.

— Delon exige de me voir, annoncé-je en me levant.

— Quoi, à cette heure ? grommelle Kay en jetant un œil vers l'horloge du four.

Je me raidis, car je soupçonne également que ce n'est pas pour discuter de la pluie et du beau temps.

Depuis un job que l'autre a foiré pour Delon, nos rapports sont distants et froids. De plus, je l'ai vu hier alors qu'il me confiait une tâche pour transmettre un message au cartel mexicain. Rien de bien violent ou qui n'a nécessité de la sueur. Juste quelques doigts à couper en guise de rappel que le Datura Noir avait le pôle du marché des drogues dans cet État.

Un mauvais pressentiment me tord les entrailles.

— Ce n'est jamais bon signe quand le boss appelle si tôt, fait remarquer Len en miroir à mes propres sentiments.

J'acquiesce du chef, trop enclin à des élucubrations. Même si ma relation avec Delon est tendue, je lui dois beaucoup. Quand j'étais sans abri, que je volais pour survivre, il m'a engagé et m'a offert une chance de m'en sortir. Peu importe comment et pourquoi, tout ce qui compte, c'est que sans lui, je serais devenu dingue ou serais mort dans la rue.

Une fois que nous avons mis les choses au clair sur ma condition particulière, il m'a filé un travail comme l'un de ses assassins. Il est devenu rapidement limpide que l'autre n'était intéressé que par sa vengeance sur tout ce qui a une chatte entre les jambes. L'art qu'il crée avec ses victimes a très vite intrigué Axelrod qui a vu en lui un artiste fou et rare. Une mine d'or dont il partage les bénéfices avec le créateur à hauteur de trente pour cent. Delon se charge de dégoter les acheteurs et d'organiser les ventes, l'autre se contente de donner libre cours à ses travers meurtriers.

Bien entendu qu'aux yeux de Delon, ce n'était pas suffisant pour justifier sa présence. Il ne tolère que très peu Kael. Il a décrypté en lui l'animal détraqué et sauvage qu'il est impossible d'apprivoiser. C'est pour cela qu'il a sauté sur l'occasion en m'acceptant. À la condition que je suive une thérapie dans un premier temps dans le but de m'apprendre à maîtriser mes émotions pour canaliser l'autre. Ainsi, il aurait les deux selon ses besoins.

C'est donc ce que j'ai fait. J'ai pris goût à la violence sans avoir à me perdre dans le chaos. J'ai rapidement grimpé les échelons et évolué au rang de numéro un de l'organisation. Si les premières années, Delon faisait appel à plusieurs d'entre nous, l'évidence que j'étais le plus qualifié pour répondre à ses desseins est vite ressortie.

Lennox et Kayden sont entrés dans le syndicat juste après moi. Ils ont capté à quel point j'étais foutu sans jamais me juger. Ils avaient leurs propres démons à combattre. Nous l'avons fait ensemble, nous soutenant et veillant les uns sur les autres.

Moi, ça m'a donné un but et l'impression de faire partie d'une famille. Rien que pour ça, je lui suis redevable.

— Fais-nous signe si besoin, indique Kayden, Len hoche la tête en soutien.

Je quitte l'appartement, me rendant directement vers le parking souterrain.

Après une demi-heure de trajet, j'atteins la bâtisse où Delon exerce son pouvoir derrière la façade brillante et parfaitement clean d'une banque. Tous les flics savent que fourrer son nez dans le business du Datura Noir équivaut à un aller simple vers la morgue avec toute la tribu. Je refuse de toucher les enfants. Quand un connard nous trahit, je laisse un cadavre identifiable qu'avec ses empreintes dentaires, mais je ne touche pas les gosses. Delon fait envoyer un énième exécuteur. C'est ce qui m'a valu ce sobriquet ridicule « d'ange » avec lui.

Mon déni catégorique de toucher à des innocents l'a toujours fait marrer. Il respecte, malgré son incapacité à faire la différence entre innocent et coupable, ma particularité pour un tueur.

Je prends comme toujours l'entrée clandestine, passant par les SAS cachés sous le bâtiment pour accéder au niveau arrière. L'activité est en partie légitime, nous ne dévoilons jamais nos gueules aux clients, même si la plupart sont des criminels.

Quand je franchis le palier, mes pas ralentissent à la vue de la crinière incendiaire qui disparaît à l'angle du bout du couloir. Mes sourcils se froncent, ma tension artérielle augmente.

Attention, tu m'excites, ricane une voix désincarnée.

Je pivote sur moi-même, fouillant le corridor à la recherche du plaisantin. Je ne rencontre que le vide et le silence.

Tu gèles, se marre-t-elle encore.

— Putain, va te faire foutre, éclaté-je furibard.

— Tu es en retard, gronde une intonation familière dans mon dos.

Je me retourne si vite que j'en ai presque le tournis.

Delon se tient sur le seuil de son bureau, les yeux fulminants braqués droits dans ma direction.

Sans préambule, il pénètre dans son antre. Je jette un dernier coup d'œil dans l'allée avant d'entrer dans la pièce.

Il s'est installé derrière son meuble massif, une cheville repliée sur son genou, les coudes en appui sur les bras du siège. Son regard est moins orageux.

Je pense à la silhouette de Red. Ces deux-là baisent ensemble, ce n'est un secret pour personne. L'aurait-elle contrarié plus tôt ? Est-ce cela qui explique son ton sec ?

— Assieds-toi, m'invite-t-il avec flegme.

Je m'exécute. Jusqu'ici, rien d'anormal.

— Comment s'est passée ta mission, mon ange ?

En temps normal, ce surnom me fait grincer des dents. Or, je suis trop chamboulé par les évènements récents et mes propres inquiétudes pour y accorder même une infime réaction.

— Parfaitement exécutée, me contenté-je.

Mon impétuosité se fait ressentir dans mes muscles qui entament des soubresauts imperceptibles à l'œil nu. Si Delon voulait simplement savoir si j'avais mené à bien le taf, il se serait satisfait, comme toujours, d'un texto.

— Parfait, acquiesce-t-il.

Des tonnes d'interrogations me brûlent la langue. Delon n'est pas quelqu'un d'éloquent quand il s'agit des affaires. Néanmoins, l'ignorance est pire que le savoir dans ce milieu. Ça vous tue.

Le mutisme s'impose. Chacun se jaugeant.

Si je conserve un masque d'impassibilité, petit à petit, celui de l'homme en face de moi commence à glisser.

« Tu peux te cacher derrière n'importe quel masque, montrer n'importe quel visage. Au final, tu finiras toujours par danser avec la faucheuse. »

C'est la devise du Datura Noir. Et à cet instant, elle ne m'a jamais paru aussi concrète. À la différence que je ne porte aucun camouflage, n'expose aucun artifice et la faucheuse est assise face à moi.

Il s'adosse plus confortablement, pose sa mâchoire sur le dessus de son poing. Sa position décontractée est tout aussi simulée que les orgasmes des stars du porno pour reprendre les termes de Lennox. Extérieurement, c'est à cela que ça ressemble. Pour moi ? C'est une lame à double tranchant. Dans n'importe quel sens qu'on l'empoigne, on y laisse du sang.

Il joue avec moi, c'est aussi clair que le jour. La question est « pourquoi » ?

J'affiche toujours une mine neutre, ne révélant rien de la tempête qui fait rage en mon for intérieur. J'attends que le couperet tombe.

Il laisse le silence planer afin que sa prochaine déclaration soit plus percutante.

Avec n'importe qui d'autre, j'aurais déjà arraché les mots qui tourbillonnent sur son palet, extrait les pensées de son cerveau avec ma lame. Je n'ai jamais aimé les personnes théâtrales, encore moins quand le public se figure être ma pomme. Je tolère cette manipulation uniquement avec lui. Néanmoins, mon impatience est à la limite de son comble.

Enfin, je capte les signes de la fin proéminente de son show dans son léger tic des lèvres.

— Il y a des rumeurs qui circulent, notifie-t-il ennuyé.

Bingo !

Je ne peux tenir un front lisse et un air placide quand mes sourcils se froncent contre ma volonté.

— Quel genre de rumeurs ? demandé-je sur le même timbre.

Il balaye l'air devant lui dans un geste badin.

— Des bavardages insensés, vraiment, se moque-t-il.

Son ironie ne m'échappe pas. Tout devient évident maintenant. Mes soupçons étaient justes. Red a quelque chose à voir avec son humeur.

Comme je ne prononce rien, Delon continue sa diatribe.

— Il est dit que ma précieuse fossoyeuse aurait une petite protégée, s'esclaffe-t-il.

Je reconnais que son jeu d'acteur est vraiment bon quand je devine la fureur qui irradie en son sein. Delon m'a offert peut-être un foyer et une famille, il n'en demeure pas moins qu'il a été limpide sur son point de vue concernant ma vie privée. Aucune distraction n'en faisait partie. Je n'ai jamais réalisé jusqu'à récemment à quel point ce que je considérais comme une maison était en fait une cage.

Nier et mentir ne feraient que plus de mal.

— Elle n'est rien d'important, accusé-je en contrepartie.

Il est trop tard pour revenir en arrière. Ce que je craignais se dévoile au grand jour. Non de cela, Red m'a trahi, mais en plus, Delon est sur le point d'en faire sa priorité. Il ne se contentera jamais de ma simple parole. Il n'est pas arrivé à la tête du Datura Noir en gobant ce style de sornettes.

— Tu ne vois donc aucun inconvénient à ce que je rencontre cette jeune demoiselle ?

Sa question est rhétorique et pourtant je lutte contre mon envie de lui crier d'aller se faire foutre.

Je choisis plutôt une autre tactique.

— Elle ne sait rien de notre syndicat ni de ce que je fais. L'emmener ici la mènerait à se poser des questions.

Son regard se fait calculateur. Il sonde la moindre trace de supercherie, voulant croire encore en mon dévouement et ma fidélité. Je n'ai aucun effort à faire pour lui donner ce qu'il cherche. Je lui serai toujours fidèle tant que je respirerai. Toutefois, la petite souris a bouleversé mon univers d'une manière que je n'aurais jamais pu anticiper.

Est-ce ce qui me coûterait la confiance de Delon ?

Nous avons toujours été prudents. Ce qu'elle a pris pour de la possessivité était en réalité ma façon détournée de garder notre relation en dehors des yeux et des oreilles du Datura Noir et de Delon. Bien entendu, c'était sans compter sur cette putain de fouineuse aux cheveux rouges. J'étais tellement concentré à la protéger de l'autre que j'en ai occulté que le plus gros danger se trouvait dans un costard Armani.

Il arque un sourcil, me défiant visiblement de le contrarier une fois de plus.

Cependant, une chose m'apparaît aussi limpide que de l'eau de roche. Une information primordiale semble lui manquer encore et pas n'importe laquelle ; il ignore que Lake a été témoin du meurtre de l'étudiante.

— Certes, commence-t-il avec désinvolture. Alors que dis-tu qu'elle fasse connaissance avec ton cousin Delon, hum ?

Le piège se referme sur moi. Si je n'étais pas en plein contrôle de mes capacités, mes pupilles me trahiraient. Or, je perçois soudain une forme de puissance qui me confère un froid mortel.

Est-ce que j'évaluerais mon patron comme un ennemi ?

Je refuse d'admettre cette possibilité autant que je ne peux le faire avec son exigence. Je me rendrais suspect et coupable. Alors, j'accepte à contrecœur d'un hochement de tête.

— Bien, rayonne-t-il, c'est réglé. Je vous attendrai demain soir. Ne soyez pas en retard, me chasse-t-il.

Sans un mot de plus, je quitte la pièce, bouillonnant intérieurement, les rouages de mon crâne dans un désordre sans nom.

Je regagne mon véhicule quand un message de rappel fait vibrer mon téléphone. J'ouvre l'application et pousse un grondement à la vision de mon rendez-vous qui clignote à l'écran.

— Putain, fais chier !

Je me presse à l'intérieur du SUV et pars en trombe.

Je stationne près de la clinique, ne calculant pas les œillades désapprobatrices des passants quant à ma façon de me garer. Qu'ils aillent se faire foutre. J'émets un rictus sadique à une vieille femme qui se secoue de peur quand je la frôle avant de rentrer dans le cabinet.

Je suis aussitôt accueilli par l'assistante qui m'offre un sourire enjôleur.

— Monsieur King, ravie de vous revoir, badine-t-elle. Mme Cartwright sera bientôt à vous.

Je ne suis pas d'humeur à endurer son flirt, je rejoins la salle d'attente sans faire preuve de politesse.

Dès que je suis installé sur un canapé, je rédige un SMS à notre groupe.

> **MOI** : Red a mouchardé pour la souris. Il veut la rencontrer demain soir. Len, fabrique un CV idyllique pour elle. Kay : surveille-la de plus près, Red prépare quelque chose.

> **LEN** : Quelle version je prends ? Barbie psycho ou matrone refoulée ?

Je me frotte les tempes, peu enclin à la plaisanterie.

> **MOI** : Fais ce que tu sais faire et envoie-moi le rendu rapidement.

> **KAY** : Mec, nous sommes foutus. Combien de temps faut-il pour réserver un vol aller pour Tombouctou ?

> **MOI** : K, j'ai besoin de toi pour briffer Lake, fais-le dans un lieu sûr où personne ne peut avoir des oreilles qui traînent. Sois discret. Je te transmets les détails d'ici peu.

> **KAY** : Compte sur moi.

Il ponctue son message par des emojis d'aubergines et de gouttes qui me font voir rouge. J'ai conscience qu'il me provoque.

> **LEN** : Qu'est-ce que je fais du monstre dans le placard ?

Il fait référence à ce que nous avons découvert du passé de la petite souris. Après ces trouvailles, nous avons décidé de les garder sous le coude en attendant de savoir si nous nous en servirons ou pas.

En patientant, Len épie l'entourage de Lake, se contentant de faire une écoute seule, je lui ai interdit de mater le flux vidéo. Len n'est pas aussi indocile que Kay. Je le soupçonne d'avoir un faible pour Lake. Cependant, son passé et son traumatisme sont une barrière qui ne laisse aucune place à de la jalousie. Len est incapable d'avoir des relations sexuelles ou d'éprouver même une quelconque attirance physique. Les taquineries de Kay envers lui ne sont qu'une manière tordue, mais efficace pour le maintenir dans le monde des vivants.

> **MOI** : Efface tout.

Sa réponse est un pouce levé.

Je referme le fil de conversation et le supprime juste au moment où mon nom est appelé.

Je pénètre dans le bureau, rabattant la porte derrière moi. La psy se tient debout devant son secrétaire, son tailleur gris moulant ses courbes généreuses. Son regard est chaleureux, tout l'inverse du mien tandis que j'exècre cet environnement trop stérile qui me donne l'envie de tout détruire. Des statues trônent sur des étagères en verre, des cadres hauts en couleur me filent une migraine presque instantanément à leur vue, mais ce qui me fout le plus les nerfs est de me retrouver ici tout simplement.

Comme si elle lisait sur moi, elle se racle la gorge discrètement, m'invitant d'un signe de la main à m'installer sur le sofa placé contre le mur opposé à la fenêtre. Je refuse d'un mouvement de gauche à droite de la caboche, lui balançant par ce mime mon tempérament sombre.

Elle sait à quel point je déteste être là, elle y prend plaisir cette salope.

Rina Cartwight sait exactement qui je suis, à quel point je suis corrompu, tout comme elle l'est. Aucune peur ne parcourt ses rétines chaque fois que je suis dans le même espace qu'elle. C'est cette confiance qui la tuera un jour.

Elle contourne le meuble, s'asseyant dans son fauteuil en cuir. Je chois sur la chaise d'en face, suivant ses gesticulations alors qu'elle ouvre son carnet et s'empare d'un stylo.

— Cela fait longtemps, Reaper, fredonne-t-elle.

Je grince des dents, peu amène à supporter ses conneries.

— J'avais à faire, maugrée-je déjà impatient d'en venir au fait.

Elle tapote son stylo contre la page ouverte, me fixant un moment sans émotion. Être sur la liste de paye du Datura Noir ne lui donne pas le droit de s'adresser à moi comme à un de ses simples patients. Mais cette garce est bonne dans ce qu'elle fait, c'est ce qui m'a conduit ici aujourd'hui. J'ai besoin de son aide pour comprendre si je suis en train de devenir dingue comme ma procréatrice.

— Bien, débute-t-elle en se redressant sur son assise. Comment vous sentez vous ?

— Je ne suis pas venu ici parce que votre compagnie me plaît, réponds-je agacé.

Elle se rencogne au dossier avec délicatesse, ses billes perçantes fixées sur mon visage.

— Alors, je vous écoute, lâche-t-elle de ce ton guindé et professionnel qu'elle adopte quand elle est contrariée.

Je me frotte la figure, m'incline vers l'avant en m'accoudant sur mes genoux.

— J'entends cette voix depuis quelque temps qui semble venir de nulle part, avoué-je avec une grimace amère.

Elle hoche du chef tout en notant dans son cahier comme si les réponses allaient apparaître par magie juste en dessous. Elle relève la nuque, établissant à nouveau un contact visuel. Comme toujours, rien ne traverse ses iris. C'est comme déchiffrer une feuille blanche.

— Quand est-ce que tout cela a commencé ?

J'hésite quelques secondes avant de me rappeler qu'elle est tenue au secret professionnel, même si Delon la paye pour obtenir toutes les sales cachotteries de la ville. Malgré tout cela, une demi-vérité devrait suffire.

— Suite à l'attaque d'un rival.

Elle reproduit encore ce petit mouvement du chef qui m'agace.

— Qu'avez-vous ressenti à ce moment-là ?

Fureur, haine, soif de sang. Peur, crainte et ce sentiment d'impuissance qui ne m'avait jamais habité. L'écho de la tonalité de Lake alors que tout était noir autour de moi.

— Impuissance, me contenté-je d'énoncer.

Elle s'éclaircit la gorge à plusieurs reprises, changeant de position, ses joues teintées de rouge. Son embarras est visible. Je me demande si elle réagit ainsi avec tous ses patients. Et puis je me rappelle que cette femme me suit depuis mon entrée dans le grand bain. Je n'avais jamais fait part d'un souci de performance lors de nos séances.

— Était-il près de vous à ce moment-là ?

Merde ! Je ne l'avais pas vue venir celle-là.

Néanmoins, je dois me montrer le plus honnête possible si je désire obtenir d'elle une réponse claire.

— J'ai perdu le contrôle. J'ai eu comme une expérience hors corps. Pour la première fois, j'entendais ce qu'il entendait, j'ai aperçu ce qu'il voyait, confié-je.

Elle écrit plus vite. Je ne quitte pas des yeux sa main qui griffonne, les levant sur son faciès tandis que le son de sa plume qui gratte la page est le seul bruit dans la pièce. Elle la repose enfin, referme son bouquin avant de se rencogner contre le dossier.

— Dayan, commence-t-elle comme si nous étions familiers. Votre cas n'est en rien une mauvaise chose, bien au contraire. C'est une évolution positive.

J'arque un sourcil, peu sûr de bien piger.

— Que voulez-vous dire ?

Elle sourit.

— Vous êtes dans la capacité de communiquer avec lui.

Ses allégations me frappent comme un poing dans le plexus. Ma respiration est une épreuve de force que mes poumons rechignent à exercer. Si ce qu'elle raconte est vrai, alors les chances que je finisse comme ma génitrice sont immenses.

Cette perspective ne me satisfait pas.

— Ce que vous êtes en train de m'expliquer, c'est que je suis apte à parler avec l'autre ? formulé-je comme si ça changeait la situation.

Elle acquiesce du menton.

— Dans le cas de schizophrénie, la dissociation est une réponse plutôt courante chez le sujet atteint. Votre cas résulte d'un traumatisme lors de votre enfance qui a engendré Kael comme un mécanisme de défense. C'est comme un abandon d'une partie de soi au profit d'un idéal.

À cette mention, ma vision rougit, mes nerfs se tordant sous mon derme comme un serpent prêt à bondir sur sa proie.

— L'autre n'est en rien un « idéal », craché-je avec amertume. Il n'est qu'un déchet, une vile représentation de la maladie qui couve en moi. Je n'ai en rien une admiration pour ce qu'il est.

Elle m'offre un sourire tout en secouant la tête.

— Ce n'est pas ce que j'ai stipulé, assure-t-elle avec douceur. Le propre du clivage du *moi* est une séparation d'un objet en deux qui auront chacun leur indépendance. Ils ne s'influencent pas et n'ont aucun but collectif. Vous étiez jusqu'ici incapable de vous identifier l'un à l'autre. Alors, quel est ce point commun qui vous a réunis ?

Sa question me paraît soudain intrusive. Trop ciblée pour être anodine. Cependant, ma prudence n'a pas sa place ici. Pas quand je suis celui qui a initié cette rencontre dans le but de saisir ce qui me trouble.

Je me répète en boucle qu'elle est tenue au secret professionnel, jusqu'à ce que mon rythme cardiaque reprenne une allure plus lente.

— Une femme, admets-je à contrecœur.

Elle ne peut étouffer sa stupeur, non sans se départir de son aura bienveillante. Je pourrais même y lire de la tendresse si elle n'était pas aussi pourrie que moi de l'intérieur.

— Comment décririez-vous votre relation ?

Les dernières semaines défilent dans mon esprit. À chaque séquence qui se joue, je suis animé par diverses émotions, toutes aussi vibrantes que les autres. Néanmoins, je garde mes sentiments pour moi. Ce que je partage avec Lake m'appartient tout comme elle le fait.

— Compliquée, lâché-je.

Elle s'adosse à son fauteuil, posant ses coudes pour rassembler ses pignes à hauteur de sa poitrine.

— Vous menez une existence compliquée, Dayan, souligne-t-elle. Vous êtes souvent confronté à la violence, l'engendrant vous-même tout en combattant votre deuxième part, *l'autre*. Une relation établie dans cet environnement ne peut être simple. Mais elle n'est pas pour autant impossible.

C'est moi qui arque un sourcil désormais.

— Un clivage n'empêche pas un lien. Parfois, il peut même faire fusionner *l'autre* en *moi*. Faire peau commune si vous préférez, se justifie-t-elle face à mon air perplexe.

— Donc, ce que vous êtes en train de me dire, c'est que je deviens encore plus fou et que c'est bien. Que je vais même pouvoir mener une vie en couple heureuse, me moqué-je acide.

Elle décroise les mains, se penche sur le bureau tout en plongeant son regard noisette dans mes émeraudes.

— Non, vous n'êtes pas en train de devenir fou, Dayan. Vous ne l'avez jamais été. Vous avez tout simplement vécu une situation insoutenable qui vous a poussé à créer cette représentation de *l'autre*. Le déni était le fondement de votre dissociation, aujourd'hui, il semble que quelque chose vous ait donné un point commun. Vous êtes tout simplement sur la voie de l'amélioration.

— Je ne comprends pas. Qu'est-ce qu'il veut ?

— Je n'ai pas la réponse. Mais vous devriez le lui demander.

Je me courbe vers mes genoux, m'y appuyant pour me frictionner la figure. La bonne nouvelle, c'est que je ne deviens pas taré, pas plus que je ne le suis. Et la mauvaise, c'est que maintenant je devrais entendre la voix de l'abruti et subir ses sarcasmes quand il en aura envie.

Je me mets debout d'un seul mouvement souple. La psy se lève à son tour.

— Je vais y réfléchir, lancé-je.

Alors que je suis déjà à la porte, elle m'interpelle, m'immobilisant, la paluche sur la poignée.

— Je maintiens ce que je vous ai toujours dit, commence-t-elle prudemment. Mais pensez que l'organisation ne le verra pas d'un bon œil.

Son avertissement n'est en rien une nouvelle. Dans n'importe quel cas, je refuserai toujours d'ingurgiter ces putains de médocs. Aussi, j'opte pour l'ignorance et m'efface rapidement. J'ai bien d'autres problèmes à l'heure actuelle qui méritent mon attention.

CHAPITRE 10

Je suis assise dans le restaurant du campus depuis bientôt une heure en compagnie d'Auren.

Je ne peux m'empêcher de me questionner sur son comportement des derniers temps. Elle papillonne tout autant qu'elle se renferme.

Nous n'avons pas construit une relation assez durable pour nous confier nos moindres secrets. Cependant, je pensais que nous avions au moins établi un contact assez profond pour dépasser les non-dits.

Me recentrant sur le contenu de mon assiette, je picore mes bâtonnets de carottes que je trempe au préalable dans une sauce blanche savoureuse. Alors que mes yeux se posent sur mon amie, je surprends son attention tournée vers la baie vitrée qui donne sur le parc, ses pommettes rougissantes.

Je suis sa ligne de mire. Un groupe de gars passe devant le bâtiment, bavardant et riant. Je ne suis pas un cœur à prendre, mais je ne suis pas non plus aveugle. Ils sont sexy comme des diables. Mes rétines s'accrochent sur les fessiers qui défilent en avant de la troupe et mon esprit critique se met en action.

Aucun n'est aussi musclé et bombé qu'un certain énergumène aux multiples tatouages. Leur buste ne tend pas le tissu de leur manteau, leurs cuisses ne sont pas aussi épaisses, leurs bras ballants ne sont que des cure-dents comparés à ceux de Dayan.

Je pousse un gémissement las, blasée. Je prends conscience que je suis foutue. Incapable de trouver attrayants les hommes désormais. Dayan est devenu le centre de mon univers, le seul capable de nourrir ma dépendance au sexe, à éveiller ma libido.

Il m'a nourrie de tant de saveurs exotiques que tout me paraît fade.

Faire l'amour avec lui n'est pas une simple réunion de deux corps brûlants l'un pour l'autre. C'est une guerre que se livrent nos chairs. Une conquête pour le territoire de chacun. La possession et l'appropriation d'un havre fait de chaleur ardente.

Il ne s'est pas contenté de me vaincre. Il a pillé mon indépendance, m'a revendiquée, marqué mon âme comme un témoignage de son passage et de sa propriété.

Je capte en parallèle le soupir de celle assise en face de moi, une risette se dessine alors sur ma figure.

— Tu louches sur quelque chose de plaisant ? l'asticoté-je.

Elle se rabroue, les joues en feu, se cachant derrière son gobelet opaque.

— En tout cas, j'ignorais qu'ils avaient des sportifs de ce gabarit-ci, spéculé-je. Si j'avais su, je serais plutôt allée du côté terrain.

— Ce ne sont pas des sportifs, réplique-t-elle. Mais des étudiants en médecine.

Elle secoue la tête, son sourire franc adoptant une forme plus timide.

Elle me fuit, oscillant entre l'avant et la vitre. L'instant d'après, le froid nous parvient quand la porte de la salle s'ouvre, laissant passer le groupe d'hommes qui ajoute du brouhaha à la cacophonie ambiante.

Elle s'approche de la table, je l'imite séance tenante.

— Tu vois le grand gaillard avec le blouson camel ? me consulte-t-elle.

J'acquiesce après avoir examiné furtivement l'assemblée et repéré l'individu en question.

— C'est Dean, mon petit ami, précise-t-elle sur un ton rêveur.

Comme s'il sentait notre inquisition sur lui, ses prunelles fouillent la foule jusqu'à ce qu'il se focalise sur nous. Puis il sourit, faisant un signe de la main clairement destiné à mon amie.

Elle pique un fard, ondulant ses doigts en guise de réplique.

Alors que je m'apprête à la taquiner jusqu'à ce qu'elle cuise d'embarras, une ombre apparaît au-dessus de moi, l'ambiance chaleureuse et conviviale entre nous se refroidit.

Mon regard bascule de ma voisine à Dean, qui bifurque brusquement la caboche avec une mine renfrognée. Je ne le connais pas du tout, mais sa façon d'agir me laisse perplexe. Quant à la présence qui plane au-dessus de moi, je me fais forte de ne pas exploser en compagnie d'Auren et devant le public.

— Je crois que nous n'avons pas été présentés, fanfaronne Kayden en me doublant pour s'affaler sur la chaise entre elle et moi.

Elle me balance une œillade curieuse, puis la précipite en direction du groupe encore debout à quelques mètres d'ici. Je suis son point de mire, ne calculant pas l'intrus.

Un frisson me parcourt l'échine quand je réalise que tous les yeux sont braqués sur nous, plus particulièrement sur Kayden. Un des types, un brun à la peau caramel, murmure quelque chose à l'oreille de Dean. Je peux clairement affirmer, à la tension soudaine de ses épaules, que quelque chose le dérange.

— Kayden, se présente celui-ci en charmant ma copine.

Celle-ci ne se laisse pas séduire facilement, bien qu'elle lui offre un sourire franc en retour.

— Auren.

J'ai du mal à me concentrer sur une chose à la fois. Le poids du malaise qui pèse sur mon entourage est trop lourd à porter.

Les étudiants en médecine s'alignent dans la file d'attente, Dean et son acolyte nous lorgnant sans cesse.

— Alors, tu es quoi au juste ? s'enquiert Auren d'un air malin.

Kayden se penche, jouant de son aura sexy et ô combien attrayante pour une ignorante. Son attitude m'agace, mais je ne semble pas être la seule.

Je surprends une fois encore le futur médecin observer à la dérobée notre invité avec une lueur haineuse. Serait-il jaloux ?

Kayden se mordille la lèvre, incline sa tête tout en passant en revue mon visage puis le renflement de mes seins. Je croise les bras, le rejetant d'un signe clair.

— Elle ne t'a pas dit ce que nous sommes ? interroge-t-il avec trop d'ironie pour me garder calme.

— Pas clairement, non, se moque-t-elle à mes dépens.

Je lui dédie un œil morne alors qu'elle me décortique avec curiosité.

— C'est juste un pote, éludé-je en même temps qu'il soutient.
– Son petit ami.

Elle nous toise, le front étiré par son étonnement tandis que je fusille bouche bée cet imbécile qui se conduit comme un coq. À quel jeu joue-t-il ?

— Vous sortez ensemble, oui ou non ? s'obstine-t-elle.

Je ne fréquente pas Auren depuis assez longtemps pour prédire ses gestes ou dire ce qu'elle aime ou pas. Néanmoins, je la côtoie suffisamment pour capter que quelque chose ne va pas. Ce n'est pas de la curiosité qui l'anime, mais une quête de vérité comme si la réponse allait changer la phase du monde.

Son intérêt retourne vers Dean avant qu'elle ne le ramène à nous.

Qu'est-ce qu'il se passe, bon sang ?

Kayden prend ses aises, comme toujours, se rapproche de moi, glisse un membre sur le dossier de mon siège comme si nous étions un couple. Je sais que je ne dois pas attirer l'attention. Mais le regard que m'envoie mon amie me met super mal à l'aise. De la souffrance se mélange à une pincée de désespoir.

— Kay ?
— Ouais, bébé ? demande-t-il amusé.

Je serre les maxillaires, refoulant mes pulsions violentes à son encontre.

— Tu pourrais nous laisser entre filles, s'il te plaît ?

Un sourire vainqueur se crayonne à mon usage de la politesse. Je suis à deux doigts de craquer de mon côté. Si ce connard continue de m'humilier ainsi, je vais finir par lui faire avaler ses dents un peu trop parfaitement alignées.

Il pousse la limite de ma patience en feignant de réfléchir à ma demande. Tout ce temps, Auren oscille entre moi et Dean.

— Ouais, je comprends, accepte-t-il.

Il se lève tandis qu'elle expulse un souffle de soulagement.

Je retiens ma respiration quand cet abruti dépose un baiser sur le sommet de mon crâne.

— On se voit plus tard, bébé, se marre-t-il.

Putain, je vais le tuer. Si ce n'est pas moi qui m'y attelle, Dayan va le déchirer pour m'avoir embrassée.

Je privilégie l'ignorance, me canalisant sur Auren qui retrouve vie à mesure que Kayden s'éloigne. J'intercepte une fois encore une œillade qu'elle lance en direction de Dean.

— Est-ce que ça va ?

— Hmmm ? répond-elle sans me regarder. Ouais, pourquoi ?

— Tu es sûre ? insisté-je.

Elle ramène son visage face au mien.

— Autant que je suis sûre que tu me caches un truc, lâche-t-elle avec sarcasme.

J'exhale, prise au piège. Je hais cette sensation. Notre relation était plus simple au départ. Si je m'étais contentée uniquement de nos rencontres pour monter notre fichier commun. Simplement, nous avons partagé plus que des notes. Auren est vite devenue ce qui me manquait depuis très longtemps ; une amie. Lui mentir à longueur de temps est épuisant. J'aimerais tellement lui confier tout ce qui me ronge.

Soudain lasse, je décide de lui donner une demi-vérité.

— Kayden est le meilleur pote de mon cousin qui s'est donné pour mission de s'assurer qu'aucun homme ne me détourne de mon droit chemin.

Elle grimace, toute compassion transparaissant de chaque pore.

— Aïe !

— Ouais, acquiescé-je. Il adore se faire passer pour mon mec afin de dissuader quelconque type de tenter sa chance, raillé-je avec amertume.

C'est cette dernière partie qui m'arrache ce rire acide. Que les gens pensent que je suis sa meuf me fout les nerfs.

— Pourquoi ne me l'as-tu pas dit dès le départ ?

Je ris.

— Tu ne m'as pas crue, lui rappelé-je.

Elle mordille dans sa chair tendre, l'inquiétude traversant ses traits.

— Auren ?

— Oui ?

— Qu'est-ce qui se passe entre toi et Dean ?

Elle oblique les yeux, évitant tout contact direct avec moi comme si elle craignait que je ne lise en elle.

— C'est si évident ? marmotte-t-elle.

Je ricane.

— Comme la nuit et le jour, oui. Mais je n'arrive pas à dire si c'est moi qu'il déteste ou autre chose, souligné-je penaude.

Elle soupire.

— En fait, c'est juste que…

Suspendue à ses lèvres, je perds patience quand elle ne poursuit pas ses explications.

— Que quoi ?

Elle se détourne pour la énième fois vers la table où sont désormais installés Dean et ses collègues avant de le ramener droit sur moi.

— Est-ce que tu connais bien Kayden ? s'enquiert-elle à la place, me surprenant.

Merde, je ne l'avais pas vue venir celle-là.

— Euh… Ouais, plutôt, mais pas sur le plan intime, m'estimé-je obligée de rappeler d'un ton grognon.

Elle gémit, se frottant les tempes.

— Je ne veux pas que tu juges qui que ce soit ici, Lake. Mais d'après Dean, Kayden n'est pas quelqu'un de bien.

Mon rythme cardiaque s'accélère, mon pouls frappe dans ma gorge, la sueur perle dans ma nuque. Je redoutais que ce moment arrive et pourtant, je ne suis pas prête à l'appréhender.

— J'ignore de quoi tu parles, tancé-je.

Ses iris repassent sur le groupe avant de revenir sur moi.

— Eh bien, Dean m'a parlé des activités illégales que pratique ton petit copain.

— Faux petit copain, la coupé-je agacée.

— Faux petit copain, reprend-elle. Il n'aime pas que je sois en contact avec toi, car il craint que je ne sois associée à lui aussi.

— Moi ? riposté-je abasourdie.

Mon palpitant s'arrête presque dans ma poitrine. Je suis mal, non pas pour ce que cet imbécile pense savoir, mais pour le dilemme qui tiraille visiblement mon amie. Tout prend son sens maintenant. Je me sens coupable autant que furieuse contre celui qui ose m'associer avec Kayden. Cependant, une part de moi est contente qu'il soit aussi inquiet et attentionné envers Auren. Elle est tellement digne de trouver quelqu'un d'aussi prévenant.

Sa main se pose par-dessus la mienne.

— Je lui ai plusieurs fois expliqué que tu ne devais pas être au courant de ce qu'il dissimulait, que tu n'étais pas du tout comme ça, me défend-elle avec hargne.

C'est cela qui brise mon cœur en mille morceaux. Cette confiance aveugle qu'elle m'accorde alors que je suis la pire traîtresse et menteuse de toute l'histoire moderne. Toute la douleur et la peine que j'aurais pu éviter à de nombreuses personnes et que je n'ai pas fait. Tous ces secrets que je lui cache, que je garde pour ma famille.

Je ne la mérite pas.

— Il a raison, soupiré-je, une boule logée dans la trachée.

Elle se redresse, fouillant mon visage comme si elle y cherchait le moindre indice de folie.

— Non, il a tort, contre-t-elle.

Je secoue la tête, ravalant les larmes qui me brûlent les globes oculaires.

— Je suis au fait de ce que fait Kayden. Dean a raison, Auren. Cesse de t'entêter avec moi. Regarde-le, l'invité-je. – Elle le fait, les sourcils froncés de confusion. – Il te plaît beaucoup, n'est-ce pas ?

Un sourire fleurit lentement.

— Ouais, expire-t-elle.

— Alors, ne laisse personne se mettre entre vous.

Sa gaieté se fane.

— Je n'accepterai jamais qu'un homme me dicte qui je dois ou non fréquenter, se rabroue-t-elle.

Son expression sévère, la rougeur sur son teint me font fondre un instant avant que je ne me reprenne. Ma paume vient recouvrir son poing telle une couverture douce et chaude pour apaiser sa colère.

— Tu es une belle âme, Auren, dis-je avec sincérité. Tu es brillante et je suis heureuse de te compter parmi mes amis. Mais tu dois songer à toi et prendre le bonheur là où il se situe. Il ne nous reste que quelques mois avant de nous envoler vers notre destinée. Nos chemins vont se séparer quoi qu'il arrive. Mais peut-être que le tien et celui de Dean sont faits pour se rejoindre.

Ses billes s'inondent, sa lèvre tremble tandis qu'elle me considère avec toutes ses émotions transparentes.

— Tu mérites autant le bonheur que moi, s'étrangle-t-elle sous la coupe de ses émois.

Mon rire éclate à l'ironie de la situation.

— Le mien m'attend quelque part, assuré-je avec un goût âpre en bouche.

Elle acquiesce d'un hochement de tête.

— Je suis sûre qu'un grand destin t'attend, affirme-t-elle.

Ma gorge se comprime, mon estomac s'alourdit comme si du plomb s'y logeait. Cependant, je suis devenue si douée à tout enterrer que je parviens aisément à offrir cette fausse risette que j'ai longtemps exercée et offerte au monde ces dernières années.

CHAPITRE 11

Je m'apprête à franchir les portes du bâtiment pour me rendre au parking quand un message fait vibrer mon téléphone. Je l'empoigne et râle à la vue de l'identité de l'expéditeur.

> **KDEN** : Retrouve-moi à la salle 130.

Mes mâchoires se crispent, tout mon air s'expulsant de mes poumons. Je suis tentée de ne pas en tenir compte, mais j'ai fait une promesse à Dayan.

Un rire âpre filtre entre mes lèvres alors que l'ironie de la situation ne m'échappe pas.

Je me suis jetée moi-même dans la gueule du loup après avoir vu les couleurs qu'il arborait.

Est-ce que cela fait de moi une sadomasochiste ?

La réponse est clairement « oui ».

À contrecœur, je dévie de ma trajectoire, empruntant la direction de la pièce indiquée. Tout le long du chemin, mes pensées s'affolent quant au but de celui-ci de me donner rendez-vous dans cette partie du campus.

Tout le monde sait que les salles du premier étage sont vides à cette heure tardive. Un pressentiment s'empare de mon être. Ce n'est pas de la peur, plutôt une vague d'appréhension désagréable. Kayden ne cache pas sa vraie personnalité, il la porte avec assurance et fierté comme un mannequin le ferait avec des fringues lors d'un défilé pour un célèbre couturier.

J'arrive au point de rencontre, encore perdue dans mes réflexions. Je ne sais pas pourquoi cet enfoiré m'a donné rencard ici plutôt qu'ailleurs, mais ma mauvaise humeur est sur le point d'éclater quand le doute remplace mon irritation dès l'instant où je pousse l'accès et que mes yeux se posent sur une scène plutôt inattendue et perturbante.

De tous ses coups tordus, celui-ci vient en tête de liste.

Alors que je bataille contre ma répulsion, mes billes s'accrochent aux siennes. Son rictus se dessine lentement tandis que mon attention dérive sur la meuf agenouillée entre ses jambes.

Je ramène mes prunelles vers Kayden, son expression arrogante manifestant clairement son défi. Cependant, je ne suis plus impactée par ses manigances et ses manières. Plus depuis que j'ai affronté un monstre bien plus effrayant que lui.

Défi accepté, connard.

J'entre, claquant volontairement le vantail en refoulant un sourire quand la poule sursaute. Elle est sur le point de se retourner, mais Kayden la maintient en place d'une main ferme contre la nuque, appuyant son visage, ou plutôt sa bouche, plus profondément sur son sexe.

Un bruit de gorge trahissant ses difficultés respiratoires m'arrache presque une grimace. Néanmoins, je garde une mine impassible, me déplaçant lentement vers Kay qui se tient debout, calé contre le bord d'un bureau.

Je calque ma position sur la sienne, me plaçant contre le meuble, nos épaules se touchant presque. J'adopte une moue ennuyée, croisant mes bras sur ma poitrine tandis que je contrains ma vision vers le bas.

La nénette se débat encore contre l'intrusion, son nez enfoncé contre le pubis de son amant. Je suis tentée de la secourir, mais la simple idée de m'approcher plus près encore de son anatomie me rebute. Toutefois, il y a bien d'autres façons de s'amuser ici un peu.

— Tsss… Je me doutais que ta bite n'était pas aussi grosse que ce que tu le laisses penser, affirmé-je avec un rictus.

La fille produit un gargouillement, Kayden me fusille d'un œil noir.

— Jalouse ? lâche-t-il.

Je me mordille la pulpe charnue, mimant l'indécision.

— Plutôt étonnée, assuré-je. Je m'attendais à une réunion ennuyeuse et tu me prouves que tu peux me faire rire sans faire le moindre effort. Si j'avais su ça avant, je t'aurais demandé de me montrer ta verge plus tôt.

Ma diatribe atteint son objectif, car il resserre sa prise sur la tignasse de sa partenaire, exprimant sa rage dans ce geste avant de tirer sa tête en arrière.

Sa bouche se libère avec un « pop » humide et obscène qui me laisse de glace. Elle aspire l'oxygène goulûment comme une assoiffée ingurgiterait des gorgées d'eau après une traversée du désert.

Elle est pantelante, la figure cramoisie, son regard fuyant autant empli de honte que d'incrédulité. Le mien oscille entre sa trombine empourprée et le sexe turgescent qui se balance devant son pif.

Je reconnais, en mon for intérieur, qu'il est de taille convenable, si ce n'est pour dire, plutôt généreux.

— Tu peux t'y coller plus près si tu as des problèmes de vue, grogne-t-il.

J'embrasse une apparence moqueuse, m'inclinant vers le membre avant de me redresser pour initier un contact visuel avec son propriétaire.

— Pas de quoi fouetter un chat, haussé-je les épaules.

Kayden se renfrogne, le tic nerveux de ses mâchoires exposant ses sentiments destructeurs.

— K...K... Kay, bredouille-t-elle d'une voix aiguë qui m'exaspère.

Mon entrée n'a pas semblé la déranger. Ce qui m'indique le genre de nana qu'elle est.

Mon humeur est trop colérique par le tour de passe-passe que ce connard a voulu me jouer pour m'apitoyer sur elle. Il est temps de renverser la vapeur, dommage pour elle, mais ce n'est pas moi qui perdrai la face cette fois.

J'ai trop souffert, vécu trop longtemps dans la peau de la victime pour m'enfuir en courant. Je ne suis pas faible. J'ai relevé de plus grands challenges.

J'ai une leçon à donner aujourd'hui. Tant pis pour elle. Elle s'en remettra.

Me penchant vers elle, je fouille sa tronche, feignant la compassion.

— Quel est ton nom ? demandé-je.

Sa confusion vacille entre moi et Kayden, qui se tient droit et silencieux, ses épaules raides traduisant la méfiance que mon attitude réveille en lui.

— Ma… disson, souffle-t-elle d'un timbre chevrotant.

Son manque d'assurance combiné à l'étrangeté de la situation la rend plus fébrile qu'autre chose. Elle devrait se rebeller, se battre pour s'éloigner au lieu de se replier sur elle-même comme une fleur fragile.

— Madisson, répété-je, et elle acquiesce. Tu vois, Kayden ici présent est convaincu que nous les femmes ne sommes que des objets et que son chibre est le centre de l'univers. Je ne pense pas que son pénis mérite autant d'éloges, tu n'es pas d'accord ?

Elle hésite un instant, avant de hocher lentement du chef.

— Donc, ne lui donne pas plus matière à croire cela, qu'en dis-tu ?

Son regard passe de la crainte à l'assurance en une seconde.

— Tu veux prouver quelque chose ici, Braxton ? se marre Kayden moins sûr de lui.

Je lui dédie un rictus, puis mon intérêt dévie vers Madisson qui n'a rien perdu de notre échange. Un accord tacite circule entre nous. Elle engloutit la colonne de chair sans résistance, arrachant un sifflement de volupté à celui-ci.

Je pose ma main à la base de son crâne, métrant le rythme.

— Fais un effort, Madisson, ne lui donne pas ce pouvoir.

Elle émet des sons de gorge mêlés à des bruits de succion alors qu'elle lutte pour prendre l'entièreté du phallus de Kayden. Je remonte les yeux vers son visage qui est crispé par le plaisir, ses paupières mi-closes, la bouche béante d'extase.

— Putain, siffle-t-il entre ses dents.

J'incite la nana à prendre plus de vitesse et de profondeur à l'acte auquel je contribue. Je refoule une simagrée, me concentrant sur ma victoire éminente.

Ses abdos se contractent, je retire Madisson en arrière, la laissant inspirer profondément. Elle est à bout de souffle, des larmes coulant le long de ses joues en laissant des traînées noires sur ses pommettes.

— Rien de transcendant, ricané-je en établissant un contact visuel avec lui.

Ses pupilles sont si dilatées que ses iris ne sont plus qu'un amas de pétrole.

— Va te faire foutre, grince-t-il.

Je lui offre un sourire carnassier, enorgueillie par sa fureur.

Madisson en profite pour recouvrer un peu de pudeur, fuyant en rampant sur les fesses. Je suis sa retraite, dissimulant autant que je le peux ma culpabilité.

Elle se hisse, nous fusillant tous deux d'une œillade sombre, puis elle s'empresse de quitter la pièce, en malmenant la poignée.

— Je suis ravie d'avoir fait ta connaissance, Madisson, lancé-je joyeusement.

— Bande de tarés, gronde-t-elle en passant la porte.

Elle se rabat brusquement sur son passage et je m'écarte, gardant désormais mon attention sur le décor plutôt que sur le connard dans mon dos. Si je pouvais me laver les yeux à la javel, je plongerais mon visage entier dans un baril de ce pas.

Un applaudissement lent éclate, me contraignant à me retourner. La première chose que je remarque, c'est que Kayden a rangé son outil dans son pantalon. Seule la braguette est restée ouverte, laissant entrevoir le renflement de son érection qui fait encore rage sous son boxer. Il continue à claquer ses paumes mollement tout en avançant sur la même cadence dans ma direction.

— Bravo, bravo, débute-t-il d'une voix traînante. J'avoue que tu m'as bien eu, s'amuse-t-il.

Conservant mon sang-froid et cachant mes émotions orageuses sous un masque de dédain, je singe l'ennui en fixant mes ongles comme si mes cuticules étaient plus intéressantes que ce à quoi je venais d'assister ou de participer.

— Comme je l'ai dit plus tôt, il n'y avait rien de transcendant dans ce que j'ai vu, certifié-je.

Il s'arrête à seulement deux pas de là où je me trouve, m'observant impassiblement.

— Tu m'en dois une, déclare-t-il avec nonchalance.

Ses mots me créent des frissons d'effroi et d'écœurement en même temps.

Est-il sérieux ?!

Je redresse ma colonne vertébrale, ébranlée et dans l'incapacité d'enfermer le choc que ses propos attisent en moi.

— Touche-moi et plus jamais tu n'auras l'occasion de pisser mis à part à travers une sonde, le menacé-je.

Il me dévisage un moment, placide, puis s'esclaffe soudainement. Son attitude me déstabilise, mon épiderme se recouvre de perles de chair à l'écho profond de son éclat.

J'ai apprivoisé les humeurs de Dayan, je suis parvenue à cerner Kael, j'ai compris même ce qui intéressait Red, mais je n'ai toujours pas saisi comment fonctionne la psyché de Kayden.

Je décale subrepticement mon pied, me plaçant en position de défense. Même si une infime flamme d'espoir brûle encore en moi que Kayden ne trahira jamais Dayan, mon instinct de combat se met en marche.

Je dérive une fraction de seconde vers ses mains qui migrent vers son entrejambe, mon pouls s'accélère quand il en glisse une à l'intérieur de son sous-vêtement. Alors que je suis sur le point de passer à l'action, sa gestuelle me stoppe.

Il replace son membre plus droit, puis zippe la fermeture Éclair de son jean. J'expulse une bouffée d'air, je ne m'étais pas rendu compte que j'avais retenu ma respiration.

— Tu es dramatique, soupire-t-il avec exagération.

Il s'approche, je lève mes poings, adoptant une position offensive.

Il pouffe de rire, élevant les pignes en signe de reddition.

— Calme toi, Braxton, se gausse-t-il, même à travers une vitre, je ne te toucherai jamais, appuie-t-il avec une grimace de dégoût.

Je fulmine, non pas à cause de ses allégations, mais par les réminiscences du spectacle qu'il m'a servi plus tôt. Je me bats encore avec toutes mes forces pour regagner la surface de l'océan empli de haine dans lequel il m'a plongée.

— C'était quoi tout ça ? tonné-je en laissant dégouliner mes sentiments dans mon intonation.

Il hausse les épaules, portant toute l'innocence d'un enfant pris sur le fait sur sa figure taillée dans le marbre.

— Tu es arrivée plus tôt que prévu, soutient-il.

— Faux. Tu m'as piégée dans le seul but de me gêner.

Son sourire prend une allure plus sournoise. Si son show n'a pas été à la hauteur de ses attentes, il vient juste de me piéger une seconde fois. Et moi, comme une idiote trop émotive, je me suis fait capturer comme un lapin de trois semaines.

À deux doigts de céder et de laisser exploser tout ce que je renferme, j'inspire profondément, recrachant lentement tout l'air accumulé dans mes poumons. Je suis prête à lui concéder cette petite victoire, mais pas la guerre.

Sa réaction à la mienne durant tout son tour de manège valait tout l'or du monde et je ne suis pas disposée à le lui céder.

Je relâche mes muscles et mes nerfs faciaux, me composant une attitude plus décontractée.

— Quel était le but de ton appel ? Mis à part me prouver que ta bite n'est pas si exceptionnelle que ça ?

Malgré toute ma bonne volonté à mimer le calme, il voit clair dans mon jeu. Cependant, il ne le manifeste que par son éternel sourire caustique, taisant une réplique cinglante.

— Retour aux affaires, hein ? se marre-t-il.

Je roule des yeux ouvertement, lui envoyant mon impatience et mon désœuvrement total pour ses méthodes de déstabilisation.

— Je n'ai pas toute la nuit, répliqué-je.

— Comme tu voudras, dit-il, prenant une mine plus solennelle et sévère. Tu sais déjà que nous ne travaillons pas à l'usine.

Son allocution sonne comme une question, mais n'en est pas une pour autant. Malgré ça, je me surprends à hocher du chef.

— Les gens pour qui nous bossons, enchaîne-t-il, ont des préceptes plutôt stricts en matière de connexion, développe-t-il en faisant des gestes obscènes de ses doigts.

J'arque un sourcil, peu impressionnée par son illustration précise de l'acte de pénétration.

— Et toi, Braxton, tu ne rentres clairement pas dans la catégorie des chattes qui sont approuvées par le patron.

Sa condescendance me file envie de lui décocher une baffe, néanmoins, la gravité de ce que je commence à piger me maintient plus anxieuse.

Ma bouche s'ouvre, puis se referme aussitôt. Je souhaiterais, non, je devrais dire quelque chose, tout ce qui me ronge de l'intérieur, mais aucune phrase cohérente ne parvient à franchir mes lèvres.

— D est en quelque sorte le favori de notre boss, les règles le concernant sont encore plus serrées que le string de Rihanna autour de ses hanches, continue-t-il. C'est en grande partie pour ça qu'il aurait dû se débarrasser de toi dès le début, mais il semble que ta chatte soit magique ou un truc dans le genre, marmonne-t-il pour lui-même.

Je lui jette un regard assassin, rebutée par ses conclusions superficielles et désobligeantes quant à ce qui attire Dayan chez moi.

— Dayan n'est pas un chien de chasse comme toi, formulé-je d'un ton acéré, ce qui nous lie n'a rien à voir avec le sexe.

Je ne sais pas pourquoi je gaspille ma salive à lui expliquer ce qui nous rattache. Kayden ne capterait pas. De plus, notre lien va bien au-delà de ce que les mots peuvent révéler. L'intimité que nous avons ne s'exprime pas que par la baise. Nos démons sont connectés par un ruban de souffrance, par nos profondes blessures. Nous sommes deux âmes nouées qui se nourrissent l'une de l'autre. Une autarcie où seules nos propres règles régissent notre relation, où nous sommes les seuls à conduire nos corps dans l'abandon sans jugement et restriction.

Personne ne pénétrerait cette bulle, pas même Kael.

— Mon frère reste un homme, contre-t-il. Même si ça me troue le cul de l'avouer, il est différent avec toi. Il n'avait jamais été intéressé par une meuf en dehors des quelques nanas avec qui il se vidait les couilles de temps à autre.

Une pique de jalousie me poignarde à la mention des autres femmes. Je ne devrais pas ressentir cela. Ma liaison avec Dayan est particulière, exclusive et basée sur des règles trop étriquées pour éprouver cette amertume. Je n'étais pas vierge non plus. Alors, pourquoi cette simple notion me frappe-t-elle en plein cœur ?

— Je te l'ai dit, interviens-je. Ce n'est pas comme ça entre nous. C'est plus profond.

Il me fixe d'une manière si étrange que je me recroqueville presque sur place. Au bout d'un moment qui s'éternise, il reprend la parole.

— C'est bien là que réside le problème.

Mon palpitant bat la chamade alors que cet enfoiré se délecte de ma détresse avec un rictus diabolique.

— En quoi est-ce un problème ?

Sa suffisance se fane, recouvrant son masque neutre, il répond :

— Notre boss a découvert son sale secret et crois-moi quand je te dis que ce n'est pas un mec à qui tu veux te frotter.

Je n'ai pas parcouru tout ce chemin pour me retrouver à la case départ. Les énigmes, l'acte de ce soir, Kael, Red, ces gars qui nous sont tombés dessus, tout cela combiné est trop. Je suis à bout de nerfs, au bord de la folie.

— Pourquoi m'as-tu fait venir ici, Kayden ? craqué-je avec véhémence. Pourquoi ne pas me dire ouvertement ce que Dayan attend de moi ?

Son agacement prend le dessus, le courroux déforme ses traits restés lisses jusqu'ici.

— Parce que je tiens à lui, sombre conne ! Parce qu'en te faufilant dans son pieu, tu as déclenché toute une série de merdes qui a foutu en l'air la discipline de mon frangin, parce qu'en refusant de te buter, Dayan a mis sa vie et la nôtre en gage ! Tu n'as aucune idée de ce que c'est de vivre en ayant ton existence tenue sur un fil. Dayan n'est pas que mon frère, il est la pièce maîtresse d'une organisation qui a des connexions dans le monde entier. Il ne t'appartient pas. Il n'appartient même pas à lui-même, putain. Il est la propriété d'un type qui est à la tête de tout ça. Et tu n'es qu'une poussière sur la route immense de celui-ci. Tu n'as pas seulement détourné Dayan, tu as atteint son atout majeur. Sa précieuse faucheuse. Que crois-tu qu'il veuille faire de toi, hum ?

Je ressens sa haine et toute sa colère exsude à travers ses pores, elle emplit la classe d'une odeur acide. Pourtant, un sentiment d'injustice s'imprègne en moi à l'instar d'un poison mortel.

— Je ne veux pas le changer ! Je n'ai jamais demandé ça.

Je sais, depuis que Dayan s'est confié à moi, qu'ils suivent un code. Que son besoin de contrôle est vital. Pas que pour mon bénéfice, mais pour le sien et celui de ses acolytes. Qu'il ne reculerait devant rien pour les protéger. Et je réalise ce que fabrique Kayden et pourquoi. Non, pas la pipe, mais toute cette conversation et ce qu'elle implique. Les choses sont sur le point d'évoluer et pas pour le meilleur. Je comprends son point de vue, la crainte qui l'anime. J'assimile enfin les causes de son animosité envers moi et mon couple avec Dayan.

Toutefois, il lui manque l'élément le plus important.

Ils me voient comme une intruse. Une personne à qui l'on ne peut pas se fier. Une faible et une faiblesse. Or, rien dans le comportement de Dayan envers moi n'a montré une telle attitude. Si Dayan connaît mon passé, je parierai très cher que Kayden en détient un morceau. Les motifs pour lesquels je n'ai jamais dénoncé leurs agissements dont j'ai été témoin devraient leur paraître évidents. Et pourtant, nous voici dans ces tourments, revenus à la case départ.

— Que feras-tu le jour où il rentrera couvert du sang d'un autre ? me défie-t-il. Quel avenir imagines-tu avoir avec un homme qui tue sur commande ? se moque-t-il acerbe.

Ses allégations ont touché un point sensible en mon être. Je ferme les yeux, prenant une profonde inspiration et la relâche lentement juste avant de confronter à nouveau mon regard au sien avec détermination.

— Nous sommes partis du mauvais pied, je te l'accorde. Rien chez moi ne donnait matière à confiance, c'est un fait. Mais je n'ai jamais voulu faire du mal à Dayan ou à l'un d'entre vous. Dayan vous aime et je l'aime. C'est la raison pour laquelle je suis prête à renoncer à lui. Parce qu'une vie sans lui vaut mieux qu'un monde dans lequel il souffre de la perte d'un d'entre vous, finis-je d'une voix éraillée.

Son front est froissé de plis d'incrédulité. Je suis tellement habituée à la douleur, tellement frustrée que je suis disposée à faire des sacrifices. Quoi qu'il arrive, je savais depuis le début que nous n'aurions pas notre happy end.

— Tu le laisserais partir ? interroge-t-il sceptique.

J'acquiesce d'un hochement, ma trachée est obstruée, rendant toute forme de son impossible.

— Tu es prête à tout pour lui, n'est-ce pas ?

Son ton oscille entre perfidie et perplexité.

— Oui, coassé-je.

Il se frotte la mâchoire, semblant réfléchir un instant.

Ce qu'il ne sait pas, c'est que je me suis totalement abandonnée auprès de Dayan. Au point de le laisser me tailler, de m'étrangler pendant qu'il me baisait, lui offrant le choix de voler mon dernier souffle à multiples reprises. Que Dayan m'a donné une vision de la vie haute en couleur, guérissant mes blessures en m'infligeant les siennes.

Ce qu'il ignore, c'est que je lui serai toujours reconnaissante de m'avoir fait sentir vivante. Mais ça, je ne le lui dirai jamais.

Peu importe à quel point je désire que tout soit différent. Je ferai tout pour lui. Y compris le laisser partir.

— Très bien alors, soupire-t-il vaincu.

Kayden se lance dans une explication plutôt simple et rapide de la situation dans laquelle les trois hommes sont plongés. Il me parle de l'obsession de Delon, leur patron, pour Dayan et son rapport curieux avec Kael. Il partage également les menaces qui planent sur lui et Lennox quand il s'agit d'obtenir ce qu'il souhaite de Dayan. À quel point l'organisation a du pouvoir dans le monde souterrain sans pour autant entrer dans les détails de leurs affaires. Et enfin, il achève son tour d'horizon en m'entretenant de la convocation qu'a émise Delon pour le lendemain, comptant sur mon ignorance pour faire ma connaissance.

— Mais pourquoi tient-il tant à me rencontrer ? formulé-je.

— Étude de marché et de la concurrence, notifie-t-il affable, zieutant mon corps de bas en haut.

Son inspection me file des frissons et ne me dit rien qui vaille. Le double sens de ses propos ne m'échappe pas non plus.

Bon sang, dans quoi trempent-ils ?

Je galère à déglutir, une sensation désagréable me donnant l'impression d'avoir une boule logée dans la gorge. La question que je redoute tant me calcine la langue autant qu'elle m'effraye. Je m'immobilise, réalisant que je marchais pour brûler ma nervosité.

— Il me voit comme une adversaire, soufflé-je frappée par l'évidence.

Kayden se déplace vers moi avec cette légèreté silencieuse qui a le don de me surprendre chaque fois que son homologue le fait.

— Delon est bien plus qu'un propriétaire inquiet pour sa possession, Braxton, explique-t-il une fois à mon niveau. Il est sournois et venimeux comme un serpent et toi, tu n'es qu'une petite souris.

— Pourquoi m'avoir fait venir jusqu'ici juste pour me livrer ce message ? mords-je avec véhémence.

— Parce que c'est un endroit sûr où personne ne peut nous épier.

Je scanne la pièce, prenant compte de là où nous sommes. Je réalise alors l'étendue de son discours, la rage reprenant le dessus sur mes émotions. Cet enfoiré s'est vraiment foutu de ma tronche avec son petit spectacle. Même si le lieu est exempt de mouchard et un espace où personne ne s'attendrait à y trouver des caméras, ce salopard s'est bien moqué de moi.

Refoulant mon amertume dans un coin de mon esprit, je me concentre plutôt sur les pourquoi de cette rencontre. Je dois redoubler d'efforts pour ne pas me laisser aller à la panique et fuir à toutes jambes à l'autre bout de la terre. Je savais que tôt ou tard les activités de Dayan nous rattraperaient. J'avais juste espoir que je serais déjà loin avant que ça arrive.

— Donc, si je comprends bien, récapitulé-je, je dois faire comme si ce type qui dirige un réseau criminel est un honnête citoyen et le cousin de Dayan, et moi, une fille lambda qui n'a aucune relation sexuelle époustouflante avec son jouet favori. C'est bien ça ?

Il grimace. J'assimile trop tard ma bévue quant à mon manque de filtres pour décrire notre intimité.

Une furieuse envie de me claquer le front me tiraille.

— Ne te foire pas, conseille-t-il. Je me fous comme de la guigne que tu crèves, mais la vie de mon frère est en jeu.

Je ne sais pas s'il est possible qu'une personne soit sociopathe et bipolaire en même temps, mais si c'est le cas, Kayden est le parfait représentant de cette espèce.

Ses humeurs mercurielles me nouent le cerveau.

— Je ne suis pas celle que tu dois intimider ici, taclé-je. Garde ton poison et tes menaces pour quelqu'un que tu impressionnes, appuyé-je en enfonçant mon ongle dans son plexus. Je suis quelqu'un de parole. Je ne ferai rien d'inconsidéré. Dayan est ma priorité. Alors, dors tranquille, je jouerai le rôle.

Il me toise de son air suffisant que je rêve de lui effacer à coup de pelle. Nous sommes incompatibles au plus haut point, mais nous avons un objectif commun ; Dayan.

CHAPITRE 12 — Dayan

Delon est assis derrière son bureau lorsque nous entrons dans la pièce. D'immenses cadres représentant des architectures anciennes décorent le mur arrière. La lumière naturelle de l'agglomération en contrebas baigne la salle d'une douce lueur qui paraît hors contexte comparée à l'aura que projette son occupant.

Delon a grandi dans le quartier du Queens, faisant ses armes dans un gang jusqu'à ce qu'il devienne trop gourmand et élimine petit à petit chaque membre pour bâtir son propre empire. Il n'a pas été à l'école, mais s'est construit une éducation baignée dans la violence et le sang. Sa soif de pouvoir ne s'est pas étanchée pour autant.

Il s'est retrouvé confronté au vrai pouvoir dès son ascension quand le patron du Datura Noir de l'époque l'a réduit au rang de simple laquais. Mais Delon était un chien fou, sans laisse ni maître depuis toujours. Alors, il a patiemment attendu son heure, jouant le rôle, obéissant aux ordres de Blackstone qui dirigeait l'organisation d'une main de fer. En parallèle, Delon a constitué son armée, recrutant des types dans les bas-fonds de la ville, allant jusqu'à faire évader les plus dangereux criminels.

Il a élaboré son plan durant cinq ans. Préparé minutieusement son push en visant le sommet. Quand le moment fut venu de frapper, il n'a pas juste coupé la tête de l'hydre, il l'a dépecée morceau par morceau, anéantissant toute chance à la bête monstrueuse de se reconstituer à partir de la moindre parcelle de chair.

Il y a de nombreuses rumeurs qui circulent sur la manière dont il a procédé pour en arriver là. La plus sanglante fait référence au onze septembre deux mille un. Sinon, comment expliquer que les plus gros acteurs du Datura Noir de cette période se trouvaient tous convoqués dans la tour nord ce jour-là ?

— Dayan, lâche-t-il faussement fringant, quelle joie de te voir !

Lake se tient raide, son regard vacillant sur l'endroit comme si elle craignait qu'à tout moment un homme ne bondisse avec un gun pointé sur elle.

Je ne lui en veux pas de penser à cela. Je ne lui ai pas fourni matière à la rassurer en lui confiant mon passé et mon histoire avec l'individu qui nous accueille.

Elle est restée muette tout le long du trajet, ses sourcils froncés en permanence. Elle a refusé que je profite de sa voix. Je n'ai pas non plus initié de conversation, étant trop concentré sur la bataille interne qui fait rage en moi depuis que Delon a émis sa commande d'emmener la petite souris dans son repaire.

Un mauvais pressentiment prime sur tous mes instincts depuis. Le manque de sommeil affecte mes réflexions, cette voix s'élève dans mon esprit, celle de l'autre qui semble s'être donné pour mission de me rendre dingue.

— Delon, acquiescé-je. Laisse-moi te présenter mon amie, Lake Braxton.

Celle-ci s'éclot comme une rose sous mes yeux. Sortant de son mutisme et son apathie, elle s'avance, une main tendue et un sourire franc.

— Enchantée de vous rencontrer, dit-elle avec confiance tandis que Delon lui fait la courtoisie de serrer sa paume de la sienne.

— Le plaisir est pour moi, affirme-t-il, ses dents exposées.

Je frémis de crainte de les observer tous les deux l'un en face de l'autre. Delon est toujours si calme et charmant. Or, sous cette apparence cool et décontractée se terre une personnalité létale et manipulatrice. Il suffirait d'une seule étincelle pour qu'il s'enflamme et consume tout autour de lui.

Il garde son attention rivée sur Lake tandis qu'elle badine en contemplant le décor comme le ferait un amateur d'art.

— Prenez donc un siège, nous invite-t-il de ce ton guilleret qui me fait grincer.

Lake s'exécute avec souplesse tandis que je m'installe avec plus de retenue. Je ne laisse rien transparaître, mais pour l'œil aguerri de Delon, mon attitude lui saute à la tronche. C'est un jeu auquel je l'ai déjà vu s'adonner un bon nombre de fois.

J'ai toujours été le croupier, placé à ses côtés. Sauf que ce coup-ci, j'ai la désagréable sensation que je suis le deuxième joueur et Lake, la mise à rafler.

Il se tourne vers elle qui se tient droite, les pignes posées à plat sur ses cuisses.

— Alors, Lake, je peux t'appeler Lake ?

Comme si elle avait le choix, se marre l'autre.

Je contracte les mâchoires, referme mes poings.

Ferme-la, grondé-je intérieurement.

— C'est ainsi que je me nomme, se gausse-t-elle.

Delon lui sourit en retour, ignorant ma présence comme si je n'étais qu'un simple laquais. Toute sa concentration est portée sur la fille à ma gauche. Celle-ci me gorge de fierté alors qu'elle fait preuve de courage en singeant l'aisance comme si elle n'était pas dans l'antre du Diable en personne. Je sais que Kay lui a fait un topo sur Axelrod. Elle est parfaitement consciente de l'enjeu ici et de l'importance du rôle qu'elle doit exposer. Mais la force avec laquelle elle l'accomplit me laisse presque pantois.

— Elle a de l'humour, s'esclaffe Delon en s'adressant enfin à moi.

— Un vrai boute-en-train, soutiens-je.

Lake nous surprend tous les deux quand elle frappe contre mon épaule. Sa gestuelle est douce, mais je devine où vont ses pensées.

— C'est tellement dur pourtant de t'arracher un sourire, monsieur-je-fais-toujours-la-gueule, me taquine-t-elle comme si nous étions deux potes avec juste un intérêt commun.

Les sourcils de Delon se sont froncés une fraction de seconde. Il reprend aussitôt son air flegmatique comme si ce n'était qu'un mirage. Pourtant, la surprise n'est pas passée inaperçue.

Fort de la direction de notre réunion, j'opte pour donner une illusion plus profonde à cette parodie d'amitié platonique.

— Tu n'as aucun humour, ma chère, assuré-je. Tu fais fuir tous les mecs du campus dès que tu ouvres la bouche. Ne te fie pas à Delon, mon cousin est aussi handicapé que toi dans cette catégorie.

Ma diatribe provoque un éclat de rire à ce dernier tandis que Lake tressaille subtilement sur son assise. Son comportement, aussi furtif soit-il, n'échappe pas à Delon qui se reprend vite, une œillade rapide vacillant vers ma gauche avant de revenir sur moi.

— Vous vous êtes donc rencontrés sur le campus ? enquête-t-il, ses iris s'assombrissant.

Nous échangeons une lorgnade soutenue, puis elle s'oriente vers Delon.

— Je... J'avais besoin de...

Elle suspend sa phrase, mimant l'embarras un instant. Elle est vraiment douée. Si la situation n'était pas aussi dangereuse, j'en rirais.

— Lake est étudiante en astronomie et la charge de travail était trop. Alors, elle a sollicité Kay pour une aide, expliqué-je en laissant le sous-entendu entre nous.

Elle est trop pure pour s'abaisser à ce genre de connerie, grogne l'autre.

Me poussant plus fort à ne pas calculer sa voix, je fais un geste désinvolte pour alléger la tension.

— Je vois, soupire Delon en se frictionnant le menton.

— Je suis tombée sur Kayden quelques jours plus tard alors que j'allais manger avec une copine au Wendy's, reprend-elle. Il était en compagnie de Dayan.

Delon la toise avec impassibilité, ne montrant aucune faille dans son masque.

— Elle est venue saluer Kayden et voilà comment nous nous sommes retrouvés à partager des burgers, appuyé-je avec nonchalance.

Le regard de Delon bascule vers moi, un léger tic à la mâchoire.

— Es-tu au courant de ce que fait Dayan, Lake ? demande-t-il sans rompre notre communication visuelle.

Un silence nous répond, puis soudain, elle brise la bulle.

— D'après ce que j'ai compris, il travaille avec vous dans la banque en tant que vigile, dit-elle avec désinvolture.

Ses orbes s'accrochent encore quelques secondes aux miens avant qu'il ne s'écarte et interrompe le contact alors qu'il s'empare d'une cigarette et l'allume. Il souffle un épais panache de fumée vers le plafond, puis se réintéresse à nous.

— C'est ça, confirme-t-il.

Lake commence à devenir nerveuse. Je le remarque dans le mouvement répétitif et inconscient de ses pieds qui bougent de droite à gauche comme si elle les frottait sur un tapis. Ses paumes sont coincées sous ses genoux, ses épaules sont raides et les cheveux fins de sa nuque sont collés contre sa peau moite.

— Quelle est la nature exacte de votre relation ? lance-t-il.

Elle pivote son visage vers le mien, fronçant les sourcils alors qu'elle me fouille de ses billes claires. Je feins l'ennui, lui retournant l'inspection en adoptant une mine neutre.

— Je ne sais pas vraiment comment qualifier notre relation, confesse-t-elle au bout d'un moment en reportant son attention vers l'avant. Mais je souhaite bonne chance à la nana qui parviendra à le dérider, finit-elle avec un rire moqueur.

Delon esquisse un rictus.

— Pardonne ma curiosité, s'excuse-t-il. Mon cousin n'est pas très talentueux pour les rapports avec les gens, mais c'est un excellent employé. Il n'est pas toujours facile d'allier famille et boulot. Mais je tiens énormément à lui, il est un atout majeur pour la sécurité de notre site. Je l'apprécie beaucoup et je serais vraiment ennuyé si quiconque lui faisait du mal.

Son allusion et les intimidations qu'il profère ne sont en aucun cas subtiles pour une oreille exercée. Cependant, je ne peux oblitérer que Lake sait qui est l'homme qui vient de discourir sur sa possessivité à peine voilée.

Je coule une œillade vers son profil, capturant ses lèvres pincées, le battement de son pouls dans le creux de sa gorge. Je pourrais supplier pour qu'elle ne foute pas en l'air son jeu avec cette simple menace.

Néanmoins, elle me déconcerte une fois de plus quand elle se penche vers la surface du bureau, et si je ne la connaissais pas, le défi qui brûle dans ses globes m'échapperait.

— Je comprends tout à fait votre point de vue et c'est tout à votre honneur. Les liens familiaux sont tout ce que nous avons de plus précieux au monde. Je ne m'immiscerai jamais entre deux parents. Mais comme je vous l'ai dit, Dayan et moi ne sommes que des amis.

Un sourire se dessine lentement sur mes traits. Il se rencogne, plie les coudes, les appuyant sur chaque accoudoir, posant son menton sur ses phalanges entrecroisées. Cette posture est celle qu'il emploie quand il est satisfait.

Ou qu'il planifie quelque chose de mauvais.

Je suis d'accord avec l'autre pour la première fois de toute mon existence. Mais, je ne le souligne pas.

Lake se lève, prenant de court Delon qui suit chacune de ses agitations comme un fauve qui jaugerait une proie potentielle.

— J'ai été ravie de vous rencontrer, Delon, déclare-t-elle d'un ton poli et chaleureux. Mais il faut que je rentre, j'ai du travail qui m'attend, ajoute-t-elle en tendant une main qui tremble légèrement.

Delon et moi nous hissons, celui-ci fait le tour de son secrétaire, se plaçant face à Lake. Il s'empare de son membre offert, le faisant pivoter tout en s'inclinant vers le dessus pour y déposer un baiser.

Je suis aussi surpris qu'elle, et si j'en demeure impassible, son frémissement est perceptible.

— L'honneur est pour moi, ronronne-t-il.

Lake se retire, faisant un dernier signe courtois de la tête avant de reculer vers la porte. Delon m'offre un ultime coup d'œil vide avant de se détourner de moi alors qu'il contourne son mobilier.

C'est sa façon à lui de me chasser. Je ne désire pas non plus traîner plus longtemps ici, surtout avec Lake et Delon dans la même pièce.

Comme à l'aller, nous ne prononçons aucun mot durant notre trajet de retour. Même une fois installés dans le SUV, seule la musique qui filtre dans les haut-parleurs rompt le calme dans l'habitacle.

Seulement, de quelques regards furtifs, je sais que ses méninges sont en branle, ses pensées partant dans des directions opposées. Certaines choses doivent être gardées pour soi.

— Tu t'es bien débrouillé ce soir, lancé-je alors que je m'arrête à un stop.

Sa frimousse est tournée vers la vitre, son menton soutenu dans sa paume.

— Je n'ai fait que le nécessaire pour sauver notre peau, dit-elle affable.

Son humeur est orageuse, son intonation me frappe comme la foudre. Toutefois, je ne me défile pas.

— Je suis désolé de t'avoir imposé tout ça.

Elle se tourne vers moi, ses astres me foudroient, ses narines dilatées expulsent un soupir furieux.

Elle me dévisage un moment, je ressens le poids de ses iris peser sur mon profil alors que le mien est centré sur la route. Ma dextre délaisse le volant pour se poser sur sa cuisse. Si mon geste la surprend, l'effet escompté ne tarde pas alors que je perçois le relâchement musculaire sous mon gant.

Au bout d'un temps, sa voix perce au-dessus de Lust de Saint JHN.

— Ne t'excuse pas pour quelque chose dont je suis tout aussi coupable.

Je quitte l'asphalte des yeux quelques secondes. La défaite dans les siens me saisit avec violence. Sur une pulsion, je vire le véhicule sur le bas-côté, ignorant les klaxons qui retentissent derrière nous, puis en nous doublant.

J'allonge le bras et attrape sa joue en coupe. Je m'abaisse, la bouche à quelques centimètres de la sienne.

— Ai-je besoin de te rappeler à qui tu appartiens ?

Sa poitrine cahote, se soulève rapidement. Son souffle frôle ma chair tendre, son haleine à la saveur de cannelle emplit mes sinus. Je combats mon désir de la pénétrer là, sur le bord de cette putain de chaussée.

— À toi, chuchote-t-elle.

— À moi.

À *nous*, gronde l'autre.

Elle redresse le menton, joignant ses lèvres aux miennes. Le baiser est sauvage, avide, une guerre territoriale se déroulant entre nos organes sans pitié ni possibilité de victoire pour aucun d'entre nous.

Je glisse mes doigts de sa pommette vers son cou délicat. Je les appuie contre son pouls. Les pulsations s'accélèrent avec l'afflux sanguin que provoque son excitation. Je pourrais presque la sentir dans l'air.

C'est le manque d'oxygène qui m'arrache à ses lippes. Ses paupières sont lourdes, ses longs cils sombres encadrant le contour de ses prunelles telles des ailes déployées.

— Alors, comme ça, je suis incapable de faire de l'humour ? la défié-je.

Elle enfonce ses dents dans sa pulpe inférieure, se retenant visiblement de rire. J'aime la voir aussi enjouée. Son rire cristallin est une de mes mélodies favorites. Je rechigne qu'elle m'en prive trop souvent.

Pas étonnant avec la gueule de déterré que tu tires à longueur de temps, raille l'autre.

Putain, ne te mêle pas de ma vie !

— C'était pour le jeu, dit-elle d'une voix faible et fatiguée.

J'arque un sourcil, peu enclin à avaler son effronterie qu'elle me sert comme un mensonge déguisé.

— C'est un miracle que je ne t'aie pas corrigée là, sur ce bureau, grincé-je avec une pointe railleuse.

Elle recule, s'adossant contre le siège, les bras croisés avec cette mine moqueuse.

— Le miracle, c'est que je ne t'ai pas étranglé à l'insulte que tu as professée sur mes qualités de drague, contre-t-elle bougonne.

Sa moue est charmante et aussi infantile que ses traits encore bercés par l'enfance. C'est drôle de constater que cette fille à la frimousse de poupée peut être aussi une vraie tigresse au lit.

— Ce n'est pas un prodige quand tu ne fais pas le poids, la charrié-je. Mais du bon sens.

Elle secoue la tête, réfutant clairement mes propos.

— Je devrais aller me confesser après toutes ces conneries, se marre-t-elle. Peut-être qu'un phénomène se produirait.

Elle m'arrache un sourire.

— Je ne t'aurais jamais prise pour une grenouille de bénitier.

— Je ne suis pas pieuse, Dayan. Mais j'ai toujours cru qu'il y avait quelque chose de plus grand au-delà de tout.

— Pour une scientifique, tu es plutôt une contradiction.

— Prier, ce n'est pas attendre quelque chose. Tu veux quelque chose ? Bats-toi pour l'obtenir. Prier, c'est surtout s'abandonner dans la foi que tu es capable de faire de grandes choses, de dépasser la colère qui te ronge. Pour certains, c'est une bouée de sauvetage.

— Je n'ai pas gardé de bons souvenirs de cette partie-là. Je n'ai eu qu'affaire à des hommes qui se cachaient derrière les murs de leur chapelle en n'ayant aucune once de bonté. Tout ce qu'ils m'ont inculqué, c'est que je finirai en enfer. Rien d'aussi véridique n'est jamais sorti de leur bouche.

Sa paume chaude vient se poser sur ma cuisse. Sa chaleur s'infiltre à travers le denim de mon jean.

— La religion nous enseigne le pardon. Il n'est peut-être pas trop tard pour toi si tu es prêt à te mettre à genoux devant Dieu et l'implorer chaque jour pour ta rédemption.

Un rictus sournois prend naissance sur mes lèvres. Je me penche sur elle, envahissant son espace par ma présence dominante.

— L'unique truc que je vénère et devant lequel je me tiendrai à genoux, c'est ton corps. Quant au seul paradis dans lequel je souhaite entrer, il se trouve entre tes jambes. Voilà pour mon église.

Elle s'esclaffe, son épuisement pesant lourd.

— Serais-tu en train de dire que je suis ta Déesse ?

Ma muse, ma plus belle œuvre, chantonne l'autre.

Je roule des yeux mentalement.

— Il n'y a aucune place pour un dieu ou une déesse dans mon existence. Mais je promets de te montrer ma fidélité et ma dévotion chaque jour qu'il nous reste à passer ensemble.

Ses billes descendent sur mon torse, puis vers mon entrejambe avant qu'elle ne les ancre à nouveau dans les miennes.

— Ça ne me laisse que les portes de l'enfer, soupire-t-elle.

Je redémarre le véhicule.

— Je n'ai jamais prétendu être autre chose que le Diable, lancé-je avec un clin d'œil.

Alors que le silence est perturbé par la respiration lente et douce de Lake qui s'est endormie, je ne peux refouler ce sentiment néfaste que tout est sur le point de mal tourner.

CHAPITRE 13

Après hier soir, j'ai eu ce besoin impératif de m'éloigner un peu pour réfléchir à ce que ma vie est devenue ces dernières années.

La douleur n'est plus ce que je désire pour chasser le tourment qui m'habite. Cette peine familière et ancrée en moi s'est muée en sourdine, une blessure qui s'estompe pour laisser place à une nouvelle componction créée par mes soins.

Mon père me rend de moins en moins visite dans mes songes. Sa voix et son visage s'effacent pour être remplacés par des cauchemars sans précédent. Depuis que Dayan a révélé connaître mon passé, ceux-ci sont peuplés de faces masquées qui me tourmentent jusqu'à ce que je me réveille en sueur, le cœur frappant encore au même rythme que lors de ma course illusoire.

Nate a repris le droit chemin dans ses études, il utilise sa connexion avec la fratrie universitaire pour améliorer son GPA[1] et joue moins longtemps en ligne. Leur lien s'est avéré être une bonne chose. Il a gagné en maturité, est plus serein depuis qu'il côtoie ces types.

Nous partageons chaque moment de libre, son indépendance l'ayant rendu plus cool et moins tendu. Notre relation s'est, elle aussi, améliorée malgré la distance qui s'est creusée entre nous.

Nate grandit et s'épanouit.

---

1 Grade PointAverage : note donnée à chaque étudiant en fonction de la moyenne reçue dans chaque matière durant le lycée et études supérieures. Le score cumulé au cours des années est essentiel pour les sélections en entrée universitaire.

Ma mère est, elle aussi, plus présente désormais. Elle a changé ses horaires après des années passées à travailler de nuit. Elle accorde plus de temps à l'éducation de mon frère, à son dépit, mais aussi à sa joie qu'il cache derrière une moue renfrognée lorsqu'elle le réprimande.

Tout pourrait être idyllique si ce n'était l'ombre qui plane au-dessus de ma tête.

Je suis persuadée que le grand Homme là-haut se fout de moi et se marre bien.

J'ai été tentée de rentrer dans une église plus tôt dans la journée. Je me suis arrêtée sur le seuil, hésitant à franchir les portes. La crainte de m'enflammer m'ayant fait renoncer.

Vous pouvez trouver cela stupide. Je suis une scientifique, comme l'a souligné Dayan, imaginer qu'une divinité existe va à l'encontre de ma propre religion. Mais j'ai été élevée par des parents qui supposaient qu'il y a quelque chose de plus énorme qui nous gouverne. Mon père croyait dur comme fer que Dieu avait un dessein pour chacun et que le bien et le mal étaient un équilibre nécessaire.

Il a combattu du bon côté et même si c'est ce qui l'a enlevé à nous, il serait déçu que je rejette les croyances qui l'ont accompagné jusqu'au bout.

Dieu ne cautionne pas que l'on blesse ses créations. Il a beau tout pardonner, que pense-t-il de moi quand je me mutile ? Quand je m'abandonne avec un être que son dogme condamne ?

Rien de tout cela ne me donne matière à présumer qu'il est fier de son agneau.

Je ne suis pas un agneau. Je couche avec le loup, le suppliant de me corrompre.

Il n'y a qu'une seule destination pour moi et elle n'est pas au paradis.

Je soupire, tournant au coin de la rue. Le porche de la maison en vue est allumé. Je repère de suite une silhouette installée sur le banc. Il est tôt encore, le soleil déclinant laisse des teintes de couleurs orange et rouge dans le ciel. Je gare le véhicule dans l'allée.

Une fois la voiture verrouillée, je rejoins ma mère, grimpant les deux marches pour accéder au perron couvert.

— Hey, maman, la salué-je encore surprise par sa présence.

Elle tapote l'assise à sa droite.

— Salut, ma puce.

Je glisse l'anse de ma sacoche le long de mon bras, la dépose par terre avant de m'installer comme elle me l'a indiqué.

Aussitôt assise, elle attrape ma main entre les siennes, entamant un mouvement de balancier.

— Tu n'as pas froid ? m'inquiété-je.

— Non. J'adore profiter de l'air, ça m'a tellement manqué, soupire-t-elle.

Son humeur me confère une bouffée de bonheur.

J'appuie ma tête sur son épaule, me laissant bercer par les oscillations d'avant en arrière. J'emplis mes poumons d'air.

Sa température et son parfum s'imprègnent dans mes os et dans mes sinus.

— Nate a fait ses devoirs ? demandé-je.

Je sens son sourire contre le sommet de mon crâne, sa paume qui recouvre la mienne, tapote la surface plate affectueusement.

— Oui. Je n'ai même pas eu à le convaincre, glousse-t-elle une fois encore.

Malgré sa chaleur, je frissonne. Je me redresse, établissant un contact visuel.

— Tu es sûre que tout va bien ?

Ses prunelles s'embuent, elle faufile un doigt sous sa paupière inférieure, puis entrelace une fois de plus nos membres gelés. Toute trace de sérénité que j'éprouvais plus tôt s'envole au profit d'une angoisse qui paralyse mes muscles et mes fonctions respiratoires. Mes sourcils se froncent.

— Maman ? croassé-je.

Elle détache une pigne, la posant contre ma joue froide.

— Chut, chérie, tout va bien, chuchote-t-elle.

Je ne pige plus rien, confuse par son comportement.

— Qu'est-ce qu'il se passe ?

— Lake, je dois te parler de quelque chose, avoue-t-elle sans cacher sa nervosité.

J'ai l'impression que l'axe de la terre vient soudainement de changer. Le sol semble basculer sous mes pieds. Je suffoque.

— Sommes-nous… ?

Elle impose un index sur ma bouche, me réduisant au silence de par ce simple geste doux.

— Je sais que ça va être douloureux pour toi… je le comprends… mais sache que je vous aime toi et ton frère. Que je n'ai jamais souhaité te demander de faire tout ce que tu as fait pour lui par égoïsme ou parce que j'avais renoncé en tant que mère. Ces dernières années ont été très difficiles pour vous, mais pour moi, ç'a été l'enfer. J'ai toujours pensé que Victor et moi nous finirions ensemble, comme deux personnes grisonnantes, attendant avec impatience de recevoir nos petits-enfants le week-end. Je n'ai jamais envisagé de vivre sans lui. Et puis, tous mes rêves m'ont été arrachés. Je n'ai pas seulement perdu mon partenaire ou le père de mes enfants. J'ai perdu l'amour de ma vie, l'homme pour qui j'aurais sacrifié tout s'il me l'avait demandé.

Un sanglot émane des tréfonds de mon corps, mes épaules tremblent, mes rétines brûlent. Elle laisse échapper sa douleur sur une note rauque et vibrante, ses larmes dévalant sa mine pâle et creusée par le poids des années et de souffrance.

Elle essuie mes pommettes du bulbe de ses pouces, un sourire déséquilibré par sa tristesse.

— Je suis si fière de vous deux, reprend-elle. Vous regarder grandir et devenir forts m'a fait prendre conscience que j'étais restée coincée dans une bulle de chagrin et d'amertume. C'était très dur au début, j'ai dû réapprendre à respirer. J'ignorais comment le faire et puis, en vous observant, j'ai réalisé à quel point tout n'était pas si détruit que cela. Parce que je vous avais, vous, assure-t-elle en se penchant plus près.

Ses iris plongent dans les miens. Son nez en trompette identique au mien se retrousse.

— Vous m'avez redonné la foi et la volonté, mais cela ne suffisait pas. Il me manquait le courage. Et puis, j'ai trouvé quelqu'un qui m'a aidée, confesse-t-elle, avec une pointe de culpabilité.

Elle me fixe, l'anxiété et la crainte transparaissant sur ses traits, sa respiration haletante formant des vagues de vapeur autour d'elle.

Il me faut un moment pour assembler les pièces du puzzle. Mon cœur explose en une gerbe de frénésie, mon sang se charge d'adrénaline qui déclenche une montée de chaleur dans tous mes membres glacés.

— Maman ? Es-tu en train de me dire que tu as rencontré quelqu'un ?

Elle s'empourpre comme une collégienne, engendrant une ruée d'excitation dans tout mon être. Mes bras se jettent autour de son cou, je l'attire contre moi, m'esclaffant. Elle m'entoure à son tour, chouinant contre mon col, son haleine me réchauffant.

— J'avais tellement peur de ta réaction, sanglote-t-elle à demi souriante.

J'incline ma tête en arrière, déployant mes poumons pour expulser toute la joie que me procure sa confession. Je ris à en pleurer tandis que je devine qu'elle déverse toutes ses émotions trop longtemps enfouies.

Il faut plusieurs minutes à chacune pour recouvrer la maîtrise de nos émois. Quand nous parvenons enfin à articuler un mot sans un son aigu ou tremblant, je suis la première à entamer la discussion.

— Depuis combien de temps ça dure?

Un sourire timide se dessine sur ses lèvres.

— Cinq mois, lâche-t-elle.

Mes paupières tombent comme sous le charme de son bonheur contagieux.

Je repense à ces cinq mois passés. Tout s'emboîte. C'est à partir de là qu'elle a recommencé à prendre soin d'elle. Sa peau paraît plus brillante, ses cheveux plus soyeux. Son comportement plus décontracté. Toutes les fois où elle est rentrée un peu plus tard. La raison évidente de son changement d'horaire.

— Oh, maman, laissé-je filtrer euphorique. Parle-moi de lui. Où l'as-tu connu?

Ses joues foncent encore un peu plus.

— Eh bien, Grayson est médecin urgentiste, donc comme tu l'auras deviné, je l'ai rencontré à l'hôpital. Il est arrivé en décembre l'an dernier. Grayson a perdu sa femme d'un cancer après vingt et un ans de vie commune. Ils n'ont jamais eu d'enfants. C'est un de ses grands regrets, dit-elle avec peine. Il a vécu le deuil et a su reconnaître en moi cette blessure. Si, dans un premier temps, il s'est présenté comme un ami, au fil du temps, nos sentiments se sont, disons, transformés en quelque chose de plus profond, conclut-elle en balayant l'air nerveusement.

Je capture ses mains gelées entre les miennes.

— Maman, c'est formidable, assuré-je rayonnante. Tu le mérites tellement.

On perçoit le grincement du bois avant de voir un rai de lumière éclairer le plancher du porche. Nous nous penchons comme un seul homme pour capter la trombine de Nate qui passe par l'entrebâillement de la porte d'entrée.

— Vous faites quoi dehors à vous geler ? s'enquiert-il d'un ton suspicieux.

Nous éclatons de rire, nos membres grelottants l'un contre l'autre.

— Bavardage de filles, balancé-je.

Nate grimace avant de claquer le vantail.

— Il va falloir que je lui explique tout ça, soupire-t-elle soudain dégonflée.

Je me tourne vers elle, plongeant mon regard dans le sien.

— Maman, Nate n'est plus un gamin, tu sais. Je ne sais pas si tu l'as remarqué, mais il est lui-même intéressé par tout ce qui porte des jupes, ricané-je.

Elle hausse les yeux au ciel, se tapotant la figure.

— Mon Dieu, je crois qu'il est temps pour le fameux dialogue, n'est-ce pas ?

J'acquiesce en me mordant la langue pour ne pas pouffer. Je n'aimerais pas être à sa place. Surtout quand elle se rendra compte que Nate a déjà de l'avance sur le sujet. J'ai surpris une discussion entre lui et ses potes en ligne. J'aurais pu intervenir à ce moment-là.

Mais j'ai eu l'impression de n'avoir aucun droit quand je couche avec le Diable. Comment pourrais-je prodiguer des conseils à un ado quand j'enfreins moi-même déjà toutes les règles ?

— J'aimerais qu'il soit là, souffle-t-elle d'une petite voix.

Je glisse mon bras sur ses épaules, la tire dans mon étreinte en refoulant une nouvelle vague de chagrin qui me transperce la poitrine.

— Moi aussi, maman.

Elle inspire profondément, s'éloigne de mon cocon.

— Je n'ai pas été très présente pour toi, ma chérie, mais je ne suis pas non plus aveugle, me taquine-t-elle avec douceur.

Tout mon corps se fige un instant. La panique s'empare de chaque parcelle de mon anatomie tel un venin paralysant. Son œillade devient inquisitrice face à mon attitude. Elle me sourit comme si elle me communiquait toute sa force.

— Je n'ai jamais rien eu à redire sur tes notes et ton implication dans tes études. Mais je ne veux pas que tu te caches derrière tes livres pour vivre ta vie et encore moins avec un garçon.

Comment puis-je m'en sortir sans faire trop de dégâts ? Comment lui avouer les inepties que je lui sers depuis des mois ?

Serait-ce enfin l'occasion de vider mon sac et d'en finir avec ce cercle inauthentique ?

Ne dit-on pas qu'une demi-vérité est mieux qu'un mensonge complet ?

Forçant un sourire, que j'espère être le plus crédible possible, je lance :

— C'est une conversation à avoir au chaud et un thé serait le bienvenu.

Elle me caresse la cuisse et se lève en m'invitant à l'enjoindre.

Je la suis à l'intérieur, me préparant mentalement à enrober la véridicité sous une couche de sucre parsemé de paillettes pour dissimuler le goût âcre et la couleur sombre de mon récit tragique.

C'est ainsi que j'ai dû créer la plus romantique et niaise histoire que les Disney envieraient. Un conte dans lequel Dayan n'est pas un chevalier noir, mais un prince. Son appartement hyper sécurisé où il enferme des armes et ses cauchemars, une chambre d'étudiant des plus banales qu'il partage avec son colocataire, Kayden, étudiants tous les deux en ingénierie. Sa famille résidant à l'autre bout du pays avec qui il ne s'entend pas vraiment. Un mec taciturne avec la tête dans les nuages et de bonnes manières.

Elle n'a commenté que par des « ah » d'appréciation et des « oh » de compassion. M'a donné sa bénédiction et lui faire la promesse d'emmener bientôt Dayan à un dîner.

Je lui ai promis, en sachant que cela ne se produirait jamais.

Si je craignais de m'enflammer en pénétrant dans une église, désormais, je suis certaine que ce sont les Enfers qui viendront à moi le jour de mon trépas.

Reste à espérer que ce sera le plus tard possible.

Mais là encore, un pressentiment pesant me tiraille depuis que j'ai rencontré Delon.

CHAPITRE 14 Lake

J'ouvre le troisième tiroir, désespérée de ne pas trouver un satané couteau qui coupe dans cette cuisine.

C'est le comble d'un tueur ; ne pas avoir un seul schlass qui taille.

J'en rirais si je n'étais pas si énervée.

Je referme le meuble de la hanche en soupirant.

Une main glisse sur mon flanc et s'ancre sur mon ventre en me faisant pousser un cri de terreur.

Un souffle chaud balaye mes cheveux.

— Je t'ai fait peur, petite souris ? m'interroge-t-il sur un ton taquin.

Mon palpitant est au sommet de ses capacités et mes jambes menacent de lâcher à tout moment.

Je passe de la trouille à un rire nerveux. Je me retourne entre ses bras et enroule les miens autour de son cou.

— Comment un mec qui pèse quatre-vingt-dix kilos de muscles et chaussant du cinquante peut être aussi discret ?

Il me toise avec ce sourire qui fait fondre les culottes.

— On dirait que tu m'as étudié par cœur, se marre-t-il.

Ah! mon Dieu, ce timbre joyeux est le plus sexy qui existe sur cette terre. C'est un aphrodisiaque puissance mille. Et ces fossettes qui creusent ses joues, une invitation à les lécher sans fin.

Mes pensées libidineuses doivent être inscrites sur mon visage, car ses pupilles se dilatent tandis que son rictus se fait plus carnassier.

J'en aurais presque oublié le dîner.

Je le repousse doucement, le faisant ronchonner comme un animal.

— J'ai un repas à préparer, monsieur le ninja, et un foutu couperet digne de ce nom à dégoter si je souhaite trancher ces magrets sans les massacrer, lancé-je avec humour.

Ni une ni deux, il s'éloigne et revient en un rien de temps. Il tient un étui, que je reconnais désormais, et en retire la lame de boucher de son écrin.

Je recule sans m'en rendre compte jusqu'à ce que mon dos entre en collision avec la tranche du plan de travail.

Mes yeux sont fixés sur l'objet métallique qui reflète la lumière du plafonnier et ne le quitte pas de mon champ de vision, même lorsque Dayan le pose sur la table avant de me rejoindre.

— Lake, regarde-moi, somme-t-il, coinçant un index sous mon menton pour le relever à sa guise.

Dès que nous établissons un contact visuel, je lis de la douceur mêlée à de la crainte dans ses billes émeraude.

— Tu sais que je ne te ferai jamais de mal ?

J'acquiesce lentement. Cependant, ses sourcils se froncent sous le poids de son incrédulité.

— Tu mens, accuse-t-il avec cette voix rauque et cette mélodie qui retranscrit toute sa peine face à mon manque d'assurance.

— Non, je te fais confiance, certifié-je.

— Mais ?

J'essaye de me détacher de son regard inquisiteur, mais il me retient plus fort. Malgré ses doigts qui se resserrent, ce n'est pas douloureux. Il ne me fait jamais souffrir. Je réclame même la douleur qu'il m'octroie durant nos rapports sexuels.

— C'est glauque.

Il arque un sourcil, je maintiens ma position ferme.

— Ce n'est qu'une lame aiguisée comme une autre.

Je hausse les sourcils.

— Un couteau qui a pris des vies, Dayan, contré-je abasourdie par son manque d'empathie.

Nous nous observons un moment en chiens de faïence, puis tout son sérieux fond comme neige au soleil, me demandant ce qu'il lui passe bien par la tête.

— Et si ce couteau devenait autre chose, est-ce que ça te ferait changer d'avis ?

La confusion contracte mes nerfs faciaux pendant qu'il récupère l'arme blanche.

— Je ne vois pas comment il deviendrait autre chose qu…

— Déshabille-toi, m'ordonne-t-il de cette intonation impérieuse qui me fait toujours mouiller.

— Qu'est-ce que tu espères faire ? demandé-je ahurie.

De la pointe, il fait un moulinet, m'indiquant clairement son impatience.

Ma fréquence cardiaque et ma respiration augmentent. Nous avons déjà joué à ce jeu sanglant, et si je n'ai gardé aucune cicatrice, mon cerveau, lui, n'est pas près de l'oublier. De plus, je ne suis plus très à l'aise avec la combinaison Dayan-lame. Kael n'est jamais loin, comme j'ai pu l'expérimenter par moi-même, sans parler de ces initiales qui elles sont indélébiles et difficiles à cacher.

— Je ne comprends pas où tu veux en venir, râlé-je.

— Fais-moi confiance et exécute-toi, grogne-t-il.

Claustrée dans ma perplexité, je ne bouge pas dans un premier temps. Son pas me fait l'effet d'un électrochoc et je me mets en action, me débarrassant rapidement de mes vêtements.

Une fois aussi nue que le jour de ma naissance, il rompt la distance qui nous sépare, me saisit par les hanches, puis me soulève jusqu'à ce que mon cul atterrisse sur la surface plane derrière moi. Il empoigne mes chevilles et les relève pour caler mes pieds, m'arrangeant dans une posture impudique.

— OK. Tu vas faire quoi maintenant ? susurré-je d'un timbre lourd de luxure.

— Te montrer tout le bien que peut faire un poignard.

Il s'immisce dans l'espace créé par mon écartement, entrant en contact avec mon centre.

— Dayan, ronronné-je à l'instar d'une chatte en chaleur.

Il fait onduler ses reins, s'assurant que la fermeture Éclair frotte contre mon clitoris. Son souffle chaud caresse mon cou alors qu'il se penche encore plus. Inclinant la nuque en arrière, j'offre ma gorge à ses baisers qui remontent jusqu'à mon oreille.

— Me fais-tu confiance ? redemande-t-il d'un ténor profond.

Si c'est une question-piège, c'est trop tard. Il m'a déjà prise dans ses filets, me transformant en une simple prisonnière consentante et incapable de se défaire de ses cordes.

— Oui, murmuré-je.

Mes nerfs sont à fleur de peau quand je remarque qu'il ne le tient plus par la poignée, mais par la partie affûtée. Je conserve la bouche fermée quand il l'approche et fait glisser le manche sur mon ventre. Mon estomac se tord, je suis autant excitée qu'apeurée de ce qu'il va faire.

Il le déplace lentement jusqu'à mon apex. À la minute où il m'a ordonné de me désaper, mes murs de velours se sont recouverts telle une prairie d'une rosée matinale. Mais maintenant qu'il est si proche de mes plis, c'est un orage qui me dévaste et un déluge qui dégouline jusqu'à la fissure de mes fesses collées au marbre.

Mon inspiration se coupe quand il taquine mon bourgeon. Un gémissement, qui s'apparente plus à un couinement, m'échappe. Un sourire féroce de satisfaction se dessine sur ses lèvres.

Mes paupières alourdies de lasciveté se ferment alors que je m'abandonne aux sensations. Juste la bonne pression. Juste les bons mouvements circulaires.

Mon bas-ventre se crispe. La tension de mon bouton de rose devient insupportable. J'ai soif de plus. De lui.

Mes yeux s'ouvrent.

— Arrête de me torturer et baise-moi, haleté-je.

Il me harponne des siens, me calcinant avec les flammes qui brûlent à l'intérieur de ses orbes.

— Tu es sûre que c'est ce que tu souhaites ? m'interroge-t-il avec cet air sournois.

Je geins lorsqu'il pousse l'objet rigide entre mes plis. Il ne l'introduit pas plus loin, attendant que je proteste ou que je lui dise de ne pas s'arrêter, je ne sais pas ce qu'il veut. Trop de pensées et d'émotions embrouillent mon esprit.

Je ne me souviens même plus comment je m'appelle.

En me mordillant la pulpe, je fais un léger signe de tête. Je ne suis capable de rien de plus. D'un seul coup, il enfonce l'ustensile dans mon intimité. Mon crâne se cambre en arrière, un cri se perd avec mon aspiration qui se retrouve piégée dans mes poumons en feu.

Une lamentation éclate quand il retire le manche, puis l'insère à nouveau. Je gémis de tout mon soûl alors qu'il fait des va-et-vient de plus en plus rapides. Je perçois la ligne d'arrivée vers mon apogée tandis que mes parois intimes se compriment tout autour de l'intrus.

— C'est ça, exhorte-t-il dès que je commence à me mouvoir.

Il garde le rythme. J'ondoie du bassin avec plus d'insistance.

— Qu'est-ce que tu veux ? me provoque-t-il.

— Tu le sais, réponds-je entre mes dents serrées.

— Non, je ne sais pas, se moque-t-il en entretenant toujours la même cadence qui me maintient à l'orée de mon orgasme.

— Ta langue, je veux ta langue, couiné-je avec urgence.

Je pleure presque de frustration quand il s'abaisse sur moi, me léchant le cou. En temps normal, je ne me plaindrais pas, mais là, j'en ai besoin plus bas, bordel de merde !

J'aboie son nom, sachant très bien qu'il sait exactement ce que je voulais dire.

— Oui ? demande-t-il innocemment.

— Mange-moi la chatte, admonesté-je, ma main cramponnant rudement ses cheveux.

Je sens sa mimique labiale d'arrogance contre ma peau.

— Tu ne devrais pas tenter le diable quand celui-ci a un couteau fourré dans ladite chatte, prévient-il.

Je redescends d'un étage et libère aussitôt ma poigne de sa chevelure.

Il suçote ma gorge, puis rampe le long de ma poitrine. Il décale sa bouche vers la droite et entortille mon téton. Je m'arc-boute et recommence à bouger alors qu'il continue de me fourrer.

Il m'extrait un autre miaulement quand ses dents prennent le relais et qu'il mord mon bourgeon turgescent. Des aiguilles traversent mon mamelon malmené, me faisant crier de tourment. Mais le bien-être qui me possède est plus important. Les deux se mélangent jusqu'à ce que je ne distingue plus la douleur du plaisir.

Il se détache de mon aréole, y déposant un bisou affectueux avant de reprendre son chemin jusqu'à ma vulve palpitante.

Il s'agenouille, le manche fermement planté en moi. Quand il lève les prunelles vers moi, ses pupilles ont entièrement effacé la douceur de ses iris pour ne laisser place qu'à la noirceur de sa luxure.

Gardant le contact visuel, il se penche lentement en avant et tire sa langue pour me laper. Je me déchaîne, remuant comme un animal en rut contre la jambe de son maître. Il siffle entre ses dents et me donne enfin ce que je convoite depuis un moment. Je relâche toute la pression de mes poumons en un souffle long.

L'euphorie court-circuite mon système nerveux. C'est comme si mon âme quittait mon corps. Je plante mes incisives dans ma lèvre, taisant mon extase pour que filtre qu'un son doux et profond.

Je suis encore en train de flotter sur un nuage au moment où l'objet glisse hors de moi. Mes paupières se soulèvent, mon intérêt se portant aussitôt vers Dayan qui dégage sa virilité de son jean.

Le calibre de son membre et le piercing qui transperce son gland effacent la félicité précédente, comme si je n'avais jamais explosé en mille éclats. Mes muscles intimes se contractent, le désir ardent d'être à nouveau comblée se fait pressant.

Je doute que je ne cesserai jamais de m'extasier sur l'apparence et la taille de son engin. Incroyablement épais, d'une longueur qui n'est sûrement pas dans la norme. La bite de Dayan est intimidante et alléchante. Je n'avais jamais trouvé que le phallus d'un homme était beau. Mais avec lui, ce sont des premières tous les jours.

Il passe ses bras derrière mes genoux et m'attire vers lui. Je me cramponne de chaque côté du comptoir, me stabilisant alors qu'il s'aligne avec mon entrée. Quelque chose de mouillé me fait froncer les sourcils. Je remarque alors les traces de sang sur les bords de mes cuisses.

— Merde, tu saignes, m'exclamé-je déroutée.

Il sourit sans se dépêtrer de la débauche qui anime ses traits.

— N'importe quel instrument tranchant peut être utilisé pour la douleur ou le divertissement, Lake. Ça reste une arme. Même un lion élevé en cage demeure un prédateur.

Mes billes reviennent vers ses pognes, puis dérivent vers le couteau dont la lame est maculée d'hémoglobine.

D'un doigt, il ramène ma figure à lui, l'odeur ferreuse me prend au cœur, mais je ne ressens aucune répulsion. C'est son essence. Il s'est saigné pour que je jouisse.

Mon organe vital se gorge d'amour. Je saisis sa paume ensanglantée pour l'embrasser, peignant mes pulpes moelleuses de grenat. Ses pupilles se dilatent davantage, recouvrant tel un ciel orageux ses émeraudes alors qu'il me dévisage sans vergogne. Avec un sourire effronté, il pénètre profondément en moi d'un seul coup.

Mon souffle m'est arraché. Une allégresse intense s'invite dans tout mon être comme une drogue puissante dont on ne peut se sevrer.

Il se cambre pour donner un effet de levier à ses va-et-vient sauvages. Je m'enferme derrière mes paupières closes dans une bulle où juste mon sens du toucher prime.

Ses mains se faufilent le long de mes cuisses, laissant une traînée humide et collante. Un pic de bonheur me foudroie. Agrippant mes hanches, il me tire vers lui, mes fesses sont dans le vide, seul mon dos me maintient au-dessus du sol. Cette nouvelle position lui octroie une meilleure amplitude de mouvements.

Il me baise littéralement. J'enroule plus mes guiboles autour de son bassin, m'accrochant à lui. Une de ses mains remonte le long de mon ventre, ses doigts dessinent des motifs sous mon sein. Mes yeux s'ouvrent pour se souder aux siens. Cependant, ce que je vois brise ma bulle.

Ses rétines ne reflètent plus mon image, mais une expression de possessivité malsaine. Son attention est rivée en dessous de mon globe gauche, sur les quatre lettres qui me marquent comme une propriété. Et dans ce regard, je reconnais l'orgueil d'un propriétaire.

Je suis prisonnière de ma béatitude qui déforme la réalité et étouffe mes instincts de défense.

Pourtant, je sais qu'en cet instant, celui qui me procure ce délice est celui qui a apposé son identité sur ma peau. Nous nous confrontons avec nos masques d'ivresse, chacun l'arborant pour des raisons différentes.

— Crie mon nom, exige-t-il sous la coupe de sa complaisance.

Je me mords l'intérieur des joues, goûtant à mon propre sang, refusant de le contenter. Ses coups de reins deviennent plus violents, au lieu de la douleur, il me ravit.

— Dis mon nom, répète-t-il cette fois avec plus de maîtrise dans son ton.

Je cède comme un barrage sous la pression de mon hédonisme et le prononce dans un cri libérateur.

— Kael !

Un rictus sardonique ourle le coin supérieur de sa bouche, il empoigne ma poitrine tout en se penchant sur moi. Sa cadence ralentit alors que nos lèvres entrent en collision dans un baiser anormalement tendre. Sa douceur me perturbe.

Je romps notre contact, fouillant son visage en quête de ses pensées destructrices. Or, je n'y trouve que de la fierté mêlée à de la réjouissance.

— Ne te retiens pas, balance-t-il en me jetant un clin d'œil juste avant de reculer pour me percuter tel un bulldozer.

Ses grognements se joignent à mes vocalises, le son de nos chairs qui se heurtent joue un tempo obscène. Mes parois surchauffées se contractent et je sais que mon orgasme sera dévastateur.

Mes muscles internes se resserrent et je bascule à nouveau par-dessus bord.

Mon vagin convulse autour de lui tandis que ma respiration cesse de fonctionner. Le grondement de Kael est mon seul avertissement avant qu'il ne claque à l'intérieur de moi quelques fois de plus, puis se fige.

Il referme ses poignes autour de mes cuisses et se déverse en moi.

Notre souffle est rapide et saccadé. J'ai l'impression d'avoir été désossée.

Noyée par la lasciveté, je m'autorise à rétablir ma vision. Dans la chaleur qui irradie de ses globes cobalt, je reconnais mon homme tourmenté.

Aucun de nous deux n'ose formuler le premier mot. Si je suis encore envoûtée par mes hormones, Dayan semble en proie à un tout autre dilemme. Néanmoins, si je m'attendais à une explosion de jalousie ou de colère de sa part, il me surprend par son calme et sa maîtrise.

Je refoule ma stupeur, refusant de casser ce moment mémorable en plusieurs points. Des questions se bousculent dans mon esprit brumeux.

S'est-il rendu compte qu'il a perdu le contrôle un court laps de temps ?

Me regarderait-il avec autant de passion s'il savait que j'ai crié le nom d'un autre ?

Que me cache-t-il sous cette façade torturée ?

Dois-je lui avouer que ma volupté ne m'a pas été donnée par lui, mais par cette deuxième facette à qui il voue une haine incommensurable ?

— À quoi tu penses ? s'enquiert-il la mine chiffonnée.

Pourquoi gâcher ce moment quand il y aura assez de temps pour se torturer mentalement plus tard ?

Comme je l'ai déjà dit ; profite de l'instant présent tant qu'il est bon. L'orage est proche.

— Je pense que ton couteau est mon nouveau sex-toy préféré.

CHAPITRE 15

L e cerveau.

Cet instrument puissant qui guide nos gestes, nos réflexions et est notre essence même. Cet outil majeur qui régit des simples mouvements et commande nos actes.

Ce putain de centre de notre univers physique qui peut se révéler être notre pire ennemi et notre prison.

Et puis cette fille a déboulé dans ma vie et a foutu toutes mes croyances en l'air.

Ses cheveux s'étalent autour de ses épaules, ses billes brillent de fatigue, ses pommettes roses et sa poitrine encore gonflée et rougie de mes attentions. Je m'attarde un instant sur la gravure dans sa chair, serrant les mâchoires à cette vue qui devrait me faire perdre tout contrôle.

Cependant, la rage que j'éprouve est moindre. Elle est devenue sourde, moins prégnante, sans que je parvienne à en capturer le sens.

Alors que je détaille chaque lettre, mes doigts tracent les arabesques de chacune. Une idée fugace s'immisce dans mon esprit tandis que je réalise que les lettres forment une anagramme de *son* prénom : **LAKE**.

Sa réaction m'arrache de mes raisonnements tandis qu'elle détourne le regard. Je souhaiterais pouvoir effacer ces souvenirs de sa mémoire, tout recommencer. Une cicatrice externe peut être couverte, rendue invisible à l'œil nu. Seulement, aucune balafre intérieure ne peut être atténuée par de l'encre. J'en suis un parfait exemple. J'ai pu dissimuler les miennes sous des couches de symboles noirs, celles qui ont été gravées sur mon âme ne seront jamais effacées.

S'est-elle rendu compte que l'autre s'était glissé à la surface durant quelques minutes alors que j'étais enfoui en elle ?

Que s'est-il passé durant ce court laps de temps où je l'ai abandonnée entre ses mains ?

— Qu'est-ce qui te tracasse ? questionné-je en retirant mon contact.

— Je suis fatiguée, lâche-t-elle d'un ton las.

Je me redresse sur un coude, contemplant son corps. De ma main libre, je m'empare de son menton et ramène son visage vers moi. Elle n'offre aucune résistance.

Ses paupières sont closes. La bouche scellée dans un effort manifeste pour me priver de ses pensées.

— Qu'est-ce que tu essays de me cacher ? murmuré-je.

Elle secoue la caboche, refusant toujours de m'octroyer l'azur de ses iris. Cette situation m'énerve, mais je ne fais rien pour la contraindre à me donner ce que je veux. Alors, tendrement, j'entame des caresses sur son ventre en faisant des cercles lents. J'effleure son épiderme, me dirigeant vers sa hanche. Je rencontre la boursouflure du stigmate que je lui ai infligé quelques mois plus tôt.

Mon sang s'échauffe dans mes veines tandis que le regret m'assaille. Je ne suis pas meilleur que l'autre. J'ai marqué tout autant sa peau parfaite.

Je m'éloigne de cet endroit pour remonter en direction de ses flancs. Je racle mes ongles contre ses os. Un souffle lui échappe alors que je continue mes chatouilles plus rapidement.

Sa respiration se saccade, un rire nasal brise le silence. J'appuie plus jusqu'à ce que le son de son hilarité fasse écho dans la chambre.

Elle remue, tentant de se dégager de mes doigts qui la titillent sans pitié jusqu'à ce qu'elle se tourne pour me faire face. Je retire ma pigne coincée sous ses côtes et croise son sourire espiègle. Elle a placé ses paumes sous sa joue, ses seins écrasés entre ses bras rabattus contre son buste.

Néanmoins, je ne m'éternise pas dessus, j'ai une mission et les courbes de ma petite souris ne me dévieront pas de cela.

— Mes yeux sont plus haut, me taquine-t-elle.

Même si sa remarque est légitime, je devine que c'est une forme de détournement qu'elle utilise pour me déporter de mes interrogations.

— Et tu me caches toujours quelque chose, insisté-je.

Elle semble batailler avec elle-même, avant d'avouer :

— J'ai rêvé de Kael.

— Quel genre de rêves ?

— Le genre qui… elle hésite. C'est malsain, oublie.

Je la repousse sur le dos, m'installant sur elle sans lui accorder la moindre chance de se dérober. J'écarte ses genoux des miens pour me presser contre elle. Ma bite se loge contre son apex et elle frissonne. Je retiens mon rictus à sa réaction. Gardant mon sérieux, je plonge mon regard dans le sien.

— Je veux tout savoir, m'obstiné-je.

Elle ferme les paupières. Je bascule mon bassin vers l'avant, calant ma queue qui se durcit contre son clitoris. Je fais quelques mouvements d'avant et arrière, sa bouche s'entrouvre tandis qu'un gémissement la franchit, puis je m'immobilise. Ses yeux s'ouvrent me dévoilant une teinte de contestation.

— Dayan, râle-t-elle.

— Dis-moi ce que je veux savoir.

Elle se mordille la lèvre.

— Ils sont sexuels, confesse-t-elle d'un timbre timoré. Il me fait des choses.

— Quel genre de choses ? ronchonné-je.

Elle pivote la tête une fois encore à l'opposé.

— Raconte-moi, reprends-je en adoucissant mon intonation.

— Je suis dans une pièce sombre, attachée à un mur, nue. Et tu es là aussi. C'est bizarre, comme si vous étiez deux personnes.

Je glisse une main sur sa hanche, mettant une petite pression encourageante dans mon geste.

— Continue.

— Kael te provoque, il me touche alors que tu es impuissant, déglutit-elle.

Elle rougit et ce n'est pas de la gêne que je lis sur sa figure, mais de la pétoche.

Son inspiration rapide m'indique qu'il y a plus. Je lui laisse le temps nécessaire pour qu'elle poursuive. Quand je suis à deux doigts d'exiger plus de détails, elle reprend la parole.

— Il me torture.

Je me redresse, la tirant en position assise. Nos jambes s'emmêlent tandis que nous nous faisons face. J'empoigne la pointe de son visage, la bloquant dans la ligne du mien.

— Que fait-il ? m'enquiers-je soudain plus alerte.

Elle écarquille les yeux, mon ton sec la secouant.

— Rien réplique-t-elle en dodelinant. Mais, il…

Elle soupire, laissant un rire nerveux filtrer dans l'air.

— C'est ridicule, ricane-t-elle avec peine.

— Lake, grondé-je en ayant perdu toute patience.

Elle me lance une œillade sombre.

— Ce ne sont que des putains de rêves, Dayan !

— Alors, pourquoi te sens-tu coupable ? contré-je excédé.

Elle pousse un long soupir, incline la nuque en arrière, son intérêt centré sur le plafond.

— Il m'embrasse, me lèche et me fait supplier pour avoir plus. Et quand je cède, il te tue devant moi.

Aucun de nous ne prononce un mot pendant un laps de temps.

— Tu as raison. Ce n'est qu'un rêve. Pourtant, ils sont souvent le reflet de nos angoisses, ajouté-je suspicieux. Quelle est la partie qui reflète tes angoisses et celle qui reflète tes fantasmes ?

Plaçant ses paumes contre ma poitrine, elle me chasse de toutes ses forces pour se dégager de mon étreinte.

Elle me dévisage en silence. Je reste suspendu à ses lèvres, impatient et nerveux du moindre mouvement qui me délivrera la réponse.

— Aucun des deux. Ce n'est pas du tout ça.

— Je suis pourtant certain qu'un des deux est bien réel, insisté-je.

Elle pique un fard, tentant une fois encore d'esquiver mon attention inquisitrice.

— Je… Je suis peut-être inquiète pour vous deux, confie-t-elle penaude.

Je hausse un sourcil, la toisant sans savoir comment réagir face à ses allégations.

— Es-tu en train d'insinuer que l'autre a une quelconque place dans ton cœur ?

Elle se renfrogne.

— Ce n'est pas ce que je voulais dire.

Ma pression artérielle augmente tandis que je crains que mes soupçons ne soient une réalité amère.

— Que signifie tout ça alors ? Pourquoi rougis-tu de honte tout en évitant mon regard ?

Elle lève ses prunelles sur moi. Cette fois-ci, elles sont similaires à un ciel orageux.

— Il m'a sautée plus tôt. T'en es-tu rendu compte ou est-ce encore une manière tordue pour que j'avoue que je suis stupide ?

Une gifle aurait fait moins mal.

— Ce n'est pas ce que je voulais que tu dises, mais maintenant, je comprends, marmonné-je.

Son courroux m'explose en pleine tronche, son doigt accusateur planté sur mon pif.

— Non ! Tu ne comprends rien ! Ça n'a rien d'un fantasme, aucun rapport avec une quelconque forme de délire malsain. J'ai eu mon lot de souffrances, bien avant que vous n'apparaissiez dans ma vie, ne te flatte pas, Dayan. Toi et Kael, vous ne détenez pas la palme de mes cauchemars. Que tu le veuilles ou non, il ne me fait pas peur, tu ne peux plus te planquer derrière cette excuse pour me tenir à l'écart de ce qui te trouble.

Je ferme les yeux, des visions d'aujourd'hui défilent dans mon esprit. J'ai entendu son nom ; Kael, pensant que j'étais encore emprisonné dans un rêve. Ses gémissements, ses cris non retenus de jouissance. Quand j'ai repris le contrôle, non, quand il me l'a donnée, elle n'était pas en proie avec la peur, mais sa mine rayonnait de chaleur, d'extase et de satisfaction.

La jalousie me dévore comme un feu ardent.

— Donc, tu es prête à m'avoir tel que je suis pour l'avoir lui aussi ? craché-je avec amertume.

Ses paupières plissées s'écartent de stupeur.

— Tu es idiot, soupire-t-elle, ses épaules se courbant de défaite. Je ne veux pas de Kael, je te veux toi, mais vous êtes tous les deux indissociable. Alors, je suis prête à l'accepter pour être avec toi. Je me suis fait à l'idée qu'il y a deux personnalités avec qui composer quand nous sommes ensemble. Et je ne veux pas qu'il vous arrive malheur.

— Après tout ce qu'il t'a fait, tu le désires aussi ? tonné-je abasourdi.

— C'est pour cela que je ne voulais pas t'en parler, contre-t-elle à nouveau en colère.

— Même pour moi, c'est complètement stupide, expiré-je avec lassitude.

La peine envahit son minois diaphane.

— Je suis stupide, répète-t-elle tout en rampant vers le bord du matelas.

Je la laisse faire, incapable de bouger alors que le poids de ses aveux me piège sur place.

Elle se déplace dans la pièce, enfilant un haut qui m'appartient. Le bas s'arrête à mi-cuisse. Je demeure prostré sur le plumard tandis qu'elle fait les cent pas à la recherche de sa culotte. Elle se baisse et j'aperçois le morceau de dentelle dans sa main. Sans parvenir à m'arracher de son corps, je l'observe le remonter le long de ses jambes fuselées.

Elle gesticule plus vite, rassemblant ses affaires éparpillées au sol.

Comment peut-elle vouloir l'autre ? Me serais-je trompé sur elle ?

Je l'ai baisée en l'étouffant un nombre incalculable de fois, avec un couteau, l'ai taillée et utilisé son sang comme un lubrifiant. J'ai laissé une cicatrice dans sa chair, l'ai intimidée autant de fois que je me suis branlé en songeant à elle.

Ne voit-elle toujours pas le monstre qui lui a fait ça ?

L'autre l'a violée, l'a marquée de son nom comme du bétail, l'a menacée, elle et sa famille, a tué une fille sous son nez.

Ne voit-elle toujours pas le diable qui lui a fait ça ?

Ne vois-tu pas la déesse devant toi ? ricane l'autre.

Je bondis hors du lit.

Un rire profond émane des tréfonds de ma conscience. Mon palpitant s'affole tandis que mes plus grandes craintes se réalisent. En quoi l'entendre s'esclaffer est une bonne chose ?

Non. Je deviens fou. Aussi cinglé que l'était ma mère dans ses pires moments.

Je m'empoigne les cheveux sur le sommet de mon crâne, tirant dessus comme un forcené. J'ai atteint le paroxysme de ma maladie mentale sous-jacente.

Je me redresse soudain, mon regard virant vers la porte. Lake est ici. En présence d'un malade mental qui pourrait l'atteindre tout comme ma génitrice le faisait avec moi.

Relax, tafiole, se bidonne-t-il. Ce n'est qu'une nouvelle aventure pour toi et moi.

Je me gèle à ces mots.

Si ça peut te rassurer, je suis tout aussi perplexe que toi. Pas sur le fait que tu es une fiotte, c'est un fait que nous avons établi depuis le jour où tu as commencé à chialer quand cette salope te mettait la main dessus, tance l'autre.

— Comment c'est possible, putain? grogné-je à voix haute en laissant tomber mes paumes sur mon front que je traîne jusqu'à ma mâchoire.

C'est une évolution assez plaisante, glousse-t-il.

— La ferme, claqué-je à un volume restreint.

Allons, allons, chantonne-t-il. Ce n'est pas une manière de causer à son meilleur ami, se gausse-t-il toujours autant.

— Tu n'es rien de moins qu'une merde, fulminé-je.

Est-ce une façon de s'adresser à celui qui t'a libéré de ta prison?

— Tu es ma putain de prison, hurlé-je excédé.

Un mouvement sur ma gauche me fait pivoter.

Lake se tient là, les yeux exorbités, une mine effrayée et incrédule. Elle recule, se cognant contre le chambranle de la porte. Alors que j'avance dans sa direction, elle secoue la tête.

— À qui parles-tu? demande-t-elle en plaçant une paume tremblante sur son cœur.

Bordel! Je ne peux pas lui dire la vérité. Elle va flipper à mort.

Oui, vas-y, dis-lui, on va se marrer, rit l'autre.

— Kael? souffle-t-elle, les sourcils froncés d'une expression investigatrice.

— Ouais, poupée, je suis là, fanfaronne-t-il à travers mes lèvres.

Je me lance sur elle, la bloquant entre mes bras, mes paluches plaquées de chaque côté de ses épaules collées contre le mur.

— C'est moi, petite, assuré-je avec fougue.

Elle fouille mon visage. Je me penche, rivant mon front contre le sien, nos bouches se touchant presque.

Ce qui me dérange est la désinvolture avec laquelle elle a prononcé son nom. Le désir qui planait dans la mélodie de sa tessiture. La jalousie imprègne mon être.

Ses prunelles parcourent les miennes, sondant la moindre parcelle de mes iris.

— Que s'est-il passé ? enquête-t-elle, ses billes reflétant sa démarche.

Lui révéler ce qui me bouleverse ne ferait aucun bien. C'est mon problème, pas le sien. Elle ne saisirait pas ce que je ne parviens pas encore à faire. J'opte pour une demi-vérité.

— J'essaye de le comprendre.

J'appréhende son insistance, mais elle me surprend tandis qu'elle hoche du chef.

— Je suis désolée, chuchote-t-elle.

Discernant le sens de ses excuses, je pose un baiser sur son front avant de prendre du recul.

— Ça me tue que tu le veuilles aussi. Il ne le mérite pas. Pas après tout ce qu'il t'a fait subir.

Alors que j'attends une explosion dans mon esprit, le silence se fait tout autant que dans la chambre.

Elle avale sa salive, ses joues pâles reprenant de la couleur.

— Je sais que tu vas avoir du mal à l'admettre, mais je pense que Kael n'est pas si mauvais que ça, prétend-elle prudemment.

Je lis sur ses traits la crainte que ses allégations pourraient déclencher. La précaution avec laquelle elle les prononce. Je refoule mes émotions violentes en m'écartant d'elle. Mettre de la distance entre nous me semble être la plus sage des décisions pour l'instant.

— Qu'est-ce que tu voudrais que je fasse, alors ? Que je disparaisse et qu'il fasse de toi ce qu'il veut ?

Sa tronche s'éloigne d'un geste vif, puis quelque chose que je n'identifie pas passe sur son faciès.

— Me faire confiance serait plutôt juste, marmonne-t-elle. Ça a toujours été toi, seulement toi, Dayan.

Elle glisse une main sur mes abdos, la remontant jusqu'à mon pectoral où mon rythme cardiaque frappe dans une course frénétique sous mon muscle tendu.

— Je sais qui tu es, ce que tu as ici, soutient-elle en enfonçant sa paume contre mon cœur. Tu es l'homme qui a ranimé le mien alors qu'il était meurtri, celui qui m'a ouvert les yeux sur la femme que j'avais cachée au fond de mon être. Je veux que tu saches que c'est toi, uniquement toi qui as fait tout ça, pas Kael. Il est juste une partie de toi, mais pas celle que j'aime. Je lui suis reconnaissante de t'avoir sauvé.

Je me cale contre elle, submergé par les sentiments qu'elle fait naître en moi. Elle m'a vaincu comme personne n'a jamais été capable de le faire. Elle a atteint mon âme et lui a insufflé la vie. Elle est parvenue à me faire gober qu'il y a de l'espoir pour moi.

Et c'est la pire soumission, car elle remet en doute tout, y compris ce en quoi vous supposiez être incapable de croire.

Je ne la laisserai jamais partir.

Delon
CHAPITRE 16

Ma respiration adopte un rythme plus rapide, mes hanches pistonnent vers le haut à la même cadence tandis qu'un grognement s'élève des profondeurs de mes poumons jusqu'à faire vibrer mes cordes vocales.

Ma tête retombe, mes yeux s'ouvrent et s'accrochent à ses prunelles vertes larmoyantes. Des traînées noires ont maculé ses pommettes rougies, barbouillant son maquillage fumé et sombre.

Cette sale petite garce a beau en convoiter un autre, finalement, elle finit toujours par ramper dans mon antre. Frustrée par les refus constants qu'elle reçoit de celui pour lequel elle palpite entre ses cuisses, elle vient supplier en quête de soulagement.

Salope infidèle.

Ma main se glisse sur le sommet de son crâne, j'empoigne et tire ses cheveux courts, contraignant sa nuque à se plier en arrière. Sa bouche reste ouverte alors que je quitte son écrin chaud.

Un filet de bave se rattache encore de sa langue à mon gland humide. Ses rétines me foudroient un instant avant que ses paupières ne clignent, chassant une nouvelle salve de larmes teintées de noir de la pointe de ses cils.

— Quel est ce regard, ma reine ? me moqué-je.

Elle la referme, déglutissant bruyamment sous la contrainte que j'applique par la cambrure de son cou. Je suis le cheminement de sa salive le long de la colonne de sa gorge. Une envie d'enrouler ma paume autour de son tronc et de l'étouffer m'écrase. Cependant, je la refoule. À la place, j'introduis mes doigts entre ses dents serrées, forçant ses maxillaires à se déverrouiller alors que je les insère jusqu'à sa langue.

Je la pousse à s'écarter largement, exerçant de ma deuxième poigne une pression inverse qui provoque en elle un vent de panique. Je pourrais aussi lui déboîter aisément la mâchoire dans cette position. Une seule compression dans les directions opposées et elle ne parlerait plus avant longtemps.

Néanmoins, j'ai d'autres plans pour elle. Sa peur me galvanise, je la laisse flotter dans l'incertitude de mes desseins un moment avant de me pencher au-dessus d'elle. Alignant mes lèvres aux siennes, je crache directement sur sa langue plaquée contre le fond. J'enlève mes phalanges, les descendant vers son menton pour fermer son clapet d'un geste vif.

Elle avale, la fureur brûlant dans ses iris. Avalon se prend peut-être pour une souveraine, mais elle n'est qu'une pute pour moi. Un jouet à ma disposition. Elle est fougueuse et tout comme son pseudo, faite de flamme. Mais je suis son Dieu, elle se conformera à mes ordres sans jamais combattre, car elle tient à son confort.

Seulement, cette chienne est gourmande. Non de cela d'avoir essayé de me niquer, elle essaye depuis le premier jour de le faire avec ce qui m'appartient.

Elle a de la chance que, jusqu'ici, je ne me sois servi que de son cul et de sa chatte en paiement de ses effractions. Elle ne m'est utile qu'à l'horizontale et pour ses talents buccaux.

Je la claque, son œillade de tueuse s'adoucissant dans une feinte reddition. Ce divertissement est vieux et je me suis lassé. Il est temps de mettre fin à cette connerie.

— Ta bouche est mieux quand elle est pleine et fermée, ironisé-je.

Elle s'empourpre, la rage enflammant sa peau. Elle se tortille au sol, ses bras encore coincés derrière son dos. Elle s'imaginait qu'en baisant avec moi, je ne verrais qu'un écran de fumée et la laisserais m'approcher suffisamment pour m'avoir comme elle a eu tous les mecs qu'elle a éliminés.

Je retiens un éclat de rire à cette pensée.

Je capture le mouvement de ses lippes, la coupant d'une énième gifle avant qu'elle n'ouvre sa gueule et gâche mon plaisir.

— Tu es ma salope, Avalon, et tu feras tout pour me plaire, n'est-ce pas ? demandé-je d'un timbre glacial lourd de menaces.

La furie qui sommeille en elle fait une embardée jusqu'à la surface avant de se rétracter sous mon coup d'œil meurtrier. Il a toujours été question de pouvoir entre nous. Sauf qu'elle n'en a eu qu'une illusion. Le marionnettiste, ça a toujours été moi. Elle n'est que ma petite poupée que je manipule.

Je contrains sa caboche vers le bas, butant ma bite contre ses babines. Comme la bonne salope qu'elle est, elle m'engloutit sans résistance. Elle se redresse un peu plus sur ses genoux, gobant mon membre plus profondément. Je me détache du sommet de son crâne, flanquant mes paumes sur chacune de ses joues. Je l'attire plus contre mon pubis, fourrant son nez dans ma toison.

— Fais plus d'efforts, grogné-je.

Elle remue, je devine qu'elle lutte contre ses attaches, ses méninges carburant à plein régime avec des envies de meurtres. Elle m'a déjà tué plusieurs fois dans son imagination en quinze minutes. Je la laisse s'asphyxier sur ma queue avant de lui accorder un peu d'air en la retirant.

Nos billes se heurtent. Ses paupières sont à demi closes avec une expression assassine.

— Attention à tes chicots, chérie, je n'ai pas besoin que ma reine soit belle, je ne verrais aucun inconvénient à te les arracher.

Elle me fusille une dernière fois, puis elle me pompe. Sa colère la rend plus compétitive. Elle pense encore que c'est un jeu équitable entre nous. Quel dommage que ce soit une défaite qui pointe à l'horizon pour elle ! Elle n'a pas conscience que la partie touche à sa fin. Et le seul gagnant est celui devant qui elle est agenouillée.

Elle accélère la cadence, m'extrayant un râle d'extase. Elle aspire et comprime mon chibre d'une manière exquise qui me la fera presque regretter.

Je sens la pression familière dans mes couilles. Je me cambre vers l'avant, tire sur ses joues et m'enfonce plus profondément avant de gicler dans son gosier.

Je soupire profondément, me libère de sa chaleur. Elle s'étouffe, tousse et crache, son buste courbé vers le bas, secoué par ses spasmes.

La porte s'ouvre, Artem et deux autres flics pénètrent à sa suite. Pile à l'heure.

— Messieurs, salué-je d'un ton poli, mais amusé.

Sa figure pivote vers la source du bruit, le secrétaire la privant de la vue des intrus.

Je déplace mon fauteuil sur roulettes, me lève tout en rangeant mon sexe ramolli dans mon froc. Elle relève son visage larmoyant et brûlant de haine vers moi.

— P… Pourquoi ? croasse-t-elle.

Aaaahh… On ne peut pas lui enlever qu'elle est perspicace.

Je me penche sur elle, de mon index, je rehausse son menton.

— Ton plus grand défaut a toujours été la gourmandise, ma reine.

Je m'éloigne. Elle se débat contre ses liens, pestant pendant qu'elle tortille ses bras et ses épaules sans effet. Je roule des yeux, tends une main et agrippe sa chevelure. Je la positionne debout en ignorant ses grognements.

Elle est forte et têtue, encore une qualité qui me manquera.

Une fois sur ses jambes, elle tourne son attention sur les trois gaillards qui se tiennent là, un rictus sadique sur les lèvres.

— Pourquoi ne suis-je donc pas étonnée ? fanfaronne-t-elle en les matant ouvertement.

Sa folie est une forme évidente de défense contre la peur qui la paralyse. Je gifle son cul pour ramener son intérêt sur moi.

— Il est temps de se dire au revoir.

Elle me fixe sans émotion, à l'instar d'un tableau qu'on viendrait de gommer. Plus aucune trace de sentiments quelconques ne peint ses traits.

— Je suis une reine, *ta* reine, tu ne peux pas m'effacer aussi facilement.

Je fais signe à Artem qui brise aussitôt la distance entre nous. En quelques pas, il est devant elle, l'empoignant pour l'amener vers l'autre côté de mon bureau. Elle ne se démène pas, sa ligne de mire toujours figée sur ma personne.

— C'est de la jalousie qui te ronge, ricane-t-elle.

Je me laisse choir sur mon siège, un sourire ourlant mes lèvres. Son regard oscille entre le mien et les trois individus.

— La jalousie ne fait pas partie de mon vocabulaire, affirmé-je en me frottant le menton. La trahison, en revanche, est un travers qui a cette fâcheuse tendance à me faire perdre tous mes moyens.

Elle incline la tête en arrière dans un éclat de rire maniaque. Les deux types qui accompagnent Artem se considèrent à la volée.

— Qu'est-ce qu'il y a de drôle, salope ? gronde celui-ci.

D'un simple signe manuel, je le mure au silence. Je redresse mon corps, contourne le mobilier avec lenteur. Je m'immobilise devant elle, enroulant mes doigts autour de son cou. Je ne serre pas. Elle se lèche la lèvre inférieure avec séduction.

— Tous ceux qui travaillent pour moi sont au fait qu'il ne faut jamais toucher à ce qui m'appartient, déclaré-je en passant mon pouce sur sa peau fine. Je ne suis pas jaloux, mais possessif. Mon business, mes hommes, mes lois.

Ses sourcils se froncent pendant qu'elle hoche du chef.

— Mais...

— Tu m'appartiens, tout comme n'importe quel autre de mes employés. Tu es soumise à mes règles, tout comme eux. Et pourtant, tu enfreins la plus essentielle. Ne jamais jouer avec mes affaires, claqué-je.

Je recule, laissant tomber ma paluche que je glisse dans la poche de mon pantalon.

— Je n'ai jamais touché à tes affaires, contre-t-elle furieuse.

Tout le monde sait que je ne collectionne pas les objets, mais les talents. Dayan et Kael sont mes plus belles possessions, mes diamants. Quiconque se met sur ma route finira avec une balle entre les deux mirettes.

Or, la félonie, comme je l'ai dit, est un poison plus virulent.

Ils m'ont donné le baiser de Judas. Ils m'ont joué. Menti.

Dayan l'a fait en pleine face. Il a essayé de me manipuler. Il a failli à son devoir en refusant d'éliminer un témoin. Pire encore, il s'est entiché d'elle. Au lieu de la descendre, il la saute. J'ai vu leur petit jeu. Ils pensaient me rouler.

Je n'ai cessé, depuis ce jour, de ruminer. J'ai été rongé par la fureur, empoisonné par le venin de la duperie alors qu'il a mordu la main tendue comme un chien errant.

Je lui ai tout donné. Un logement, un travail, une famille. J'ai accepté sa démence, lui ai offert un refuge.

Cette cuve à foutre m'a tout autant déçu. Elle a conspiré contre moi avec Kael. Elle a convoité mon meilleur gars par pures luxure et avidité. Elle a manœuvré à son profit. Elle m'a volé des millions avec ses magouilles.

Ce soir, je suis un homme en mission.

Je vais montrer à tous qu'on ne baise pas avec moi en s'en sortant aisément. Aucun gonze n'est irremplaçable. Pas même la fossoyeuse. Je leur prouverai que personne n'est au-dessus ni à l'abri de mes balles.

Je ne suis pas arrivé là en me laissant attendrir ou en m'attachant. Je ne laisserai quiconque se foutre en travers de mon chemin. En débutant par tous ceux qui m'ont été infidèles.

— Tu as comploté dans mon dos, ma reine. Tu m'as caché des informations dans ton propre intérêt, cité-je.

Elle se raidit.

— Non, c'est faux ! Je t'ai prévenu que Dayan te cachait quelque chose, plaide-t-elle.

Un rictus se dessine lentement sur mes lèvres. Je m'approche, repoussant une mèche de son visage que je cale derrière son oreille. Je m'attarde sur la courbe cartilagineuse, me penchant vers elle.

— Oui et tu l'as fait dans ton propre intérêt, chuchoté-je.

Elle recule la tête, se cognant contre l'épaule d'Artem.

— Je n'ai jamais voulu que Kael, crache-t-elle haineuse.

Je lui tapote le crâne comme je le ferais avec un animal. Mon geste l'agace plus qu'il ne la vexe, je le vois à son regard.

— Et c'est là qu'est ta chute, me marré-je. Ce n'est pas la reine qui est la pièce la plus importante sur mon échiquier, mais le roi. Et le roi n'a pas besoin d'une souveraine pour gouverner. Il a juste besoin de se débarrasser de tout ce qui entrave son avancée. C'est peu cher payer pour les millions que tu as dilapidés, chuchoté-je pour elle seule.

Elle se débat avec vigueur, poussant des hurlements de rage tandis que d'un mouvement du bras, j'indique aux larbins de la dégager de ma vue. Je me détourne de l'agitation, me dirigeant vers mon mini-bar pour me servir un verre de Scotch.

— Attention à elle, elle est fougueuse, alerte Artem dans mon dos.

La porte se referme, emportant les cris de Red tandis que les glaçons craquent au contact de la boisson. Je prends une gorgée, soupirant au goût fumé de l'alcool.

Je pivote, me déplaçant vers le bureau tandis qu'Artem se tient droit au milieu de la pièce. Cet enculé est un flic ripou sur lequel je peux compter quand j'ai un dossier délicat à effacer du système. Toutefois, il demeure un type facile à corrompre, alors je dois faire preuve de prudence avec les renseignements que je laisse filtrer.

— Est-ce que tout est en place ?

Il opine.

— Oui. La fille est seule chez elle ce soir, confirme-t-il.

Du moment où elle a quitté ma tanière, j'ai fait mettre Artem sur son cas. Il a été simple pour lui de dégoter toutes les infos. Il avait déjà eu son pedigree lors de l'affaire de l'étudiante tuée quelques mois plus tôt.

Je n'ai retracé aucune preuve que Lennox et Kayden étaient impliqués avec la nana. Cependant, je ne suis pas naïf, là où est l'un, les deux autres suivent. Je devais donc faire appel à d'autres pour obtenir tout ce que je pouvais sur elle sans éveiller les soupçons.

— Fais ça dans les formes. Une arrestation à domicile pique toujours la curiosité du voisinage en quête de ragots. Pas de sirène ni d'assaut. Faites ça le plus discrètement possible, suis-je clair ?

Il acquiesce.

— Personne ne touche à ma faucheuse, ajouté-je. Il a une bonne leçon à apprendre et je suis le seul à être celui qui l'enseigne.

Il fronce les sourcils, déphasé par mon exigence.

— Il n'y a aucune chance que mes hommes s'en tirent, laisse-t-il traîner, le doute planant dans son timbre.

— C'est votre problème, Artem, pas le mien. Vous serez assez nombreux pour le maîtriser, faites votre putain de travail !

Il hoche du chef. Je le chasse d'un geste de la main.

Jetant un œil à ma montre, je me réinstalle derrière mon secrétaire. Plus que quelques heures et le spectacle commencera.

Je lève mon verre vers le plafond, trinquant.

Je souris avant de boire une lampée.

Cet imbécile sera mort avant le lever du jour. J'ai la rancune longue et la mémoire d'un éléphant. Je n'oublierai jamais son échec à Las Vegas. Cet incapable n'a jamais été foutu de retrouver une putain de femme et ses deux gosses après qu'ils ont disparu du jour au lendemain.

Comment dit-on déjà ?

Ah ! oui ; d'une pierre deux coups.

CHAPITRE 17

J'ai dû m'endormir sur le canapé, car un frisson me réveille.

L'écran projette une lueur pâle sur la table basse, la voix lancinante du speaker brise le silence dans le salon tandis que je me frotte les paupières pour éliminer la croûte de sel qui s'est formée à chaque coin de mes yeux.

J'étire mes membres au-dessus de moi, bougonnant à la douleur musculaire qui se déclenche. J'ai dû me froisser les muscles en adoptant une position à la noix une fois de plus.

Depuis que ma mère a annoncé à Nate qu'elle avait rencontré quelqu'un, il se fait plus rare le week-end, privilégiant la compagnie de ses amis universitaires avec qui il organise des tournois de jeux en ligne. Elle accepte difficilement que mon frère n'ait pas reçu la nouvelle avec enthousiasme.

En conséquence, elle passe ses soirées de libre en compagnie de Grayson à son appartement. Ce qui me laisse la maison seule deux soirs par semaine.

Éteignant la télé, je me lève pour rejoindre l'étage quand un bruit provenant de la cuisine me fige dans l'escalier. Tendant l'oreille, je me retourne lentement, guettant le moindre mouvement ou son étranger.

— Nate ?

Je patiente un moment sans recevoir de réponse ou le plus petit bruissement.

Je pivote, lève mon pied prêt à passer sur la marche suivante quand quelque chose est placé sur ma tête et je suis enfermée dans l'obscurité totale. Mon échine est pressée contre un corps dur et une paume couvre le bas de mon visage, me contraignant au mutisme.

J'envoie mon talon dans le tibia de la personne derrière moi. Mon agresseur siffle, mais ne me lâche pas. Tout ce que j'obtiens est qu'il resserre ma mâchoire plus fort. Mon rythme cardiaque s'accélère à mesure que la trouille m'envahit.

Je plante mes ongles sur ses pattes, me débattant avec plus de véhémence pour me libérer de son bâillon qui m'étouffe sous l'épaisseur de la toile. Un vertige me gagne, le manque d'oxygène met mes bronches au supplice. Mes forces s'amenuisent tout comme ma combativité.

Ma faiblesse lui file l'occasion de rassembler mes poignes derrière mon dos. Je prends une profonde inspiration dès l'instant où ma bouche est découverte. Cependant, je suis faite comme un rat, il assouplit sa prise et faufile sa main autour de mes reins, m'écrasant fermement contre sa poitrine afin que mes bras soient définitivement coincés et qu'il n'y ait aucune chance que je bouge.

Le bas du sac est relevé, me laissant juste suffisamment d'air pour remplir mes poumons. C'était un choix merdique plutôt que de crier quand on me plaque une bande de scotch. Pendant ce temps, du métal froid se referme autour de mes poignets, ne me laissant plus aucune marge de manœuvre avec mes poings.

Je note aussi que j'ai affaire à deux individus.

Fais chier !

Le tissu est replacé sur mon menton, puis je suis soulevée, mes pieds ballant dans le vide. Je me défends, revigorée par cette gorgée d'oxygène qui s'épuisera bien trop tôt. Je donne tout ce que j'ai, ne faiblissant que trop rapidement, mais je parviens à balancer de bons coups qui arrachent des grognements à mon assaillant.

Il me porte et quand je ressens la fraîcheur contre mon épiderme, je me raidis.

Je sais que nous sommes dehors. Celui qui vient de m'enlever est silencieux. J'entends une autre paire de pas lourds, mais pas une parole n'est prononcée.

Où m'emmènent-ils ?

Je m'agite une dernière fois, priant pour qu'un voisin soit témoin de mon kidnapping ou réagisse en intervenant. On se déplace et rien, aucun mot ni beuglement d'un quelconque secours ne retentit.

La peur de l'inconnu me fait trembler de façon incontrôlable, sans compter sur le fait que je suis à peine vêtue.

Privée de ma vue et de ma voix, je me concentre sur mon ouïe. J'entends un son de vérin, comme celui que produit un coffre quand il est ouvert. Un gémissement rageur surgit de l'endroit devant moi. Des frissons serpentent sous ma couche cutanée en bosselant la surface.

Je suis reposée sur la terre ferme, amorçant aussitôt un recul qui se solde par mon talon qui piétine le dessus d'une chaussure.

Hors de question que je rentre dans cette malle sans lutter.

Une dextre se pose lourdement sur mon épaule, les phalanges se recourbant pour s'enfoncer dans mon os.

— Ne résiste pas ou tu n'aimeras pas ce qui se passera, grogne un timbre masculin à mon oreille.

Je hoche lentement la tête et il relâche sa prise.

Va te faire foutre.

S'il pense que je vais y aller sans broncher, il se fourre le doigt dans l'œil. Je n'ai pas survécu à Dayan et Kael pour me rendre comme une gentille petite soumise à un parfait étranger.

Je relâche mes épaules dans une feinte contrition, seulement, au moment où je suis sur le point de me ruer sur le côté, je suis poussée en avant.

Je tombe en poussant un cri guttural, toutefois, une deuxième paire de mains m'attrape et me tire sur des genoux.

Premier constat, je ne suis pas dans un coffre, mais sur ce qui semble être un siège arrière, calée sur les cuisses d'un type. Ce scénario est pire encore.

Je jure que s'il ose me tâter de manière inappropriée, je le castre.

Mon dos est contre son thorax et ses bras sont étroitement enroulés autour de ma taille. La portière se ferme et je sursaute quand l'auto démarre et s'élance précipitamment.

Je me tortille, espérant qu'il dégagera ses sales paluches.

Ce salaud ricane, enfouissant ses doigts dans mon ventre dénudé.

Si j'avais des doutes que Dieu me faisait payer mes péchés, c'est désormais une certitude. Il fallait qu'on me kidnappe en short et débardeur court.

Si je m'en sors indemne, je ne dormirai plus qu'en pyjama de vieille.

La rage me foudroie, je me cambre, me secoue dans tous les sens afin de m'éloigner de son contact. Cet enfoiré se marre.

— Continue comme ça, salope, et je t'empale sur ma bite.

Il soulève ses hanches contre mes fesses et je sens le renflement sous moi.

Connard.

Mon raidissement le fait rire de plus belle.

Son souffle saccadé frôle ma nuque. Si je pouvais sourire, je le ferais en cet instant. Non pas que la situation soit drôle, mais ce qui va suivre le sera.

Je me penche vers l'avant et d'un élan en arrière, je cogne son pif avec mon crâne.

Sa plainte est tout ce qu'il me fallait pour me satisfaire.

— Salope de pute, s'égosille-t-il dans mon oreille. Je vais te crever.

Alors que je m'attends à une rétribution douloureuse pour mon petit coup, une voix s'élève de l'avant.

— Ne la touche pas, connard. Le patron la veut en un seul morceau.

Je suis éjectée sur le côté, mon épaule frappe le cuir dur de la banquette en m'arrachant un grognement. Ma tête a cogné contre ce que je devine être la poignée d'une portière.

— Pétasse, marmonne le gars à proximité de mes pieds. Je me recroqueville, étourdie par l'impact contre le haut de mon front.

Un liquide éclot sous la palpitation. Je commence à en avoir assez de ces mecs qui s'octroient la permission de me marquer. Les seules cicatrices que j'accepte sont celles dont je suis responsable.

Je vais me libérer et l'émasculer. Mais d'abord, j'ai besoin de recouvrer la vue. Sans savoir contre qui je me bats, ça va être difficile.

— Tu avais dit qu'elle était moins fougueuse que l'autre, râle-t-il.

L'autre ? Qui est l'autre ?

Soudain, je me souviens du gémissement qui émanait du coffre. Ces salopards ont enlevé une autre femme.

— Arrête de te plaindre, putain, reproche quelqu'un. Tu croyais vraiment qu'elle t'ouvrirait les guiboles, finit-il moqueur.

— Tu vas morfler, gronde-t-il si bas que je suis la seule à l'entendre.

Le reste du trajet est silencieux.

Je consacre cette accalmie à mes réflexions. Concentration et élaboration d'un plan. Avec autant d'inconnues dans les paramètres, c'est compliqué. Toutefois, je dois demeurer alerte, attentive au moindre indice qui m'indiquerait où nous sommes.

Le son des voitures qui nous dépassent me renseigne que nous sillonnons sur une double voie. La caisse ne tremblote pas, ce qui concorde avec ma théorie d'un bitume lisse. Nous empruntons donc le chemin pour une grande ville. New York peut-être.

J'ignore pendant combien de temps nous nous déplaçons, mais finalement, nous passons à une voie non goudronnée. Les pneus craquent, ça vibre sous moi. Ce sur quoi nous roulons est une route cahoteuse.

La bagnole ralentit au bout d'un moment et le moteur s'éteint.

J'inspire le plus profondément par le nez, essayant de garder mon sang-froid. Paniquer ne ferait rien de bon.

Le cliquetis du déverrouillage central du véhicule est rapidement accompagné par une engouffrée d'air frais. Alors que j'appréhende d'être tirée sans ménagement de ma place, le froissement d'un tissu à proximité me fait grincer des dents.

Le frôlement du vêtement sur mes jambes nues est la première chose que je ressens avant qu'une expiration atterrisse sur mon épaule. Je frissonne de la tête aux pieds.

Sa poitrine cahote contre mon bras tordu quand il laisse échapper un petit rire.

— Rappelle-toi que tu as provoqué tout ce qui t'attend, salope, siffle-t-il sinistrement.

Je n'ai pas le temps de comprendre ce à quoi il fait allusion que je suis traînée par les chevilles dans le sens opposé, puis l'air hivernal lèche ma peau. Je suis tenue debout, ma voûte plantaire malmenée par les cailloux qui s'y enfoncent.

La palpitation de mon front reprend plus de vigueur maintenant que le sang circule dans tout mon corps. Mes épaules ajoutent une souffrance supplémentaire à ma misère.

Toutefois, la protestation féminine et sourde qui résonne dans mon dos me fait presque oublier celle-ci. Je pivote en direction du retentissement, il semble y avoir du grabuge, car je perçois plusieurs échos de voix ainsi que des coups.

Au bout de quelques secondes, le calme revient. Je suis poussée en avant, manquant de chuter quand une poigne me retient fermement. Le tiraillement me fait hurler le martyre, sans qu'aucune clameur ne résonne derrière mon bâillon.

On me pousse encore, cette fois, je suis prête et j'avance tout droit. J'entends plusieurs craquements autour de moi. Si je compte bien, trois paires de pieds.

Une porte grince face à moi. On me tire cette fois, passant sur un sol poli et moins frisquet. Je distingue à peine une lueur qui tente de percer à travers la couche épaisse du sac sur ma tête.

J'élimine la thèse que les hommes qui ont tué mon père nous ont trouvés. Si c'était le cas, je serais déjà morte.

On me force à aller plus loin et ce qui me percute est la résonance qui rebondit tout autour de moi.

On m'a emmenée dans un entrepôt ou un bâtiment fait de bardage.

J'ai le nombre de personnes, le type de lieu, reste plus qu'à saisir ce qu'ils veulent.

CHAPITRE 18

Je relis le message pour la vingtième fois. Le texte est court, concis, uniquement composé d'une adresse. Mes yeux sont pourtant incapables de se détacher de la photo jointe. Ma petite souris ligotée et privée de la vue par un sac de jute sur la tête.

Si les cicatrices à l'intérieur de ses cuisses n'étaient pas visibles, j'aurais pu penser à une mauvaise blague.

Or, l'expéditeur n'est pas le genre d'homme à faire de l'humour.

Artem est à la botte de Delon pour la simple raison qu'il est tout aussi malade que lui.

C'est un chien fidèle. Ce qui me fait craindre le pire.

Il obéit aveuglément. Pas le style à prendre des initiatives. Les ordres doivent venir d'en haut.

Je tombe à genoux, ma nuque inclinée vers le bas. Je rugis de rage alors que mes pensées s'envolent comme des feuilles balayées par le vent. Dans tous les sens et en désordre.

Delon attend de moi que je tue Lake. Il ne me laisse aucun choix. Soit je m'y attelle, soit un autre le fera.

Je n'ai jamais senti autant de douleur et de haine en même temps.

Je prends conscience que j'ai été trop stupide d'imaginer avoir berné Delon. J'étais trop concentré sur elle, aveuglé par mes sentiments.

Ces foutues émotions sont ce qui nous a menés à cette situation.

Impossible d'impliquer mes frères. Ils seraient trop exposés. Rien ne garantit que Delon n'ait pas déjà missionné quelqu'un sur eux. Je ne me fais aucun souci. Len a fait de notre appartement un véritable bunker impénétrable et inviolable. Les types ne passeront pas le périmètre sans être vus depuis l'espace.

Quant à Kay, il est trop fougueux pour être prudent. Il va falloir que je me démerde seul.

Je relève le visage et fais ce que je me suis juré de ne jamais faire.

J'ai besoin de toi.

Le silence est assourdissant. Ma résolution devient plus violente et je hurle ma commande à m'en briser les cordes vocales.

Je ne suis pas sûr d'avoir bien entendu, se moque l'autre.

Je sens sa présence comme une caresse sous mon crâne. Je rouvre le SMS, lui donnant le temps de prendre en compte son contenu. J'ignore comment fonctionne notre dynamique, mais je suis prêt à tout essayer.

Mon esprit glisse dans le noir une seconde avant de retrouver la clarté.

Elle est sexy attachée comme ça, ronronne-t-il.

— Putain de connard, sa vie est en jeu et la nôtre aussi au cas où tu n'aurais pas noté, grogné-je.

Que comptes-tu faire ? Pourquoi ne sollicites-tu pas l'aide des deux autres sacs à merde ?

Son ton railleur est désormais teinté de curiosité.

— Tu sais parfaitement pourquoi, grondé-je. Ne joue pas aux idiots.

Un homme peut rêver, s'esclaffe-t-il.

— Si on ne parvient pas à la sauver, alors je me tirerai une balle dans la tronche, annoncé-je.

Crois-tu que je te laisserai faire, abruti ?

— Que feras-tu quand je chuterai du vingtième étage, trou du cul ?

Un peu trop dramatique, si tu veux mon avis, soupire-t-il.

— Je suis un homme mort dans n'importe quel cas. Axelrod a mis ce divertissement en place uniquement dans le but de m'attirer dans son piège. Tu l'as déçu tout autant que moi. Nous ne sommes plus utiles pour lui.

Pourquoi veux-tu mon assistance ? Tu n'es plus un enfant qui se laisse battre et couper par sa mère, tu es capable de te débrouiller seul, contre-t-il.

J'inspire profondément pour me procurer la force d'ouvrir la faille que j'ai colmatée toute ma putain d'existence.

— Parce que mes sentiments pour elle sont un handicap. J'échouerai à l'instant où mon regard se posera sur elle, avoué-je.

Tu es faible, souligne-t-il. *Pour une fois, ce n'est pas une métaphore. Ton pouls est à deux doigts d'exploser. Laisse-moi gérer. Je la désire autant que toi, et dans ton état, tu ne seras bon à rien.*

— Si tu lui fais le moindre mal...

Elle m'est plus utile vivante que morte, gronde-t-il. *Le premier qui la touche se retrouvera avec une lame enfoncée si profondément dans le cul que le type qui parviendra à la retirer sera renommé le roi Arthur.*

Je n'offre aucune résistance et j'abandonne mon contrôle volontairement.

CHAPITRE 19

Mon front pulse, le sac en toile fait effet de tampon, m'épargnant la ruée du sang vers les yeux.

Seuls les sons me parviennent.

Des gémissements rageurs, des pas, des expirations.

Je fournis des efforts manifestes pour maintenir ma propre respiration à un niveau pondéré. La panique ne m'aidera en rien. Pire, je pourrais suffoquer derrière le bandeau et mourir d'asphyxie.

Règle numéro un quand vous êtes bâillonné : conserver vos voies respiratoires dégagées.

Pleurer ne ferait qu'obstruer vos sinus et vous crèveriez d'étouffement.

J'inspire profondément par le nez. L'air est vicié et chaud sous cette cagoule de fortune. Une odeur ferreuse pénètre dans mes poumons.

Le salaud qui m'a projetée contre la portière n'y est pas allé de mainmorte.

Je capture des bruits de semelles qui s'approchent de ma position. Je redresse ma colonne vertébrale, ma posture appuie le métal plus profondément dans mes poignets.

J'avale un grognement tandis que je recourbe mes épaules vers l'avant pour soulager ma peine.

Le cabas est retiré brutalement.

Je ferme les paupières à l'éclat soudain qui me brûle les rétines. Je lutte contre mes réflexes et les force à s'ouvrir.

Règle numéro deux : garder toujours un œil sur votre agresseur.

Je sens de l'hémoglobine couler le long de mon visage.

Je scrute mon environnement, espérant découvrir l'identité de mon kidnappeur.

Néanmoins, tout ce que je vois me surprend, et pas de la manière que j'escomptais.

En face, ligotée à une chaise comme moi, Red me fusille avec haine et fureur. Elle est réduite au silence, tout comme moi. Elle se débat dans ses liens comme une forcenée.

Sa ligne de mire dérive par-dessus moi tandis que son charabia filtre à travers le tissu attaché entre ses lèvres.

Je demeure impassible, malgré l'accélération de mon rythme cardiaque.

Règle numéro trois : ne jamais montrer sa peur. On s'en servirait contre vous.

Une ombre passe dans ma vision périphérique, puis une personne se place devant moi.

Je penche la tête en arrière et capte le rictus du policier qui m'a interrogée il y a quelques mois sur le campus. Le même que j'avais d'abord qualifié de « bon flic » jusqu'à ce que je remarque ses tatouages.

Son nom se répète dans ma mémoire ; Artem.

Il me toise avec un sourire narquois. Ses astres expriment toute l'étendue de sa noirceur. J'y décèle même une lueur d'excitation.

Son exaltation est visiblement centrée sur le succès de son méfait. De mon impuissance.

Mon regard rivé au sien, j'arque un sourcil en une fausse bravade.

La sueur perle sur ma nuque, elle dégouline le long de mon échine à l'instar d'un serpent sinueux.

Des perles de chairs éclosent sur le passage laissé humide et froid.

Je me bats avec moi-même pour ne pas flancher. Je ne dois pas exposer mes craintes. Ne rien lui offrir pour me manipuler.

Malgré toutes mes résistances, mes émotions finissent par transparaître. Ses dents bien droites et blanches apparaissent tandis qu'un sourire fendille ses commissures.

— Voilà ce que je voulais voir, s'enorgueillit-il.

Il braque un gun contre mon genou.

Je ne peux pas m'exprimer, et même si j'avais pu, il n'y a rien que je veuille déclarer.

Je dois garder mon sang-froid pour réfléchir à une solution qui n'entraîne pas ma mort ni celle de Red.

J'ai beau détester cette fille de toutes mes tripes, je n'en reste pas moins un être humain.

Je me détourne, examinant le reste de l'endroit.

Je compte quatre individus armés, placés le long de la cloison où se situe un large accès en fer. Je poursuis mon inspection en prenant compte que les parois sont en béton jusqu'à une hauteur approximative de deux mètres avant de laisser place à du bardage entrecoupé par des ouvertures en verre jusqu'au plafond en forme de flèche.

J'avais vu juste, nous sommes dans un hangar.

Je suis incapable d'évaluer la distance à laquelle je me trouve de chez moi ou de la ville. Tout ce que j'ai deviné s'avère être inutile alors que je suis impuissante. Sans parler que ma tenue ne me donne aucune assurance que je serais laissée indemne.

Comme si l'homme en face de moi devinait le chemin qu'ont pris mes réflexions, le canon remonte le long de ma cuisse, s'insinuant sous mon short de nuit. Je me crispe, essayant de libérer mes bras derrière mon dos, mais les menottes sont impossibles à ouvrir sans clé.

Ma poitrine se comprime. Mes chevilles sont attachées aux pieds du siège. Je suis immobilisée des panards aux épaules.

— J'ai entendu dire que tu aimais baiser avec la faucheuse, lâche-t-il avec une attitude suffisante et moqueuse.

Red grogne sous son bandeau, un type se décolle du mur et se met derrière son assise en pointant aussitôt son fusil contre l'arrière de son crâne.

— Du calme, Marcus, ricane-t-il en s'adressant à son complice. J'ai besoin d'elle vivante. Du moins, pour l'instant.

Je ne réagis pas alors que le deuxième mec se marre. Au lieu de ça, je promène mon regard vers l'autre côté de la salle.

Je repère trois gars avec des armes à feu automatiques. L'un d'eux adopte une posture tendue, son emplacement près d'une issue indique qu'il est celui qui sera le premier à tirer sur quiconque la franchira.

Une poigne m'arrache le menton, me pivotant vers l'avant.

— J'aime le silence, mais j'aime aussi quand une femme gueule, se gausse-t-il.

Le canon frôle maintenant le bord de mon intimité. Je refuse de le regarder et de lui dévoiler ma trouille. Au lieu de cela, je fixe droit devant moi, capturant l'air confus de Red. Je suis sa ligne de mire jusqu'à mes cuisses entrouvertes où mes cicatrices sont exposées.

Le contact glacial du métal me fait sursauter. Artem saisit mon menton, m'obligeant à le regarder.

— Je vais te faire hurler, menace-t-il.

L'ironie de la situation ne m'échappe pas tandis que mes pensées filent vers Dayan. J'ai dompté ma douleur depuis longtemps, mais avec lui, j'ai appris à étouffer mes cris.

J'expulse un rire railleur à travers mes narines.

Sa mine amusée se fane en une expression troublée.

— Il te fait saigner, petite pute ? C'est ça qui manque ?

Le mec derrière Red rit à nouveau. Celle-ci grogne une fois de plus.

Je marmonne derrière mon bâillon.

D'un geste vif, il décolle une partie du scotch qui me mettait en sourdine. Je tressaille à peine à la brûlure.

— Qu'est-ce qui te fait rire ? demande-t-il menaçant.

Mon amusement prend plus d'ampleur.

— Toi, me poilé-je. Tu penses m'impressionner, mais tu ignores totalement qui je suis.

Il me balance un revers. Ma pommette brûle alors que ma tronche bascule sur le côté.

Il s'empare d'une touffe de mes cheveux et me ramène face à lui. Ses lèvres se fendent en un sourire sardonique.

— C'est lui qui t'a fait ça ? fredonne-t-il cruellement en passant un doigt le long des cicatrices.

Si je n'étais pas morte de soif, je lui cracherais à la figure. Néanmoins, je suis prise d'un fou rire. Artem me dévisage avec incrédulité.

— Je t'amuse, salope ? vitupère-t-il.

Je m'esclaffe encore quelques secondes avant de parvenir à reprendre contenance. J'ancre mes billes dans les siennes.

— Il va te descendre pour m'avoir touchée, gloussé-je à un volume qui lui est uniquement destiné. Et c'est moi qui vais entendre tes cris.

Il grimace de dégoût, puis replaque la bande collante sur ma bouche.

— Ce n'est pas moi la cible, chuchote-t-il avec arrogance.

Soudain, le large panneau de portes, celui que j'ai fixé longuement, s'ouvre brusquement, puis un objet est lancé dans la grande pièce.

Mon intérêt est concentré sur la forme cylindrique et métallique qui roule encore sur le sol. Mes yeux s'écarquillent juste avant que le fumigène n'explose et ne libère un panache de fumée blanche qui se diffuse dans toute la salle.

Des coups de feu résonnent, Artem se déplace derrière moi, son pistolet contre ma tempe.

Des vitres se brisent sous des rafales de plombs. Je retourne mon attention vers celui qui patientait caché dans le recoin des issues, puis, alors que quelqu'un s'engouffre, une arme dans chaque main, je ne peux rien louper.

Le guetteur s'écroule avant même d'avoir levé la sienne, d'un projectile dans la cafetière.

Le chaos éclate tout autour de nous. Des balles sifflent, des cris s'élèvent. Je ne distingue pas d'où provient chaque écho. L'agitation est indéchiffrable, le brouillard se répandant trop vite, diminuant la visibilité dans l'entrepôt.

Je reste figée sur ma chaise, ma vision trouble, non pas de larmes, mais perturbée par la sollicitation accrue des actions qui se déroulent dans tous les coins.

Je tente tant bien que mal de repérer un visage familier. Or, l'air est trop brumeux, les mouvements sont trop rapides, quant à la possibilité de discerner une silhouette, c'est quasiment infaisable.

Je perds ma concentration tandis qu'une douleur m'assaille sur le côté de ma tête. Ce connard y fourre le bout de son flingue comme s'il espérait me tuer sans appuyer sur la détente.

Je veux crier, mais entre le chaos et le fait que je sois muselée, ce serait une perte de temps et d'énergie.

Je reconduis ma vision en face de moi, assourdie par les hurlements de mon geôlier qui vocifère des ordres à tout va au-dessus de mon oreille. Un acouphène houspille mon tympan.

Red se débat contre ses attaches. Elle paraît sur le point de faire un anévrisme. Artem s'agite de plus en plus derrière moi. Ses gestes frénétiques et l'intensité de sa voix montrent clairement que les choses ne vont pas dans son sens.

L'effervescence commence enfin à se tarir. Moins d'ébranlements fusent. Le froid pénètre par les ouvertures béantes créées par les tirs. Il balaye mes jambes dénudées et dissipe la brume. Du coin de l'œil, j'aperçois quelqu'un qui se meut dans l'ombre.

Le calme revient, apportant une ambiance morbide et inquiétante. Des corps sont tombés et éparpillés dans l'immensité de la place.

Juste le son d'une respiration désordonnée rompt le silence dans mon dos.

Un individu entre dans la lumière faible au-dessus de nous. Je croise deux globes trop sombres derrière le masque squelettique qui recouvre sa figure pour identifier qui que ce soit.

Néanmoins, sa démarche décontractée et le balancement de son buste n'appartiennent qu'à un seul homme.

Je connais son anatomie par cœur. Même à travers l'épaisse couche de vêtements noirs, l'ampleur de ce sweat à capuche, je peux dessiner chaque renflement de muscles, esquisser chaque motif de tatouages.

Quand les bourdonnements dans mes esgourdes s'atténuent, je braque mes prunelles sur les siennes.

Mais il ne me perçoit pas.

Il est focalisé sur le garde placé derrière Red qui pointe son calibre sur sa nuque.

Artem enfonce le canon plus qu'il ne l'est possible, me contraignant à pencher dans la direction opposée.

— Reaper, lance celui-ci avec un soupçon de respect.

Dayan, ou Kael, empoche une des deux armes alors qu'il s'avance.

— Artem, répond-il calmement.

Alors je sais. Je sais qui est celui qui a déclenché ce chaos, celui qui se cache sous ce camouflage horrifique.

Il continue de progresser, droit vers l'AR-15 que tient le geôlier de Red désormais orienté sur lui.

Elle ne le voit pas, mais elle se focalise sur moi, jaugeant mes réactions à ce qui se trame derrière elle.

Je garde soigneusement mes traits neutres alors que mon regard retourne vers Kael.

— Ne fais rien de fou, menace Artem derrière moi.

Je ne cille pas d'un pouce, observant Kael tout en retenant mon souffle. Il semble me remarquer pour la première fois. Ses iris parcourent rapidement mon corps presque nu. Il dévisage ensuite mon ravisseur.

— En quoi ça m'intéresse ? demande-t-il en haussant les épaules, l'arme toujours dans sa poigne pendante à son côté alors qu'il me désigne d'un mouvement de tête.

Je ferme les yeux une fraction de seconde tandis que ses paroles me broient de l'intérieur ainsi que l'espoir qui avait fleuri il y a quelques minutes.

— C'était le but de toute cette merde, se moque Kael. Tu souhaitais que je vienne ici. Et après quoi ?

Artem laisse échapper un rire nasal.

— Je n'ai jamais compris cette connerie d'alter ego, confie-t-il sur un ton d'ennui. Axelrod s'en est accommodé un certain temps, mais c'est fini, ajoute-t-il avec désinvolture.

Je fronce les sourcils, devinant à l'instant ce que cela implique.

— Delon a fait valoir son point, expire Kael avec nonchalance. Mais toi, quel est le tien ?

Je bifurque sur Red. Son attitude me gèle sur place. Des larmes dévalent ses joues, ses membres frissonnent. Le désespoir l'enveloppe et je pige où se dirige cette histoire.

— Je suis fidèle, crache Artem. J'ai prêté serment au Datura Noir. Toi, tu lui as tourné le dos pour une chatte !

Kael bascule la tête en arrière alors qu'il éclate de rire. La vibration se répercute jusqu'à mes os. Mon cœur s'effondre dans ma poitrine.

Je balaye la salle fiévreusement à la recherche de Kayden ou Lennox. Toutes mes espérances tombent à l'eau quand je ne trouve que des cadavres, allongés par terre.

— Artem, Artem, Artem, chantonne Kael. Quand comprendrez-vous que je fonctionne solo ?

Il effectue un pas lent et s'immobilise à côté de Red. L'intérêt du gardien oscille de mon kidnappeur à Kael à vive allure, comme un jeu de balle de tennis.

Ça serait comique si la situation était différente.

— Tu as commis une énorme faute, tonne Artem. Mais tu as de la chance que Delon soit clément et prêt à te pardonner si tu rectifies le tir.

Son coude s'élève alors qu'il vise désormais Kael. Il reste de marbre, bien que la mort flirte avec lui.

— Alors, c'est comme ça qu'Axelrod nous récompense pour nos loyaux services, ricane-t-il.

Il détourne son attention vers la gauche. Le type sursaute avant de se reprendre rapidement. Son semi-automatique trémule dans sa poigne tandis qu'il la relève sur Kael.

— Les chiffres sont contre toi, s'amuse Artem. Ne fais pas l'imbécile. Fais ce qu'il attend de toi.

Il appuie ses propos en me donnant une claque monumentale sur la nuque. La puissance du geste me propulse en avant. Mes bras se roidissent en arrière, les menottes mordant mes poignets endoloris. Je pousse un cri de douleur derrière mon bâillon.

Je remonte mes billes vers Kael. Ma blessure s'agrandit au fur et à mesure que la réalité s'abat sur moi.

Je vais mourir ici.

— Vous pouvez les zigouiller, je n'en ai rien à battre, balance-t-il froidement, et mon cœur s'effondre.

J'oublie tout des règles. Je supplie et sanglote en rivant mes yeux sur lui. Son regard dévie vers Red qui lui renvoie une œillade triomphale et énamourée.

Artem se raidit dans mon dos.

— C... ce n'est pas à nous de le faire, bégaye-t-il. Axelrod vous a donné l'ordre de...

Il ne finit pas sa phrase. Kael lève son calibre et tire à bout portant, flinguant le dernier complice du flic ripou.

Mais un autre coup de feu m'assourdit et il chancelle en arrière, sa paume se calant sur son épaule alors qu'il grimace.

Puis il laisse choir sa main, et comme si l'on ne l'avait pas allumé, il contourne Red, s'approchant de nous.

— Finalement, je ne suis pas le seul à contourner les ordres, se moque Kael.

— Celle-là était pour mes hommes, fanfaronne-t-il.

Je couine quand un métal fin et froid se loge contre ma gorge.

Artem tient un flingue braqué sur Kael et une lame contre mon cou. Je ne peux même pas me résoudre à le regarder. Je peux à peine respirer à un tel point que j'en ai le tournis.

Le couteau vibre et m'entaille.

Kael le voit aussi. Ses iris se jettent sur mon encolure, mais seulement pendant une seconde, avant qu'il ne les ramène sur l'homme derrière moi.

— Tu as fait saigner ma propriété.

S'il n'était pas aussi proche maintenant, je ne l'aurais pas entendu. Je suis prisonnière d'une cage où les sons me parviennent en écho lointain.

Mon estomac se crispe à ses mots, mais je ne laisse rien paraître.

Il met la pogne dans sa poche et je pense au scalpel qu'il a utilisé sur moi. À son nom gravé dans ma chair.

— Ne bouge pas, tonne Artem. Ne m'oblige pas à te tuer.

Il ne sort rien cette fois, il la garde juste là.

Kael laisse chuter l'arme au sol avec un cliquetis et je me tends alors qu'il se rapproche, jusqu'à ce qu'il soit à quelques centimètres de moi.

— Elle est à moi, déclare-t-il. Et tu l'as blessée.

Il fait un pas de plus, une énième coupure me transperce la peau.

Kael soupire.

— Tu es en train de gâcher mon œuvre et le désordre a tendance à me foutre hors de moi.

J'entends Artem ouvrir et fermer la bouche, les mots coincés dans sa trachée. Quel que soit le plan qu'il avait pour ce soir, ça ne se passe pas du tout comme prévu.

— On m'avait dit que tu étais barré, mais là, c'est complètement dingue, marmonne mon agresseur d'une voix fébrile.

— Tu gâches mon œuvre, répète Kael, d'un ton égal.

De toutes les personnes que je m'attendais à voir, de toutes celles que j'aurais priées de venir me sauver, il fallait que ce soit celle qui est plus dangereuse pour moi que mes ravisseurs.

Dieu a vraiment une dent contre moi, putain.

— Je lui ferai pire si tu ne recules pas, crache Artem qui a repris de son sang-froid.

— Faut se décider, chantonne Kael. Je la tue ou tu le fais. Mais je dois te prévenir que quoi qu'il arrive, tu ne rentreras pas chez toi ce soir.

Kael amène ses doigts vers son masque et le silence gagne l'entrepôt tandis que je fixe son visage se dévoiler à mesure qu'il le retire avec un mouvement traînant.

Quand ses traits sont à l'air libre, mon rythme cardiaque s'emballe à la vue de la froideur qui recouvre son faciès.

Il n'y a aucune trace d'arrogance ni d'humanité.

Juste du marbre glacé à l'instar d'une statue.

Ses yeux se déplacent au-dessus de mon épaule et je sens une vibration de la tranche. Un filet de sang chaud glisse jusqu'à mon décolleté exposé.

Je clos les paupières.

Artem piaille comme un animal acculé par un fauve tandis qu'il mesure ce que signifie le geste de Kael.

Le baiser de la mort.

CHAPITRE 20

Mes prunelles parcourent sa peau perlée de sueur.

Il est étendu sur le ventre, les jambes serrées l'une contre l'autre. Je suis assise à califourchon sur le haut de ses cuisses toniques, me délectant de la vue de ses fesses athlétiques.

Il les resserre et les remue par intermittence. Un coup la droite, un coup la gauche.

J'éclate de rire.

— Vous cherchez à me charmer avec vos tours de passe-passe, monsieur le bodybuilder, me marré-je.

Il soulève légèrement son buste sous moi et tourne la tête par-dessus son épaule, un sourire espiègle en coin.

— Est-ce que ça marche ?

J'empoigne à pleines mains ses deux globes ronds et les presse comme deux fruits bien mûrs. Je me mordille la lèvre quand il les contracte et les rend plus durs.

— Ça me donne envie d'y enfoncer mes dents, répliqué-je d'une voix lourde de désir.

— Hum… la poignée de mon couteau pourrait aussi s'enfoncer entre les tiennes, suggère-t-il goguenard.

Cette perspective m'embrase comme un feu sauvage. Mais je suis encore un peu endolorie de nos ébats d'il y a quelques minutes. Je ne suis pas encore prête à ce qu'il rejoue avec mon corps.

— Puis-je te toucher ?

Il fronce les sourcils un instant, puis acquiesce lentement.

Sans attendre, je déplace mes mains plus haut et entame un massage le long de ses dorsaux. Il souffle et se laisse retomber face contre le matelas.

Ses muscles se relâchent sous mes attentions. Je repousse la douleur dans mon palpitant à chaque aspérité, chaque cicatrice sur laquelle je passe.

Je choisis plutôt de me noyer dans la beauté du tatouage qui orne toute la surface de son épiderme.

La Grim Reaper au faciès squelettique et encapuchonné qui me regarde.

Il y a quelque chose de magnifique et à la fois terrible dans ce motif.

Il dépeint plus qu'une légende. Il est la personnification de cette part sombre et ténébreuse qui se cache sous cette belle apparence. Le crâne sur lequel rampent mes doigts, un rappel de cet accoutrement qui m'a terrifiée ce soir-là.

La première chose que j'ai vue de Dayan. Celui qui dissimulait non pas un visage, mais deux.

— Pourquoi portes-tu un masque ?

Il ne bouge pas, mais je le sens se tendre sous mon poids.

Le silence s'étire entre nous et je me demande presque s'il est encore éveillé. Après tout, il est plus de 2 h 30 et il s'est défoulé sur moi durant plus d'une heure.

Au moment où je m'apprête à me pencher sur lui pour vérifier ma théorie, il se cambre, me faisant sursauter en m'arrachant un glapissement.

Avec souplesse, il se retourne en dessous de moi et se cale sur le dos.

Il empoigne mes hanches pour me stabiliser en me plaçant sur son apex. Je déglutis et tente de calmer mon rythme cardiaque qui pulse bien trop vite.

Il replie son bras sous sa nuque. Ses billes se campent sur le plafond.

Je me courbe à mon tour, reposant ma joue contre sa poitrine. Son cœur qui bat sous mon oreille à une cadence lente m'apaise.

— En Europe, au XIIe siècle, lors de l'épidémie de peste, les docteurs ont revêtu des masques à longs becs. On les appelait les médecins de la peste. Les individus qui l'exhibaient ont eu la réputation de faire planer la mort au-dessus du lit des malades.

Lorsqu'une personne atteinte en apercevait un, elle savait que son heure approchait.

Je plisse les sourcils sans me mouvoir.

— La symbolique a évolué au fil du temps, précise-t-il. Chaque population en a fait un emblème différent. Allant d'un signe folklorique à un simple déguisement.

Je dessine des esquisses abstraites du bout de l'index sur son pectoral gauche, m'imprégnant de toutes ces infos.

— C'est aussi une façon de conserver l'anonymat, mentionné-je en pensant à ces hackers qui se font surnommer Anonymous.

Sa main se faufile vers mon échine tout en faisant des cercles.

— C'est également une marque d'appartenance, comme les gangs arborent des encres, explique-t-il.

Je décolle ma pommette de son poitrail et soutiens ma tête dans ma paume.

— C'est ton cas ?

Son menton s'incline tandis qu'il me dévisage.

— Non.

— Alors, quoi ? Il garde ton portrait hors des caméras et de tous témoins, mais Kayden se trimballe partout à découvert sur le campus et ne camoufle pas trop ce qu'il y fabrique, plaisanté-je nerveusement. Pourtant, ce soir-là, vous portiez tous les deux un déguisement identique.

Il fronce les sourcils et pousse un long soupir alors qu'il relève sa tête vers le plafond.

— Que représente-t-il pour toi ?

— Personne ne connaît le véritable aspect de la faucheuse, petite. Le jour où tu es confronté à son regard, alors il est trop tard.

Kael effectue un pas de plus, ses jambes frôlant les miennes.

— Delon voulait m'envoyer un message, débute-t-il d'un ton calme. Je l'ai bien reçu. Et s'il avait été honnête avec toi, il t'aurait mis en garde contre moi.

Avant même d'avoir fini sa phrase, ses doigts se referment autour de la poigne d'Artem et lui extraient le couteau de la main. Il se jette sur lui, l'éjectant contre un mur à proximité. Un coup de feu part, mais personne ne crie. L'arme claque par terre accompagnée d'une plainte étranglée.

— Il t'aurait dit que je ne suis pas très bavard, ajoute-t-il.

Quand j'établis un contact visuel avec Red, ses sourcils sont pincés, ses iris étincellent de rage et cette fois-ci, je n'ai aucun doute sur le destinataire de ses sentiments.

Je me détourne vers ce qui se passe à ma droite.

Kael épingle Artem contre le parapet, tire son coude en arrière, puis le déplie vers l'avant. Le bruit spongieux et humide qui suit est couplé des suppliques de l'homme.

— Il t'aurait prévenu que toucher à ce qui appartient au Reaper est un acte qui ne reste pas impuni.

Kael laisse tomber le poignard, s'empare de la nuque du policier et le projette vers moi.

Toute une traînée de sang se répand de l'intérieur de sa cuisse à son genou. Il le pousse vers le bas et ses rotules frappent lourdement le béton avec un écho sourd.

Ils sont si proches de moi que je me cambre vers le dossier, même si je ne gagne qu'un centimètre. D'un geste rapide, Kael expose mon ventre jusqu'à la naissance de mes seins.

Il s'abaisse vers l'oreille du policier.

— Qu'est-ce que tu vois ici ? exige-t-il.

Les yeux d'Artem s'écarquillent alors qu'il traite les initiales.

Kael empoigne ses cheveux en le décollant de quelques centimètres du sol.

— Je... je suis désolé, clame-t-il, mais ses paupières sont fermées.

Je me fige au moment où je capture l'expression meurtrière et possessive de Kael. Je commence à grelotter sur la chaise, la salive s'accumulant dans ma cavité buccale.

Les gémissements de Red s'accentuent. Elle a aperçu les lettres qui entachent ma chair. Celles qui montrent la propriété de l'homme qu'elle aime.

— Excuse-toi correctement, sollicite-t-il calmement.

— Pardon, débite-t-il. Je suis navré, Axelrod a dit...

D'un geste rapide et sec, Kael enfonce la tranche dans son flanc, m'arrachant un sursaut.

— Regarde-moi quand tu t'excuses, revendique-t-il.

Alors qu'Artem, blêmissant, hurle d'agonie, Kael s'accroupit, reposant les avant-bras sur ses genoux.

Je retiens mon souffle. Red émet un grognement, les cordes qui la maintiennent grincent.

Kael pivote légèrement son attention vers elle.

Je suis à mon tour et la distingue se débattre plus fort contre ses liens. Les raclements de gorge qu'elle diffuse sont étouffés par les lamentations d'Artem à mes pieds.

Mes sens sont submergés par les odeurs ferreuses mêlées désormais à une autre plus âcre et piquante d'ammoniaque.

Je plisse le nez à cet effluve d'urine qui me parvient.

Je redresse la nuque au moment où Kael se relève, son regard toujours froid accroché sur Red.

Contre toute attente, il lui adresse un rictus, puis un coup de pied latéral. Le pif d'Artem se brise suivi par sa tête heurtant le ciment.

Kael le tire d'un coup sec par le col, le tourne une fois de plus vers moi. Ses prunelles m'implorent comme si je pouvais le sauver. Je bifurque vers la coulée vermeille qui longe son nez jusqu'à ses lèvres.

Son tourmenteur agrippe sa tignasse sur le sommet et tire vers l'arrière. Il expose son gosier et je suis le mouvement de sa pomme d'Adam qui monte et descend. Je remonte ma ligne de mire sur Kael. Ses iris se plantent sur les miens, sa mine prenant une tournure glauque.

Il me fait un clin d'œil et lestement, glisse la lame d'une oreille à l'autre sans se départir de cette extase qui anime son minois.

Du liquide épais jaillit. Il ne se détache pas de la dépouille avant un moment, me laissant avec cette vision de sève qui coule comme une cascade, d'orbes vitreux et sans vie posés sur moi.

Enfin, il le relâche, puis se campe debout avec une œillade sombre braquée sur moi. Je dodeline du chef de gauche à droite.

D'une poigne ferme, il immobilise mon crâne. Je plonge mes rétines emplies de colère dans les siennes.

Sans un mot, il m'arrache la bande collante et avant que je puisse inspirer, sa bouche est sur la mienne. Ses dents claquent contre les miennes alors qu'il m'embrasse sauvagement.

Son emprise se desserre pour prendre mes joues en coupe entre ses doigts ensanglantées.

De longues secondes s'écoulent et quand il se retire enfin, nous laissant tous les deux respirer, il jubile comme un maniaque.

Il se penche sur le mort et fouille dans ses poches. Il passe derrière moi, puis déverrouille mes poignets. Quand mes bras sont libres, il s'attaque aux cordages autour de mes chevilles.

Il me traîne sur mes pieds, je perds l'équilibre et mes mains tombent contre ses épaules. Je sens quelque chose de chaud et d'humide sous l'une d'elles, ce qui me fait frissonner.

Il trébuche en arrière, contre le mur, s'affalant vers le sol avec moi dans son étreinte.

Je fixe son sang sur ma paume, bouche bée alors qu'il me tient, la nuque appuyée contre la cloison, son teint pâlissant.

— Kael, plaidé-je.

L'affolement me submerge.

Il sourit, les paupières baissées.

— J'adore t'entendre prononcer mon nom, susurre-t-il.

J'encadre son visage, le secouant. Je suis horrifiée par son pull imbibé, terrifiée par ses yeux fermés. Je tremble parce qu'il ne remue pas.

— Kael! Bon Dieu, ne me lâche pas maintenant! hurlé-je.

Mon regard vire vers Red qui a le sien planté avec horreur sur lui.

Je ne bouge pas, mon cœur martèle dans ma poitrine. Je suis pétrifiée sur place, incapable de faire un geste, de me décider.

Je jette un œil à son sweat, le tissu noir lui colle dorénavant.

Comment n'ai-je donc pas remarqué tout ce sang avant?!

Il ne peut pas être si blessé que cela. Pas après avoir fait tout ce spectacle, putain!

Je me fais violence pour reprendre mes esprits. Je me rue sur sa fermeture Éclair, l'abaisse avec des doigts tremblants puis les passe sur le T-shirt. Je prie intérieurement tout en les déplaçant plus haut.

Quand je repère la chaleur et la moiteur de son fluide vital, un sanglot me déchire la gorge. Je me mords l'intérieur des joues pour garder le cri qui menace de retentir tout en tâtonnant à la recherche du trou d'impact.

Je touche son pectoral et échappe une plainte quand je ne trouve aucune blessure à cet endroit. Cependant, la source d'hémoglobine est trop importante et proche pour écarter tout danger.

Je remonte encore lentement et à quelques centimètres au-dessus, mon ongle accroche sur une déchirure. Je recule, sondant le buste de Kael pour jauger de la distance de mon index en rapport de l'emplacement de son cœur.

J'explose d'un sanglot quand je réalise que mon doigt se situe juste au-dessus de son palpitant.

Je comprends à cet instant ce qui s'est passé.

En se déchaînant comme il l'a fait, il a déplacé la balle.

Ma vue trouble se lève vers son beau minois. Sa peau habituellement hâlée est très blanche.

— J'ai pris une balle pour toi, tu m'en dois une, chuchote-t-il avec peine.

Une nouvelle vague de larmes me serre la trachée.

— J'ai assez saigné pour toi, dis-je d'une voix étranglée.

Ses commissures s'étirent de béatitude. Il déglutit avant de murmurer :

— C'est la chose la plus magnifique que j'ai jamais vue.

Et malgré ce que mon cerveau me dicte, je l'embrasse. Il ne répond pas à mon baiser, son souffle s'estompe, je m'arrache de ses lèvres.

La panique s'empare de mes cellules, assaillant chaque fibre de mon être.

Je ramasse le poignard et accours vers la fille aux cheveux de feux.

Je m'accroupis derrière elle. Elle me scrute par-dessus son épaule, seul le son de nos respirations se mêlant à la tranquillité morbide ambiante. Je coupe en premier le bandeau à l'arrière de sa tête, me préparant à ses insultes. Seulement, elle ne m'offre rien tandis que je sectionne avec empressement les cordes qui entravent ses poignets.

— Tu dois l'aider, commandé-je.

Elle fronce les sourcils.

— Il a besoin de toi, Red, insisté-je d'un timbre résigné.

Elle soupire et hoche la tête.

Dès qu'elle est libre, elle se met immédiatement au travail sur Kael, appliquant une pression sur sa plaie.

— Prends son téléphone, m'indique-t-elle.

Je m'agenouille de l'autre côté, fouillant frénétiquement dans les poches de son haut écarté. Je frôle quelque chose de métallique, mais c'est tout.

Je pousse ma main sous le corps lourd, percevant le renflement d'une poche arrière. J'extrais l'objet fébrilement et expulse un soupir à la vue du cellulaire.

Alors que je m'apprête à contredire ses plans, elle me l'extorque, le pose sur le torse de Kael avant de composer le code de déverrouillage.

Une couche de glace recouvre ma chair, mon esprit devient brumeux. Je me lève lentement et m'éloigne.

Pendant qu'elle appelle quelqu'un, parlant rapidement à voix basse, je me tiens à moitié nue au milieu du sang et des cadavres, frissonnant avec mes bras enveloppés autour de mon ventre.

Au moment où Red stoppe la communication, elle se tourne pour me regarder par-dessus son épaule, sa souffrance me terrasse.

Je me bâillonne sous mes paumes souillées.

Toute la douleur est prisonnière, tout comme l'air l'est de mes poumons.

— Va-t'en, croasse-t-elle.

Inapte à parler, même de respirer, je suis pétrifiée.

— Dégage ! hurle-t-elle.

Son intonation agit comme un seau d'eau froide, mes jambes se meuvent. Je me replie de plus en plus vite, ne me retournant qu'une fois que la brise extérieure lèche mon écorce.

Les hurlements de détresse de Red brisent le silence.

Et c'est à ce moment-là que la réalité me frappe.

Comme la foudre qui s'abat sur un arbre, elle me fend en deux. Ne laissant derrière son passage que des débris calcinés de mon cœur.

Le temps m'a appris à l'aimer. La mort était son amour.

Le temps et la mort ont tout repris.

Ne reste que l'amour qui, en un claquement de doigts du destin, devient une maladie qui mène à petit feu au suicide de l'âme pour celui qui reste vivant.

CHAPITRE 21 — Lake

8 mois plus tard

J'ai déménagé à Washington pour mon travail. Après l'obtention de mon diplôme d'ingénieur en aérospatiale, j'ai obtenu un poste à la NASA.

Tout ne s'est pas déroulé en douceur pour autant.

J'ai espéré durant cinq mois. Traquant le moindre signe de sa présence tapie dans l'ombre. Prié pour que chaque individu vêtu d'un sweat noir à capuche soit lui. À chaque déception, mon cœur s'est délité un peu plus dans ma poitrine.

Ç'a été une passe difficile, rythmée par des crises de larmes et de fureur contre le monde entier. Je me suis renfermée sur moi-même pour panser mes plaies et mes désillusions.

La séparation avec ma famille a été une couche supplémentaire sur le supplice poignant de son absence. Me retrouver seule a été un des moments les plus compliqués.

Et puis le temps a guéri lentement mes blessures.

J'ai survécu à bien pire et c'est ce qui m'a aidée à avancer.

Ça et les appels en visio que nous suivons religieusement chaque semaine avec mon frère et ma mère. Grayson est parvenu à conquérir mon frère quand ils ont découvert leur passion commune pour les jeux vidéo. Mon départ a peut-être précipité les choses, mais maman et Nate ont récemment emménagé chez lui.

Après avoir laissé beaucoup derrière moi, j'ai franchi une autre étape et réussi à dire au revoir à l'homme qui me rattachait à la douleur qui m'avait trop longtemps tenu compagnie. Je me suis réconciliée avec mon corps et libéré mon esprit de toutes traces de désolation. Je n'ai plus ressenti la nécessité d'expier mes émotions négatives en me taillant.

J'ai eu mon premier tatouage. Une magnifique galaxie qui recouvre le dessous de mon sein. Même si elle n'est qu'un pansement sur une période intense de ma vie, elle suffit à me remettre sur la voie du bonheur.

J'ai redoublé d'efforts pour ne pas me laisser envahir par les ténèbres qui menaçaient de mettre mon bien-être en l'air et je me suis approprié cet endroit pour en faire mon sanctuaire. Je me suis enfermée dans cet appartement que je détestais tant et j'ai appris à l'apprécier. J'en ai fait mon havre de paix. J'ai déballé tous les cartons. Trié mes affaires et fait don de ce qui me tirait vers le bas.

J'ai accroché des affiches sur les murs, mis ma touche de couleur. Le portrait de papa trône fièrement sur le parapet du salon, juste à côté d'une photo de famille prise lors d'une fête de quartier alors que j'avais onze ans.

Assise, les paupières toujours fermées, je m'étire tout en me baignant dans le calme qui m'entoure. Je gémis et chasse les dernières traces de sommeil de mes yeux, il est temps de me bouger. Avec l'indépendance viennent les corvées comme celle de remplir les placards et mon estomac grondant.

Je jette mes jambes hors du lit, rechignant toujours à affronter la clarté que je perçois à travers la fine membrane qui voile ma vision. Je suis à quelques secondes de me hisser quand une sensation désagréable de ne pas être seule me démange. Mes pupilles s'adaptent à la lumière rapidement. Une silhouette se tient près de la fenêtre, les bras croisés.

— Toujours aussi sexy, charrie-t-il en détaillant ma tenue, une combinaison de nuit avec des nuages et des moutons.

Kayden me considère avec un sourire aux lèvres.

J'adopte la même posture dans une vaine tentative de conserver ma pudeur. Je n'ai aucun sous-vêtement et mes mamelons semblent ne pas avoir reçu le message «on a peur».

Je lui retourne une œillade sombre, lui renvoyant la faveur en y projetant toute la haine que je lui voue. Même après tous ces mois passés, mes sentiments belliqueux à son égard ne se sont pas taris.

Il est toujours aussi beau, mais cela ne change rien au fait que c'est un connard détestable. Il endosse des vêtements plus habillés qu'à son habitude et une paire de gants en cuir qui me fait frissonner et déglutir au pincement que ça provoque à mon organe vital.

— Qu'est-ce que tu fous chez moi ? demandé-je d'un ton acide.

Il exécute un tour visuel de la pièce, comme s'il inspectait ma décoration et ne la jugeait pas à son goût.

— Chouette déco, lâche-t-il platement.

Je me lève.

— Ça sera plus facile si tu n'essayes pas de courir, ajoute-t-il.

L'avoir ici, dans mon espace personnel, ravive trop de souvenirs douloureux. Hors de question que je replonge dans les méandres de cette géhenne. M'éloigner est nécessaire pour ma santé mentale.

Je fonce vers la sortie, l'ouvrant à la volée, à quelques secondes de franchir le salon/cuisine quand je sens qu'on ceinture mon ventre et me tire en arrière.

Je me courbe en avant, le faisant pencher contre mon dos et le bascule par-dessus. Il s'écroule lourdement alors que je me redresse pour m'enfuir.

Seulement, il est plus rapide et sa main s'enroule autour de ma cheville, mon élan me fait chuter à mon tour face contre terre.

Je suis retournée, mon échine claque contre le parquet alors qu'il utilise tout son poids pour m'épingler sur place.

— Tu es toujours aussi têtue, remarque-t-il, souriant jusqu'aux oreilles comme si j'avais fait quelque chose de drôle.

Je lui rends son sourire. Un large et bien piquant qui lui fait froncer les sourcils une fraction de seconde avant que je ne force sur mes abdos et que mon front ne cogne de toutes mes forces contre le pont de son nez.

Sa sève éclate et il se relâche juste assez pour que je me libère. Je le repousse et profite de son étourdissement pour me relever. L'adrénaline qui parcourt mes veines me procure un sentiment de puissance que je regretterai plus tard.

— Tu n'aurais pas dû te pointer ici, enfoiré ! Je me tape de savoir ce qui t'amène, mais au cas où tu n'aurais pas eu le mémo, j'en ai fini avec vous et votre merde.

— Je crains de ne pas pouvoir faire ça, répond-il. J'ai été envoyé ici pour te chercher. Ce sera plus simple si tu viens volontairement, mais je n'hésiterai pas à user de la force.

Il s'incline plus près de moi, je refuse de battre en retraite et de lui fournir la satisfaction de croire qu'il m'intimide avec ses menaces.

— Ça ne t'a pas trop réussi jusqu'ici, le défié-je.

Il secoue la tête, laissant tomber plus de sang sur sa chemise grise. Je baisse les yeux vers le sol et grimace à la vue des souillures sur le plancher.

Poussant un soupir, je le dépasse et trace jusqu'à la kitchenette. Je m'empare d'un rouleur de papier absorbant et sursaute en le trouvant juste derrière moi.

Sans un mot, j'en arrache un et le lui enfonce dans la figure.

Son sifflement de douleur me galvanise alors que j'ignore son regard sombre quand il le saisit.

Je m'écarte un peu tandis qu'il s'évertue à stopper le flux en renversant le crâne en arrière.

— Il ne faut pas faire ça, préviens-je.

— Quoi ? demande-t-il d'un timbre étouffé.

— Pencher la tête en arrière, précisé-je. C'est une idée reçue en fait. Ça n'arrêtera pas le saignement, mais en plus, le sang coulera dans ta gorge. Tu risques de vomir ou pire, de t'étouffer.

Ses orbes me capturent tandis qu'il abaisse son visage et j'y discerne un rictus caché derrière le mouchoir.

— Tu t'inquiètes pour moi, Braxton ? fanfaronne-t-il de cette intonation toujours aussi caverneuse.

Je le contourne en lui donnant un coup d'épaule pour me diriger vers l'évier. Je passe un torchon sous l'eau et retourne sur mes pas.

Je m'accroupis et m'attelle au nettoyage des dégâts. La caution était exorbitante, je n'ai pas l'intention de la perdre. Et astiquer m'aide à garder mon calme.

Je souffle quand enfin le bois récupère son aspect naturel. Au moment où je me remets debout, Kayden se plante devant moi. Sa frimousse est propre, si ce n'est les légères croûtes qui trahissent ce qui s'est passé à l'entrée de ses narines.

Merde, je ne lui ai pas refait la façade.

— Tu ne vas pas partir, n'est-ce pas ? énoncé-je comme une évidence dont nous sommes conscients tous les deux.

Il dodeline lentement du chef, la mine solennelle.

Il s'avance, sa bouche se rapprochant dangereusement de mon oreille.

— Je ne peux pas. Quelqu'un d'important désire te voir et je n'ai pas d'autre choix que de lui obéir, chuchote-t-il en me filant des frissons de malaise.

Est-ce Delon Axelrod ? Suis-je sur le point d'être rattrapée par les derniers mois maintenant qu'il n'est plus là pour me préserver ?

— Si j'avais voulu parler, je l'aurais fait depuis longtemps, plaidé-je.

Tout mon bonheur éphémère s'est évanoui ; mes palpitations cardiaques s'emballent.

— Je sais, murmure-t-il. Nous agirions différemment si j'étais celui qui commande, mais je ne le suis pas. Je suis uniquement les instructions.

Je recule pour mieux l'examiner, tâchant de lire sur ses traits ce que me réserve mon avenir. Mais je n'y rencontre que de la compassion et une contrition qui me rongent de l'intérieur.

Des larmes obstruent ma vision, ma trachée se resserre, me privant de l'oxygène dont j'ai besoin.

— Je suis désolée, croassé-je.

Mon organe vital semble soudain cesser de battre. Des taches noires flottent dans mon champ visuel. Mes poumons s'effondrent et tout l'air à l'intérieur est retenu captif par ma peine.

Je me retrouve enfermée dans une bulle exempte de son, de chaleur, de couleurs. Mon corps est comme une prison de béton dans laquelle mon âme est prisonnière sans possibilités de se libérer.

J'ai soudain l'impression de chuter. Des voix hurlent sans que je parvienne à comprendre ce qu'elles tentent de dire.

Elles sont trop loin. Je dois être en train de me noyer, car elles paraissent venir d'une surface sous laquelle je me situe.

Le regret et le chagrin constituent les eaux qui me submergent.

Pourquoi l'ai-je abandonné ?

Pourquoi ai-je rompu ma promesse ?

Parce que tu voulais le protéger, assure l'une.

Parce que tu étais sa faiblesse, ajoute une deuxième.

Parce que tu es une égoïste, invective une troisième. Il t'aimait et tu l'as abandonné comme tu l'as fait avec ton père.

Tu ne mérites pas leur amour, me nargue la même.

Tous ceux que tu aimes finissent par mourir à cause de ce que tu es !

Tu es faible ! Tu aurais dû claquer à leur place !

Ils sont morts à cause de toi, raille une autre.

C'est toi qui devrais saigner ! Saigne-toi, saigne-toi, saigne-toi, saig…

— LA FERME !!!! LA FERME !!! m'égosillé-je en me plaquant les paumes sur les oreilles. Je ne suis pas faible ! Ce n'était pas ma faute !

Le froid les atteint alors que ma vue fait le point sur l'homme qui se tient face à moi, ses mains enroulées autour de mes poignets. Son attitude est troublante tandis qu'il sourit comme le chat du Cheshire.

— Tu es vraiment barjo, se marre-t-il. Mais ça ne change rien. Tu dois venir avec moi.

Je m'arrache de sa prise et m'éloigne pour imposer de la distance entre nous.

Il exige que je l'accompagne sans lutter. S'il s'imagine que je vais me laisser faire, il se fourre le doigt dans l'œil. Il croit que je suis folle ? Il n'a aucune idée à quel point il a raison.

Je pensais ce que j'ai dit. J'en ai fini avec toutes ces histoires et je suis sur le point de le leur prouver, peu importe qui ils sont.

Je suis la digne fille de mon père, putain !

Alors qu'ils creusent plusieurs tombes, car je les embarquerai avec moi avant qu'ils ne touchent à un seul de mes cheveux.

— Très bien, accepté-je.

Il me fixe un moment, une expression circonspecte comme s'il ne me faisait pas confiance.

— D'accord, notifie-t-il d'une locution lente. Mais pas d'entourloupe, meuf Ninja. Je suis sérieux. Je ne veux pas avoir recours à des méthodes extrêmes, mais je le ferai si tu m'y forces.

Je roule des yeux et croise mes bras sur ma poitrine. Ce qui me fait reprendre conscience de ma tenue inappropriée pour un voyage.

— Il faut que je me sape, expiré-je dans un jeu d'actrice dont je n'ai pas beaucoup de mérite, car mon exaspération est nourrie par sa simple suffisance et propension à croire qu'il m'a vraiment sous sa coupe.

Serpentant jusqu'à mon placard, j'ouvre ses portes. Je commence par tirer un sweat à capuche des Wizards et un jean. Je m'accroupis pour ramasser ma paire de baskets.

— Il fait chaud à en crever, tu es sûre de ne pas préférer mettre un de ces shorts, lance Kayden.

Avec un rapide coup d'œil par-dessus mon épaule, je le trouve debout près de l'accès, me matant.

— Ça te ferait trop plaisir, pervers, grogné-je. Et puis je n'ai pas envie de me retrouver exposée pour ton boss, je ne lui offrirai aucun morceau de moi avant de clamser.

Il rit comme si c'était drôle.

— Tu es encore plus dramatique que Len, je n'aurais jamais cru que c'était possible.

Je me relève, mon tas de vêtements en main et me poste devant lui, un sourcil arqué.

— Soit tu dégages d'ici, soit je vais m'habiller dans la pièce à côté.

Il m'adresse un sourire carnassier qui me laisse de glace.

— Je ne voudrais pas manquer le spectacle, taquine-t-il en mordant dans l'air.

— Va te faire foutre, claqué-je.

Ses billes se font enjôleuses tandis qu'elles longent ma silhouette.

— Tu pourrais avoir le projet saugrenu de t'échapper, ronronne-t-il.

Je pousse un rire bref.

— Je n'ai aucun moyen de sauter de cinq étages et je n'ai pas le temps de fabriquer une corde avec les draps, abruti, contré-je d'un timbre las.

Mon jeu semble avoir son effet une fois de plus, car il se dégonfle comme un ballon de baudruche.

— Qu'est-ce que tu me caches ? demande-t-il, ses prunelles me perçant comme des lasers à la recherche de la moindre trace de supercherie.

Je hausse les épaules avec nonchalance.

— Ce n'est pas parce qu'une femme tient à son intimité qu'elle complote tout de suite pour s'enfuir, idiot, soupiré-je. Tu as vraiment du mal avec ton ego.

Son regard devient plus obscur. Toute marque d'amusement est effacée par son amertume coutumière envers moi.

— Bien, tu as cinq minutes, pas plus, concède-t-il.

Je me dirige vers ma salle de bains. Alors que je m'apprête à verrouiller à clé, le bout de sa chaussure retient la fermeture.

Il repousse le battant, me contraignant à battre en retraite au moment où il entre.

Il l'inspecte et dès que son intérêt se pose sur le coulissant trop étroit pour laisser passer un gabarit comme le mien, il se détend.

— Ça convient à Sa Majesté ? ironisé-je.

Il me dédie une œillade torve, puis il claque le vantail derrière lui.

Dès que je suis seule, je m'empresse de me débarrasser de mon pyjama. Je souris en apercevant ma culotte en coton style grand-mère. La pensée de finir dans un trou avec cet attirail me fait pouffer comme une hystérique. Je n'emporterai pas dans mon cercueil le plus bel ensemble de ma collection.

Un coup est frappé contre la cloison, coupant aussitôt mon délire. Je me dépêche d'enfiler mon pantalon et me baisse devant le meuble de vasque.

— Tu fous quoi là-dedans ? se renseigne Kayden à travers le bois.

— Je pensais au fait que j'allais mourir dans une culotte de grand-mère et abandonner ma collection sexy ici, débité-je tout en décalant les boîtes de l'étagère devant moi.

Ma voix surpasse parfaitement le bruit.

— Quel gâchis, se gausse-t-il. De la si jolie lingerie mérite d'être traitée avec soin et non pas terminer dans un bordel de bonnes œuvres.

Je me statufie à la perspective qu'il en sait un peu trop sur ladite lingerie. Ce qui me donne une ouverture pour continuer la conversation et camoufler le grabuge des flacons que je déplace.

— Tu sembles en savoir beaucoup sur le sujet, Kayden. Tu ne t'es pas contenté de me loucher à travers la caméra de mon portable ou je me trompe ?

Je suis maintenant face au coffre qui renferme mon salut. Ma phonation a couvert les plus petits sons. Le plus gros reste à faire.

Durant le silence, mon rythme cardiaque s'accélère. La crainte qu'il ne découvre mon subterfuge me fait suer.

Pour ne pas perdre de temps et risquer qu'il me surprenne en soutif, je dévie de mon objectif et passe le pull à capuche, puis chausse mes sneakers.

Alors que tout espoir de déverrouiller la malle qui scelle mon but se délite, ses propos résonnent à nouveau.

— J'étais sincère ce soir-là, à la fête, déclare-t-il et je me fige un instant, les sourcils froncés. Tu m'intéressais vraiment. Je te trouvais splendide. Tu te démarquais dans cette masse d'étudiantes tout aussi affriolantes les unes que les autres.

Je reprends vite mes esprits.

— Je ne vois pas ce que j'avais de plus si ce n'est une aversion pour l'endroit. Et puis c'est toi qui m'as plantée comme une conne, je te signale, prononcé-je un peu fort pour couvrir les bips aigus quand je tape le code de déverrouillage.

J'expulse un long soupir en distinguant le clavier clignoter en confirmation.

— Tu joues à quoi là-dedans, Braxton ? s'enquiert-il suspicieux.

Juste au moment où je verrouille le coffre, la porte s'ouvre.

Je tire le bas du sweat sur mes hanches tandis que je lui fais face. D'une légère poussée du talon, je referme le placard bas.

Il balaye mon anatomie et je m'accroupis, gardant mon attention sur lui tandis que je boucle mes lacets.

— C'est toi qui as évoqué cette histoire comme si tu avais des remords.

Je me redresse et me campe face à lui, les mains sur les hanches.

— Dis-toi que nous n'étions pas destinés à autre chose que la haine que nous éprouvons l'un pour l'autre, assuré-je.

Un rictus amer écorche ses lèvres pincées.

— Si je n'avais pas été appelé par les affaires, tu aurais écarté ces jambes pour moi, certifie-t-il en pénétrant dans la pièce exiguë.

Il est si proche que nous partageons le même air. Simplement, je refuse de céder à son intimidation. Je me poste plus droite en étirant ma colonne vertébrale.

— Ou j'aurais fini par t'étrangler dans ton sommeil, susurré-je, nos nez se touchant presque.

Il siffle et recule la tête. Ses iris fouillent mon visage, puis un sourire anime ses traits.

— Tu ne l'as pas en toi, se moque-t-il.

Je secoue le chef.

— Non. Parce que je n'ai rien à voir avec les types dans ton genre, Kayden. Et c'est pour ça que je n'aurais jamais couché avec toi.

Un éclat de rire agite ses épaules, tendant le tissu de façon précaire sous ses muscles qui ondulent.

— Je ne comprendrai jamais ce qu'il a vu en toi, s'esclaffe-t-il.

Ses mots sont comme des gifles.

— Tu ne lui arriveras jamais à la cheville, m'étranglé-je bouleversée.

La froideur a remplacé la chaleur en une fraction de seconde.

— On ne le saura jamais, tranche-t-il sèchement.

Aucun de nous ne s'en tire à bon compte finalement, car si j'ai perdu l'amour, Kayden a perdu bien plus.

Son frère.

CHAPITRE 22

— Où est-ce que tu m'emmènes ? demandé-je.

Cela fait plus d'une demi-heure que nous roulons et je commence sérieusement à flipper.

L'arme cachée derrière moi me rentre dans les reins et la route défoncée ne fait rien pour améliorer mon confort. J'ai au moins la satisfaction que cet imbécile a gardé ses mains pour lui et n'a pas fouillé mon corps.

J'ai craint un instant qu'il la découvrirait quand il m'a attaché les poignets avec des colliers de serrage en plastique plus tôt. Néanmoins, sa répulsion pour moi et mes menaces éloquentes l'ont tenu à l'écart.

Son travail d'amateur sera peut-être ma chance salvatrice après tout.

— Tu verras, lâche-t-il. On y sera bien assez tôt.

— Comment se porte Lennox ? interrogé-je pour canaliser mon angoisse.

Il pousse un soupir qui ressemble plus à un son moqueur.

— La peur te fait dire des trucs étranges. Depuis quand tu te soucies d'autre chose que toi-même ?

— Je n'ai pas peur.

D'accord, c'est un mensonge, mais au moins, il l'ignore. Sauf si l'on oublie ma jambe qui tressaute sur le plancher et les gouttes de sueur qui dévalent mes tempes. Ça ou cette putain de tenue trop épaisse par un temps pareil. N'empêche, ça serait une perte de salive que d'essayer de me justifier.

Il ricane à nouveau.

— Quel est ton problème, Braxton ?

— Le problème, c'est vous tous, en fait, craché-je, le faisant rire franchement.

Il a l'air d'un gars tellement insouciant en ce moment. Mais quand on le connaît un peu plus et qu'on creuse sous la surface, tout ce que l'on trouve, c'est plus de vide.

— Et moi qui pensais que tu te tracassais pour Len, se moque-t-il.

Je lui dédie une œillade sombre depuis la banquette arrière quand nous établissons un contact visuel à travers le rétro central.

— Oh ! inutile de me braquer avec ton regard de tueuse, se marre-t-il.

— Libère-moi de ces machins et je te montrerai de quoi je suis capable, le provoqué-je en remuant sur mon assise.

Kayden reste silencieux pendant un moment, puis il marmonne quelque chose qui me retourne les tripes de la pire des manières.

— Tu ignores vraiment qui nous sommes, n'est-ce pas ?

Ses astres se fixent à nouveau sur les miens dans le miroir.

— Le savoir ne changerait rien, n'est-ce pas ? retourné-je d'un ton plat.

J'avais enfin repris le contrôle de mon existence. Atteint mon but en acquérant mon diplôme. J'avais décroché le job de mes rêves. Nate était enfin heureux et maman avait retrouvé le bonheur.

J'avais fait le deuil de l'amour de ma vie. Allant jusqu'à méconnaître toutes les raisons qui avaient conduit à son trépas.

Un goût amer sur ma langue envahit ma bouche tandis que je capte mon erreur.

L'ignorance n'est pas le meilleur des mépris.

Non.

Elle est la plus grande méprise qu'il soit quand le cœur est aux commandes.

Elle détruit tout espoir en écrasant la volonté d'une âme qui veut vivre au mépris d'une autre.

Elle fourvoie votre esprit en vous laissant croire qu'il y a de l'espoir.

Cette réalisation me percute tel un boulet de canon, broyant mon organe vital sans une once d'espérance d'en ressortir indemne.

J'ai été aveuglée. Trompée par mes désirs chimériques que je pourrais continuer dans un monde sans lui.

— Je suppose que ça se finit aujourd'hui, bougonné-je.

— Tout dépend de lui.

Je redouble d'efforts pour dominer mes réflexions. Je ne sais pas où nous allons ni pourquoi Kayden m'a emmenée, mais j'espère qu'avant d'être tuée, j'obtiendrai des réponses.

— Je l'aimais, avoué-je à mi-voix sans maîtriser mes paroles. Je les aimais tous les deux, aussi fou que ça puisse paraître.

Ses prunelles me sondent à travers le rétro central.

— Ça n'aurait jamais pu marcher vous trois, tu en es consciente ?

Des larmes perlent sur mes cils.

— On ne le saura jamais, murmuré-je en lui balançant ses propres termes.

Il se mure dans le silence pendant le reste du trajet.

J'ai dû piquer du nez, car quand mes paupières se soulèvent, la vue qui défile derrière la fenêtre me coupe le souffle.

Les résidences et les terrains sont colossaux, l'architecture chic et ancienne à la fois. Je me redresse et me penche entre les deux sièges, fronce les sourcils lorsque nous passons à côté d'un panneau sur le bord de la route indiquant : Bienvenue à Bethesda.

Je tente de garder mes émotions, mais mon contrôle se dissipe en un éclair lorsque nous nous arrêtons devant un énorme portail plein. Kayden presse un boîtier logé dans le pare-soleil et le panneau occultant s'ouvre aussitôt.

Nous avançons une fois le passage suffisamment large, je remarque des caméras suivant notre trajectoire. L'accès se ferme à la suite alors que nous roulons sur un chemin entièrement pavé, mais lisse.

Je me replace vers l'avant, capturant la demeure qui fait songer plutôt à un manoir.

Mon estomac s'agite, ma tension artérielle augmente tandis que je prends conscience à quoi cet endroit ressemble.

Une propriété digne d'un criminel comme Delon.

Je savais, lorsque j'ai trouvé Kay dans ma chambre, que mon monde était sur le point de s'écrouler, mais la situation est pire que je l'avais imaginé de premier abord.

Il gare la voiture, l'éteint et quitte l'habitacle. Il la contourne et ouvre ma portière d'un coup sec. Il se baisse, me jette un œil et pour la première fois depuis qu'il est réapparu, je suis inapte à bouger. Parce que je me doute qu'une fois que j'aurai mis un pied à l'intérieur de cette tanière à gangsters, je n'en sortirai jamais.

— Allez, chuchote-t-il. Ne rends pas cela plus compliqué.

Ses propos sont prononcés si calmement que mon pouls frappe mes tympans. Un sifflement s'y loge, m'enfermant dans une bulle.

Comme je ne bronche pas, il enroule une main autour de mon bras, me forçant à m'extraire. Kayden ne dit rien d'autre, me traînant vers l'entrée. Il me tracte à l'intérieur qui s'avoisine plus à un club de nuit qu'à un repaire de malfrats. Sérieusement, tout dans cette maison est luxueux, l'atmosphère s'apparente au domaine de la nuit.

Les murs sont gris-anthracite. Les moulures en sous bassement sont noires. Le sol en marbre est d'une teinte similaire, sombre et parfaitement mate. Les meubles sont laqués d'une couleur assortie. Seuls les lustres au plafond haut éclairent l'immense vestibule d'une lueur fuchsia. J'aperçois même un escalier où chaque marche est illuminée par des rampes de LED.

Ce n'est pas ce que l'on attendrait d'un homme de la stature de Delon Axelrod.

Il me tire à travers la galerie en direction d'un gigantesque espace ouvert.

Un salon grandiose donne sur une baie en arche vers l'extérieur.

Ici encore, la décoration est foncée. Le Noir et blanc se mélangent, les matériaux rivalisent entre eux. Métal, bois, béton. Tout est en accord malgré la différence de chaleur que chacun dégage.

L'écran géant, qui trône au-dessus d'un foyer à pétrole, est encadré par des néons bleus. La blancheur du mobilier ressort sous l'effet des lumières comme s'ils étaient dotés de leur propre éclairage.

Kayden nous fait traverser la salle, puis entrebâille une issue. Elle est moulée dans les gravures des murs noirs et ne se démarque nullement.

Nous pénétrons dans une pièce, qui est visiblement un bureau si l'on se fie à l'équipement et au fauteuil à oreilles d'éléphant qui siège derrière. Il est capitonné et le cuir qui le recouvre se mêle au rivet métallique.

Ce qui est le plus surprenant est la forme que prend le dossier quand on l'observe de plus près. Il forme un crâne.

Je suis arrachée de mon inquisition quand Kay me conduit vers un petit sofa. Appuyant sur mes épaules, il m'oblige à m'asseoir.

Je me tortille, essayant de me libérer de mes contraintes qui ravivent des moments douloureux.

Je croise les iris de Kay, le suppliant de me relâcher. Je suis impuissante dans cette position, incapable de saisir mon arme.

Il secoue la tête.

— Je ne suis que le coursier, tu te rappelles.

Des pas résonnent soudain dans mon dos, je n'ose pas me retourner pour voir à qui ils appartiennent. Je redresse ma colonne vertébrale, m'arme de courage pour affronter ma mort imminente.

Je relève le menton, serre les poings, décidée à ne pas laisser transparaître ma peur.

Kay me lance un dernier coup d'œil sans un mot. Il n'en a pas besoin, car ce que j'y lis en cet instant me brise presque.

De la pitié.

Je lui renvoie toute ma haine et ma rancœur.

Il regarde par-dessus mon épaule, je suppose qu'il attend les ordres de son patron. Je le dévisage pour mémoriser ses traits que je viendrai hanter une fois de l'autre côté. Je m'en fais la promesse.

Il se déplace et passe à côté de moi. J'entends la porte du bureau se refermer.

Je clos les paupières pour me procurer la force et la bravoure nécessaires, car son départ signifie que je suis seule avec Delon Axelrod.

Chaque enjambée est plus forte à mesure qu'il s'approche.

Ma respiration se bloque. Mes poumons refusent de fonctionner.

Le bruit cesse quand ils sonnent juste à quelques centimètres.

Des paluches puissantes et chaudes attrapent mes épaules, me poussant vers l'avant.

Je ravale un cri alors que je suis contrainte à me pencher et de courber mon échine.

Il glisse un objet froid entre mes poignets liés, une seconde plus tard, ils sont enfin libres. Néanmoins, ce n'est pas l'unique chose qu'il manque désormais. Le poids contre mes reins a lui aussi disparu.

— J'en déduis que tu n'es pas venue avec des intentions pacifiques.

Mon cœur s'émiette, mes poumons se murent à nouveau, privant mon cerveau et tous mes organes du précieux nectar qui les alimente.

Mon monde s'effondre une deuxième fois, car cette voix rocailleuse et arrogante n'existe plus que dans mes souvenirs.

CHAPITRE 23

Paralysée, je suis incapable de me mouvoir tandis que mon larynx gonfle, réduisant ma réponse au néant.

Sa silhouette apparaît devant moi et tout ce que je suis capable de faire est de le dévorer des yeux.

Les siens, d'un vert si profond qu'ils se confondent avec de la mousse dans une forêt, m'étudient. Sa mâchoire est crispée avec une barbe courte qui la tapisse. Ses cheveux sont tels que je me rappelle, bien qu'un peu plus longs sur les côtés. Il s'accroupit devant moi, s'accoudant sur ses genoux, faisant bouger une montre qu'il porte à son poignet gauche.

Ses bracelets ont disparu. Ses gants également.

Son expression ne révèle rien et pourtant, il ne dégage pas la même magnitude que dans mes souvenirs.

J'ai besoin de toutes mes forces pour articuler un mot, aussi pesant et puissant soit-il.

— Dayan.

Il cligne lentement des paupières, soutenant mon regard.

— Tu te souviens de moi.

Je suis sous le choc et excitée à la fois. Me tâtant entre lui hurler dessus « comment il pourrait penser que je peux l'oublier » et chialer parce que j'en ai rêvé si souvent ces derniers mois que je n'arrivais plus à songer à autre chose.

Non, je suis furieuse.

En colère envers lui pour m'avoir laissée souffrir de son absence. Enragée contre lui de m'avoir laissée croire que ce monde était dénué de son âme.

Furibonde contre lui de m'avoir laissée spéculer que mon heure était arrivée.

Il m'examine et je me surprends tout à coup à me maudire mentalement pour le choix de mes vêtements.

— Intéressant, lâche-t-il enfin.

Le feu me monte au cou.

Je ne le quitte pas de mon champ de vision. Je suis envoûtée par son image. Je me nourris de lui comme si j'avais été affamée durant des mois.

Et c'est le cas, putain !

Je suis sous l'emprise de mon choc. Inapte de prononcer une phrase cohérente. C'est le bordel dans ma tête et dans mon corps.

Mon cerveau a lancé un reset, se déconnectant de mes membres.

Aucun ne répond, me laissant avec pour seule fonction opérationnelle, celle de la vue.

— J'imagine que tu as plein de questions.

Comme je ne réagis pas, ses lèvres se pincent, ses sourcils se froncent.

— Lake, insiste-t-il, alors que je suis encore dans l'impossibilité de formuler quelque chose.

La façon dont il a prononcé mon nom m'arrache un gémissement.

De tous les surnoms qu'il m'a donnés, mon prénom a toujours été celui que j'adorais le plus entendre. Le mouvement de sa langue quand il forme la boucle de ma première syllabe a inlassablement un effet libidineux.

— Pourquoi ? réussis-je finalement à chuchoter.

Il sourcille à peine tandis qu'il me fixe avec une douleur apparente dans ses iris.

Je me lèche les lippes, réalisant l'ampleur de ma soif.

Il se penche un peu en avant. Durant un instant, l'indécision recouvre ses traits, puis dans un geste précautionneux et hésitant, il pose une main sur ma joue.

Je ferme les paupières tandis que je me baigne dans la moiteur de sa paume. J'ai tant désiré son toucher, prié pour avoir une infime chance de le sentir à nouveau. J'ai hurlé mon déchirement durant des nuits entières d'agonie alors que je me réveillais au son de sa voix, pour ne me percuter qu'au lourd silence de la réalité.

Tous ces sentiments me foudroient et m'assaillent comme un barrage qui cède.

Des sanglots me secouent, mes plaintes se manifestent en d'interminables geignements tandis que j'abandonne mon contrôle.

Ses bras m'entourent, me supportent pendant que je m'effondre sous le poids de ma souffrance.

Son parfum envahit mes sens. La mélodie de son timbre me berce de douces paroles. Il me murmure combien il est désolé. Combien il lui a été difficile de se détacher. À quel point c'était nécessaire.

Je m'accroche à son dos, enfouissant mon nez bouché contre lui, pleurant sur mon manque olfactif. Tout ce temps, il me répète qu'il est navré.

Il me faut un moment indéfini pour parvenir à écouler toute ma peine. Des mois de supplice expulsés hors de mon âme.

Tout ce temps, il m'a serrée comme si lui-même avait expié ses péchés dans ce seul acte, comme une pénitence. Cependant, je ne l'ai pas senti trembler une fois.

Je m'écarte à contrecœur. Mes rétines me brûlent, ma gorge est un désert et mon crâne palpite.

Tout en moi est chaud, mon cœur bat trop vite.

— De quoi as-tu besoin ? s'enquiert-il bienveillant.

Je bats des cils, chassant une dernière perle saline qui s'attardait en coin.

— J'ai soif, croassé-je.

Il m'offre un sourire tout en acquiesçant. Il se redresse et se dirige vers un meuble à quelques enjambées du bureau.

Quand il l'ouvre, je suis surprise de découvrir qu'il s'agit d'un mini-frigo. Il en retire une bouteille d'eau qu'il dévisse tout en le refermant du pied.

Il reprend sa place à mon côté, puis me la tend.

Je m'empresse d'avaler plusieurs gorgées fraîches qui ont un effet lénifiant sur ma trachée sèche et enflammée.

Quand j'ai fini de me désaltérer, il me débarrasse du plastique en se baissant pour le poser au sol.

Il pivote vers moi, plongeant son regard dans le mien.

— Je te dois de nombreuses explications, débute-t-il.

Un regain d'énergie me gagne tandis que ma colère refait surface. Sa proximité m'embrouille l'esprit, aussi je décide de mettre de la distance entre nous. Bondissant sur mes pieds, je m'éloigne en me tournant une fois que je me sens libre de son aura hypnotique.

— Comment as-tu pu me faire ça ? claqué-je.

Même si j'ai une idée, je ne peux pas passer là-dessus. La Terre est peuplée de pourritures, de gens qui tuent sans même cligner des yeux – des hommes comme Delon Axelrod. Comme Dayan. Comme tout le monde dans cette maison, probablement.

— C'était le seul moyen d'être avec toi, avoue-t-il.

Je fronce les sourcils.

— Tu as échoué, affirmé-je.

Je fais un pas, me penchant plus près.

— Ou Kael, grondé-je. Tu m'as abandonnée en me laissant croire que tu étais mort !

— Je suis mort, annonce-t-il d'une intonation si faible que je pourrais presque l'avoir imaginée.

Je tressaille malgré tout.

— Tu quoi ?!

Il se frotte le visage et je suis captivée par ses tatouages encrés sur ses mains.

— Je l'ai été pendant cinq minutes, Lake, confesse-t-il en se redressant sur le sofa.

Des larmes me piquent. Je suis enracinée, piégée par sa confession qui me paralyse.

— Ce jour-là, c'est Kael qui s'est fait plomber, ajoute-t-il en brisant le calme qui s'était installé.

J'avance sans commander mes jambes. Je me laisse tomber mollement à côté de lui, gardant un espace confortable.

— Que veux-tu dire ?

Il pousse un soupir, se laisse choir en arrière, collant son dos contre le dossier bas du canapé. Il appuie sa nuque sur le dessus, inclinant sa tête vers le plafond sombre.

— J'ai mis du temps à comprendre ce qui nous liait tous les deux. Après avoir repris connaissance, je me sentais vide et entier à la fois, ricane-t-il amèrement. Je savais que j'étais foutu mentalement depuis longtemps, mais ce sentiment était différent, comme si je m'étais réveillé d'un long coma.

Je me surprends à hocher du chef, même s'il ne me perçoit pas.

— J'étais dans un hôpital clandestin avec, pour seule compagnie, un gars qui avait pris une balle dans la tronche et qui, par je ne sais quel miracle, a survécu. Il était paralysé sur tout le côté droit, incapable d'aligner deux mots. Mais la nuit, pendant qu'il dormait, il se mettait à parler dans un langage clair et fluide. Pendant qu'il était inconscient, sa diction était parfaite. Ses cauchemars déclenchaient chez lui quelque chose qui effaçait toutes ses barrières.

Je pose ma paume délicatement sur sa rotule, provoquant, malgré ma précaution, un tressaillement de sa jambe. Je me rétracte et me cale sur mes fesses, relevant mes genoux en enroulant mes bras autour.

— En voyant ce mec, j'ai réalisé que je n'étais pas fou, mais que j'avais créé Kael. La psy avait raison depuis le début, seulement, je ne le comprenais pas. Tout était dans ma caboche. J'étais l'unique responsable de ma misère.

Il éclate de rire. Il n'y a rien de joyeux, mais plutôt d'amer. La tonalité me fait frémir alors que je redresse la nuque.

Je demeure muette. Rien de ce que je dirais ne serait utile. Donc, je conserve le silence, attendant qu'il agisse ou intervienne.

— J'ai dû rester en soins intensifs durant un mois et demi. Après ça, j'ai regagné le Maine où tout avait commencé. J'avais sur moi des centaines de dollars et une enveloppe que m'avaient laissée mes frères avant de me déposer dans cet hosto.

Il penche la tête sur un côté, un sourire étirant ses commissures.

— Je devais mourir pour être auprès de toi.

Je me mords la lèvre, étouffant les ressentiments qui me submergent. Malgré toutes ses révélations, il y a beaucoup trop de zones d'ombre. Si je me laisse aller, je gâcherai mes chances de comprendre.

— Pourquoi ? demandé-je simplement.

— J'ai désobéi et brisé toutes ses règles. En faisant cela, j'ai rompu sa confiance. Alors, il a élaboré tout un plan pour tester ma loyauté.

— Tu devais me tuer ce soir-là, soufflé-je.

Il se replace le dos droit et s'étire vers moi, courbant son buste pour ancrer son regard au mien.

— Il ne m'aurait jamais laissé vivre malgré tout, confie-t-il.

Mes sourcils se froncent. J'ignore si c'est le fait qu'il ne réfute pas l'idée de m'éliminer ou la contradiction de sa réponse.

— Pourquoi te mettre à l'épreuve si c'est pour se débarrasser de toi après ? questionné-je interdite.

— Parce qu'en tombant amoureux de toi, j'ai cassé son jouet favori.

Je suis enfermée dans une bulle où se répètent en boucle ses quatre mots. Mon cœur palpite, mon sang fouette mes veines.

Je bats des cils, divers sentiments saturant mes sens, court-circuitant mes neurones. C'est trop d'informations d'un coup, beaucoup trop d'émotions également.

— Euh... Je... euh, bégayé-je comme une idiote.

Il arque un sourcil, créant un pli au milieu de son front.

— Si admettre que je t'aime te perturbe autant, attends d'entendre la suite, s'inquiète-t-il avec cette expression arrogante qui me rappelle tellement Kael.

Je me secoue violemment pour récupérer la maîtrise de mon corps et de mes esprits.

— Désolée, mais c'est beaucoup à avaler d'un coup, formulé-je à voix haute. Je pensais que tu étais décédé. Je t'ai vu mourir. J'ai vécu dans le noir durant des mois et juste au moment où les choses commençaient à s'améliorer, Kayden débarque chez moi et me kidnappe sans explications. J'ai supposé que je rencontrerais ton patron et que mon heure était venue, débité-je, prise d'une soudaine diarrhée verbale.

— Laisse-moi être parfaitement clair, grogne-t-il, une de ses mains quittant son genou pour s'enrouler autour de mon cou.

Mon souffle s'arrête alors que ses phalanges se referment juste assez pour que je comprenne qu'il est sérieux.

— Personne ne touchera à un cheveu de ta tête. J'ai traversé l'enfer et renoncé à tout pour être avec toi. Plus jamais je ne te laisserai partir.

Des larmes voilent mon champ de vision. Son visage à quelques centimètres du mien se floute tandis que je laisse filtrer un sanglot.

— Je croyais t'avoir perdu, larmoyé-je à mi-voix.

Son autre paume se pose sur ma mâchoire, ses doigts sous mon menton me forçant à garder mes prunelles sur les siennes et à me perdre dans leur intensité.

— J'ai dû me cacher tout ce temps et ça m'a presque tué de le faire, murmure-t-il. Je devais disparaître du radar de l'organisation, faire croire que j'avais péri ce soir-là dans cet entrepôt. Quand Red a passé ce coup de fil, elle n'a pas seulement fait embarquer un cadavre, mais elle nous a donné une occasion de nous affranchir, Lake.

Je laisse mon chagrin couler, pressant fermement les paupières pour les balayer de ma vue qui me prive de la clarté de sa beauté sauvage.

— Len et Kay ont vu là une aubaine pour me sortir de cette vie que je ne voulais plus. Ils ont tout planifié en un laps de temps très court pour que Delon pense que j'étais vraiment mort. Je l'ai été déclaré pendant cinq minutes. Cet instant a été ma chance. *Notre* chance. Une fois que le médecin a prononcé mon décès, j'ai été emporté dans un camion avec un double fond. J'ai été réanimé et maintenu entre la vie et la mort jusqu'à une vieille clinique clandestine d'une connaissance sûre de Len. Il lui devait une énorme dette pour avoir fait réchapper sa sœur et son frère d'une vendetta avec un cartel. J'ai été caché là-bas plusieurs jours, le temps qu'on me stabilise avant de me transporter ailleurs. Quand je me suis réveillé deux semaines plus tard, j'étais perdu. J'ignorais totalement ce qui s'était passé, où je me trouvais. Seule la douleur qui me brisait la poitrine comme compagne et indice. Et puis une lettre est arrivée quelques jours après mon retour parmi les vivants. Lennox m'expliquait ce qu'ils avaient dû faire. Leur plan mis en marche pour m'offrir une nouvelle vie loin de toute cette merde. Je ne pouvais plus entrer en contact direct avec eux. Je devais faire profil bas le temps que la tempête passe. J'ai cru devenir dingue en ne sachant pas si tu étais toujours là, quelque part, vivante.

Je recouvre sa main de la mienne, m'inclinant contre sa paume en quête de sa chaleur qui m'a tant manqué.

— J'ai trépassé avec toi ce soir-là, avoué-je d'un timbre brisé.

Ses yeux se ferment une seconde avant que ses iris rayonnants de possessivité ne m'enflamment.

— Je devais attendre encore avant de te revenir, susurre-t-il. Je ne pouvais pas tout foutre en l'air juste par égoïsme. Je crevais d'envie de te sentir, de te toucher, d'entendre ta voix et tes gémissements. Mais la patience était la meilleure vertu. La deuxième fois que j'ai reçu une lettre, c'était de Kay. Il devait couvrir ses arrières jusqu'ici. Delon était en proie à une rage meurtrière. J'avais disparu, emmenant avec moi son outil majeur pour entretenir la peur dans l'esprit de ses adversaires. Il a eu une période de paranoïa. Mettant sur écoute et en filature étroite mes frangins et de nombreux autres membres.

— Pourquoi ne pas m'avoir écrit ? interrogé-je sur un ton de reproche.

Il m'étudie. Sa manière de le faire est si intense que j'en rougis.

— Tu étais sous surveillance. Tu devais continuer à croire en ma mort pour que ce soit crédible. Len et Kayden ne t'ont jamais abandonnée. Ils ont veillé sur toi et tenue à l'écart tous les types envoyés par Delon. Len a effacé toutes les traces de ta mère et de Nathan en brouillant les pistes quand ils ont déménagé. Pour Axelrod, la famille Braxton a tout simplement quitté le pays sans laisser de piste.

Je recule si vite que mes cervicales craquent.

— Tu veux dire qu'il ignore où je vis ?

— Lake Braxton a péri dans un accident de voiture alors qu'elle se rendait à une convention sur le climat, annonce-t-il avec une pointe d'humour pince-sans-rire.

Mes billes s'écarquillent, ma mâchoire se décroche sous le choc. Avant d'exploser, il me devance avec son flegme.

— Ce n'est qu'un fichier pour quiconque cherche des infos, précise-t-il apaisant. Len a conçu un programme pirate qui balance n'importe quel renseignement à partir d'un simple mot de recherche dans n'importe quelle base de données officielle ou officieuse. Aux yeux du monde, tu es invisible. Mais pour moi, tu seras toujours Lake Johansen, la fille qui a brisé le mien pour le reconstruire à partir des éclats de nos deux âmes. Un monstre et un ange ensemble qui vont enflammer le paradis et geler l'enfer.

Sa diatribe me frappe en plein cœur. Tout mon amour se concentre sur cette pièce maîtresse de mon anatomie qui avait cessé de battre depuis longtemps.

Je le reçois en pleine face comme un vent de marée qui déloge les poussières de désespoir, les balayant en les emportant au loin pour l'éternité.

— Je t'aime tellement que c'en est flippant, confessé-je. Je ne sais pas ce que nous réserve l'avenir, mais je préfère penser que l'enfer ou le paradis attendra un moment.

Il sourit, son arrogance reprenant ses droits. Chassez le naturel…

— Tu m'appartiens, Lake. Même la faucheuse ne m'éloignera pas de toi, susurre-t-il contre mes lèvres.

Dieu que ça m'a manqué.

Je fonds sur sa bouche comme une affamée. Il ne se retient pas non plus et nos langues se joignent comme deux amants qui se retrouvent après avoir été séparés trop longtemps.

Je me redresse, ses membres me libèrent pour empoigner mes hanches. Il m'attire sur ses genoux que je chevauche dans ma hâte de le sentir contre moi.

Il m'arrime à lui, me tenant fermement dans sa chaleur envoûtante. Nos muscles se livrent une bataille territoriale pour la domination de l'autre. Une guerre se joue dans ce petit espace intime qui représente tout de nous.

Aucun ne souhaite céder du terrain. On se dévore mutuellement sans retenue.

Mes doigts s'accrochent dans ses cheveux plus longs à la nuque, je le tire contre moi, rêvant que nos chairs fusionnent. Les siens s'enfoncent dans mes os, ses ongles ratissent mon épiderme surchauffé. Nous gémissons à l'unisson, respirant l'un à travers le souffle de l'autre.

Bien trop tôt, nous sommes contraints de nous séparer, chacun en quête d'oxygène.

Nos fronts s'accolent alors que nous sommes haletants. De la sueur glisse le long de ma colonne vertébrale. Une protubérance contre mon pubis me fait geindre de besoin.

— Putain, j'ai rêvé de cette chatte toutes les nuits, expire-t-il tout en se frottant contre mon apex couvert de denim.

Je pousse un rire nasal, secouant légèrement la tête.

— Tu ne changeras jamais, me marré-je tendrement. C'est comme ça que je t'aime.

Il recule le crâne, une expression grave fichée sur son faciès. Je perds aussitôt ma bonne humeur.

— Tu m'aimes vraiment ? demande-t-il incrédule.

J'adopte une mine sévère.

— Seule une femme amoureuse aurait pu accepter ce que tu m'as fait traverser, Dayan. Ne doute jamais de la sincérité de mes sentiments. Je t'ai accepté entièrement, toi et tes démons.

Ses globes sont désormais brillants. Je n'avais jamais vu telle émotion paraître chez cet homme qui a pris des vies sans jamais ciller.

— Kael et moi avons toujours formé qu'une seule entité, explique-t-il d'un ton rageur et doux à la fois. Il a été créé à partir de ma haine des femmes. Je ne mérite pas ton affection, finit-il dans une expiration.

Son autoapitoiement me donne un regain de force.

— Tu ne m'as jamais dévoilé cette facette, appuyé-je en prenant ses joues en coupe. Kael était peut-être une part de toi, mais même lui m'a montré une certaine forme de respect.

Il se dégage de ma prise, la colère ayant recouvert sa physionomie.

— En te violant et en gravant son nom sur ton corps ? se moque-t-il acide.

— Crois-le ou non, c'était un aspect plutôt tordu d'amour, clamé-je avec délicatesse. Je plaque une paume sur sa bouche alors qu'il s'apprête à contre argumenter – Kael était une représentation de tes souffrances, je le comprends, mais il était aussi toi. Je ne comprendrai jamais comment c'est arrivé, mais une chose est sûre, c'est que derrière ses actions, son intérêt a toujours été de te préserver. Quand tu as fait preuve de clémence envers moi, il n'a cherché qu'à te protéger de tes sentiments. Il savait ce qui arriverait si Delon découvrait ce que tu ressentais pour moi.

Il ne cherche pas à se soustraire. Il se contente de me dévisager, ses yeux absorbent chaque trait de mon visage. La compassion, le respect et la fierté inondent ses iris qui planent sur ma figure.

Je retire lentement ma main, la glissant le long de son menton barbu jusqu'à son cou. Je me penche et dépose un baiser chaste sur sa chair pulpeuse avant de la descendre jusqu'à son cœur.

Chaque battement se percute sous mon contact.

Le rythme est hypnotique. Lent et fort.

Je m'écarte pour poser un regard critique sur la pièce extravagante dans laquelle nous nous baignons.

— À qui appartient cette baraque ? enquêté-je toujours aussi surprise par le décor sombre et luxueux.

Il hausse une épaule.

— À moi. Du moins, à Kael.

Mes sourcils se lèvent tant que la peau de mon front tiraille jusqu'à la racine de mes cheveux.

— Je ne sais pas pourquoi je n'en suis pas surprise, laissé-je planer interdite.

Il ricane sous moi, attirant mon attention sur lui.

— Je m'y suis fait bien plus facilement que je ne l'aurais cru, admet-il avec nonchalance. Simplement, il manque un élément important et pas le moindre ici.

Je le sonde avec une expression curieuse.

— Qu'est-ce qui pourrait bien manquer dans cet environnement digne d'un manoir futuriste ? m'enquiers-je dubitative.

— Toi.

Mon palpitant fait une embardée, mon ventre se resserre et se réchauffe.

— Vous n'étiez pas si différents l'un de l'autre, éludé-je pour repousser mes envies libidineuses.

— J'ai consulté un thérapeute civil, admet-il.

Je l'encourage à poursuivre d'un signe du menton.

— Durant six mois, nous avons travaillé sur mon passé afin de déterminer si j'étais un danger pour toi. Il m'a aidé à comprendre pourquoi j'avais fait un clivage. Kael n'était qu'un appel au secours d'un gamin qui était incapable de se défendre par amour pour sa mère. En lui octroyant du pouvoir sur moi, j'ai renoncé à toute forme d'attachement envers le sexe opposé. Un contact physique non désiré, un pic d'adrénaline insurmontable et je perdais toute notion de réalité, me replongeant dans les traumatismes de mon enfance. Kael n'était que le fruit de ma propre propension à la violence.

Je lui dévoue un sourire débordant de tendresse.

— Et regarde-toi aujourd'hui. Tu es un homme plus fort parce que tu t'es sauvé toi-même, Dayan. Tu as réussi à reprendre le contrôle.

— Non, Lake. C'est toi qui m'as ramené à la vie, assure-t-il.

Je penche la tête sur un côté, hésitant entre rire et pleurer. L'ironie de la situation ne m'échappe pas.

— Que veux-tu dire ? demandé-je perplexe.

— C'est mon amour pour toi qui m'a sauvé. En tombant amoureux de toi, j'ai résolu les problèmes qui avaient fait émerger Kael. Tu m'as redonné foi en l'amour et l'altruisme, tu as guéri mon âme meurtrie. Tu m'as prouvé qu'une touche pouvait être tendresse et source de plaisir. C'est toi qui m'as sauvé en conquérant mon cœur.

Une larme dévale sur ma pommette. Dayan la récupère du bout de l'index et la lèche.

— Je viens de boire la dernière larme de ta vie. Je te promets que plus jamais tu n'en verseras sous le coup de la tristesse. Celles que je te tirerai naîtront de ta jouissance.

ÉPILOGUE
Dayan

Poussant l'accès de l'arrière-cuisine du pied, je passe dans la ruelle, percuté par l'air plus suffocant encore qu'à l'intérieur. Ici, l'odeur est différente. L'urine se mêle à l'ambiance graisseuse que ventilent les aérations des hottes où les évacuations balancent les vapeurs.

Les bras bandés sous le poids des poubelles à bout de mains, je soulève le couvercle du conteneur, grognant au contact d'une goutte de sueur qui s'insinue dans mon œil.

Depuis que nous avons fui les États-Unis, depuis bientôt deux ans, j'ai renoncé pour elle à mes activités meurtrières. Disparaître fut facile quand on a un hacker des plus recherchés au monde dans la poche.

Lake a obtenu un poste de chercheuse astrophysicienne à Atacama. La suivre a été la chose la plus simple et difficile à réaliser de mon existence. Non pas que je l'aurais laissée partir. Ce fait était établi dès que j'ai envoyé Kay la chercher dans ce petit appartement de Washington.

Elle a dû renoncer à son grand rêve pour être avec moi.

Quant à moi, j'ai pris une voie plus discrète.

Se fondre dans la masse, adopter une vie normale était nécessaire.

C'est pour cette raison que j'ai pris un job de serveur dans ce restaurant miteux. Un Américain trouve aisément une place, encore plus quand tu es le seul à des rondes à assurer trois postes pour un salaire de misère.

Non pas que j'aie besoin de travailler pour nous offrir le confort. Les millions que j'ai amassés durant les douze dernières années suffisent à nous mettre à l'abri pour les deux prochaines générations.

Nous avons choisi cette vie humble pour conserver l'anonymat.

Lake s'épanouit dans sa profession, me contant chaque matin ces nouvelles découvertes. Notre quotidien est rythmé par nos plannings décousus. Je la couvre de baisers et de sperme chaque matin quand nous nous réunissons après une nuit de travail.

J'ai choisi mon taf également pour me calquer sur ses horaires nocturnes. Nous sommes peut-être devenus d'honnêtes citoyens à l'extérieur des murs de notre modeste logement, mais entre, je reste propriétaire de son corps et le maître de ses orgasmes.

Quant à mes frangins, Kayden s'est épanoui dans le trafic humain, voyageant partout autour du globe à la recherche de la fille parfaite pour les acheteurs de plus en plus nombreux du Datura Noir. Bien entendu, Lake est tenue à l'écart de cette partie sombre des actions de mon frère. Ses visites rares sont souvent le prétexte de nous retrouver. Il n'en demeure pas moins que même au Chili, les enlèvements sont monnaie courante. Kay est un de ceux qui gonflent les stats.

Lennox est celui avec qui j'ai gardé le plus contact. Son génie en informatique rend nos communications indétectables, y compris pour les autres pirates de Delon.

Red s'est éclipsée après mon enterrement. L'accord qu'elle a conclu avec Len pour m'effacer était de la sortir du radar de l'organisation. En échange de son témoignage attestant ma mort, Lennox a mis son réseau personnel sur le coup pour qu'elle disparaisse.

Je ne lui ai jamais pardonné d'avoir commandité l'attaque qui a failli coûter la vie de Lake. Néanmoins, tant qu'elle séjourne hors de mon radar, elle pourra continuer à vivre sa vie.

J'essuie la sueur qui perle à mon front, impatient de terminer mon quart. La nuit est encore loin de tomber et j'ai quelques heures devant moi pour combler ma femme.

Retournant à l'intérieur, je traverse la pièce étouffante, ignorant la vieille Rosa, qui depuis le premier jour, me fait des yeux doux et rêveurs. Cette femme a l'âge d'être ma grand-mère et pourtant, elle ne cache pas son intérêt chaque fois que nous partageons le même environnement.

Elle est marrante et attise la jalousie de ma petite souris.

— Tu as encore un plat à servir, lance-t-elle en espagnol de son intonation rauque.

Je lui dédie un clin d'œil qui la fait instantanément glousser.

— Je suis sur le coup, réponds-je dans la même langue.

Je passe près des fourneaux, attrapant l'assiette chargée sur le passage.

— Si ta petite ne te satisfait pas assez, viens me voir, je te montrerai ce qu'est une vraie dame, m'aguiche-t-elle.

Rosa est ce que l'on considère ici comme une ancienne. Elle est traitée avec égard et malgré ses taquineries pour ma moitié, elle est sous le charme de Lake depuis le jour où elle a foutu les pieds dans le restaurant.

C'est pour cette raison que je ne l'égorge pas. Rosa est une grande gueule d'un mètre quarante, mais une maman au cœur tendre pour tous ici. Ne lui manquez jamais de respect ou vous finirez avec une lame de quinze centimètres logée en pleine poitrine.

Son fils et ses petits-fils sont membres du Las Sombras, le gang le plus prolifique des environs. Je reste dans ses petits souliers, elle me traite avec gentillesse. Si supporter ses manières rustres et son flirt décalé est ce qui me tient loin des emmerdes, alors je le prends avec le sourire.

Je ne veux pas foutre en l'air notre confort. Je pourrais tous les éliminer les yeux fermés. Mais ce serait contre-productif et mettrait la petite souris dans une rage folle.

Je franchis l'issue, pénétrant dans la salle plutôt calme. Les clients présents sont des habitués, je repère juste deux touristes dans le coin. J'analyse rapidement leur comportement. L'un est un type d'une trentaine d'années, plutôt mince, le teint pâle pour la région ensoleillée. L'autre est plus âgé, la quarantaine. Il est plus massif, les traits durs et plus halés. Il est aussi plus agité.

Leur conversation semble animée malgré le volume de leur voix qu'ils s'efforcent de maintenir à un niveau bas.

Tout en me dirigeant vers le client, je garde une oreille tendue.

— J'ai cru un instant que cette bonne vieille Rosa était partie pêcher elle-même le crabe, ricane Esteban.

Je dépose le plat devant lui.

— Désolé pour l'attente, m'excusé-je.

Il me tapote l'avant-bras. Esteban est un veuf de soixante ans qui dîne tous les jours ici. Depuis le décès de sa femme Carlotta, il refuse de se faire à manger. Je le soupçonne un peu également d'être séduit par notre cuisinière.

— Ce n'est pas grave, j'ai tout le temps, lance-t-il. Comment va cette adorable jeune demoiselle qui a la tête dans les étoiles ? s'enquiert-il avec bienveillance.

La ville est trop petite pour aspirer à une vie discrète. Néanmoins, je commence enfin à m'habituer à la sollicitude des gens envers ma vie privée et celle de Lake.

— Elle rayonne, comme toujours, assuré-je.

Ses prunelles se perdent un peu dans le vide avant de revenir sur mon visage.

— Rends-la heureuse, mon garçon, le temps est si capricieux, souffle-t-il nostalgique.

Je compte bien la faire jouir de bonheur d'ici peu. Des images de son corps en sueur, de ses halètements qui résonnent dans la chambre s'invitent dans mon esprit pendant que je la martèle sans retenue.

— Je m'y évertue chaque jour, répliqué-je avec un rictus chafouin en coin.

Je remarque soudain que la table est dépourvue de son panier de pain.

— Je vais vous chercher le pain.

Il acquiesce. Je fais demi-tour et tandis que je passe à proximité des étrangers, leur discussion s'échauffe un peu.

— Le convoi est sûr, chuchote le plus âgé en anglais. Il ne nous aurait pas menti.

— Si c'est un piège, nous sommes morts. Ces gars sont des tueurs, renâcle le plus jeune dans la même langue.

Je ralentis mes pas, m'affairant sur la remise en place des sets devant moi.

D'ici, ils ne peuvent pas me distinguer, le panneau de végétation me dissimule, mais leurs voix me parviennent aisément.

— Le Las Sombras n'est qu'un gang minuscule comparé aux Diavolos, idiot, gronde le plus âgé. De plus, ils ont une faiblesse et elle se trouve juste derrière ces putains de portes.

Je me redresse, piqué par la menace que représentent ses propos.

Ma conscience me scande de l'ignorer. De penser à Lake et à ce qui impliquerait de me mêler de cela. Je me concentre sur les scènes que mon cerveau a jouées plus tôt et je m'apaise, reprenant ma direction initiale.

Une fois le seuil passé, je remplis une panière de petits pains. Au moment où je m'apprête à retourner dans la salle, Rosa m'interpelle.

— Est-ce que ce foutu Esteban est encore ici à râler?

Malgré la dureté de ses paroles, elle ne peut cacher l'excitation dans son timbre. Ces deux-là sont comme des adolescents qui ne savent pas comment traiter leur attirance mutuelle.

— Ouais, comme hier et avant-hier, et avant avant-hier, soupiré-je.

Elle lève les yeux au ciel, remuant avec plus de vigueur le Caldillo de congrio qui mijote sur le feu.

Je fais volte-face, dépassant les deux hommes qui sont devenus silencieux.

Esteban lit un livre tout en prenant une bouchée de son mets. Il lève son regard quand je dépose le pain et me remercie.

— Dites à Rosa que son Chupe de centolla est excellent, comme toujours.

— Je le lui dirai, promets-je.

De retour dans les cuisines, je range mon tablier dans le placard. Cristiano sera là d'une minute à l'autre pour prendre son service du soir. Je serai de retour dans quatre heures pour gérer le bar.

Mon instinct me dicte de prendre la porte principale. Les employés ne sortent jamais de ce côté. Hésitant encore un peu, je pousse un grognement et rebrousse chemin.

— Tu ne peux pas te passer de moi, roucoule Rosa quand je passe devant elle.

— Je dois m'occuper de la table quatre, prétends-je.

Sans attendre, je pénètre dans la salle. Je me dirige vers les deux inconnus, me plantant devant eux, un sourire aux lèvres.

— Messieurs, puis-je vous offrir une boisson? interrogé-je en espagnol.

Le plus jeune me toise avec méfiance, le plus âgé avec amusement.

— Désolé, amigo, mais nous ne parlons pas espagnol.

Son ton est moqueur. Je refoule une furieuse envie de lui broyer le crâne sur la surface dure du plan.

— Pardon, j'ignorais que vous étiez américain, lancé-je innocemment dans un anglais approximatif. On en croise peu ces temps-ci.

Le plus jeune se détend, son acolyte reste plus sur ses gardes.

— Alors, qu'est-ce qui vous amène dans le coin ? enquêté-je avec nonchalance.

Ils échangent une œillade avant que le plus âgé ne réponde :

— Nous sommes envoyés pour inspecter le Giant Magellan[2]

— Je vois, c'est une bonne chose, souris-je.

Après avoir noté leurs choix, je regagne la cuisine, tombant nez à nez avec Christiano.

— Tu fais des heures sup ? se marre-t-il.

— Je me tape juste ton travail, craqué-je en plaquant le papier de la commande sur son torse.

Je ne m'attarde pas plus. Il ne me provoquera jamais autrement que par des mots. Il est suffisamment intelligent pour reconnaître un prédateur quand il en voit un.

Je récupère mes affaires et file par la ruelle en direction de notre appartement.

J'accroche sa jambe contre ma hanche avec le creux de mon bras. Je me frotte contre son clitoris gonflé, lui arrachant un gémissement profond. Mon piercing bute contre son capuchon, découvrant sa petite perle de son écrin.

— Dayan, supplie-t-elle.

Je continue ma lente torture de plus en plus fort. Elle miaule, enfonce ses ongles dans mes épaules, la tête renversée. Sa gorge m'est offerte. Je plonge mon visage contre elle, mordille sa chair, la lèche en goûtant à la salinité de sa sueur.

---

2 Télescope Magellan se trouvant à Atacama au Chili. Il est le plus grand au monde.

— Qu'est-ce que tu veux ? susurré-je.

— Toi, geint-elle en ondulant pour me rencontrer avec plus d'appui.

Je recule mon bassin sans me détacher de son contact, je positionne mon gland à son entrée et m'enfonce d'un seul et puissant coup de reins. Elle couine comme la souris qu'elle est à l'intrusion massive et soudaine de mon membre. Même après le nombre incalculable de fois où je l'ai baisée, elle est toujours aussi étroite.

Elle adore mêler son plaisir à la douleur.

— Putain, je ne me lasserai jamais de sentir ta chatte comprimer ma bite, sifflé-je entre mes dents tandis que je la martèle comme un forcené. Ses paupières sont closes, sa bouche entrouverte, sa tête se balançant dans le vide du bord du plumard.

Mes propos semblent l'allumer davantage, car l'étreinte de ses parois intimes s'amplifie tout autour de ma queue. Je fais des va-et-vient de plus en plus poussés, ressentant déjà la pression dans mes bourses. Soit je la déchire, soit c'est elle qui va me briser sous l'étau de ses muscles.

La sensation est telle qu'une plainte s'extrait des profondeurs de mes poumons. Elle pousse des sons d'extases qui sonnent à mes oreilles comme une musique mélodieuse. Je serre les mâchoires tandis que son étau m'écrase sous la puissance de son orgasme. Elle crie son apogée, secouée par la force dévastatrice de celle-ci. Il n'y a aucun moyen que je l'autorise à me quitter avec seulement une douleur entre ses cuisses.

Je donne un dernier à-coup avant de me retirer. Elle émet à peine un bruit à la perte de ma virilité.

Sans lui octroyer le moindre répit, je descends du lit, me positionne juste au-dessus de sa bouche béante et empoigne sa tignasse au sommet de son crâne.

Son regard à l'envers s'ouvre sur le mien.

— Plus grand, ordonné-je.

Épuisée, mais obéissante et soumise, elle s'exécute. Je m'aligne, m'abaisse et m'insère dans sa cavité buccale chaude. Je bascule vers l'avant et l'arrière comme si je la baisais entre les cuisses. Elle s'étouffe, bave, mais ne me repousse pas. Elle sait qu'elle peut me faire confiance. Elle aime tout ce que je lui fais.

J'accélère le rythme, sentant ma propre libération poindre dans mes couilles.

— N'avale pas, je te l'interdis, commandé-je.

Des larmes roulent de chaque angle de ses yeux fermés, la vue déclenche la ruée de mon sperme qui gicle dans sa chaleur en m'extirpant un grognement sauvage. Je me dérobe lentement, elle referme ses lèvres autour de mon gland alors que je m'éloigne.

Grimpant sur la couchette, je la tire par les hanches, la ramenant au centre du matelas. Ses paupières sont lourdes, elles papillonnent avant de parvenir à s'ouvrir entièrement.

Je la redresse lentement en position assise, calant ses jambes écartées contre les miennes.

Elle sait ce que j'attends d'elle. On est déjà passé par là de nombreuses fois.

— Tu peux cracher maintenant, haleté-je.

Observer ma substance recouvrir son derme et ses seins est comme admirer une œuvre d'art que l'on possède. On souhaite la voir à loisir et l'afficher par fierté.

Décollant ses lèvres lentement, elle laisse dégouliner ma semence sur son menton. Le liquide épais et laiteux glisse vers le bas, coulant jusqu'à sa poitrine dont les mamelons pointent dans ma direction comme s'ils désignaient leur propriétaire.

Ses cheveux longs et blonds reposent de chaque côté de ses épaules qui montent et descendent sous les mouvements de sa respiration rapide.

— Putain, tu es magnifique comme ça, grogné-je tandis que mes doigts patinent dans mon foutre que j'étale tout autour de ses bourgeons.

Ses cils papillonnent, la bouche entrouverte diffusant le doux parfum de son haleine. Elle frôle mon menton, baignant de chaleur ma peau humide de transpiration.

Elle gémit tandis que je masse ses aréoles en formant des cercles pour faire pénétrer mon liquide séminal dans sa peau. Je veux qu'elle porte mon odeur pendant qu'elle sera assise derrière ses écrans, pensant à moi toute la nuit.

Je la marque de ma fragrance pour qu'aucun des gus avec qui elle partage son temps de travail n'oublie qu'elle m'appartient. Qu'ils sentent sur elle l'effluve de son mâle.

— Je t'aime, dit-elle d'une voix endormie.

— Je t'aime plus.

Après une douche pour moi, nous nous sommes séparés. Je l'ai regardée monter dans le 4X4 avec un sourire narquois tandis qu'elle quittait notre petite allée avec mes restes imprimés sur elle.

Je grimpe sur la vieille bécane que j'ai achetée à un gamin du quartier et prends la route du restaurant pour mon quart de nuit. Tout le long du trajet, je m'efforce pour me concentrer sur ma conduite et non pas me paumer dans les vapeurs du sexe qui habite encore mon esprit.

Quinze minutes plus tard, je gare la moto à l'arrière de la ruelle. Tout le monde ici sait qu'il ne faut pas y toucher, au risque de mettre en pétard la vieille Rosa.

Alors que je parcours les quelques mètres qui mènent à la porte de l'arrière-cuisine, je m'arrête net à la vue des deux silhouettes qui se tiennent dans la pénombre.

Je fronce les sourcils, étudiant les possibilités. Je reconnais les deux individus de la fin d'après-midi. Je secoue la tête, soupirant.

— Fais chier, marmonné-je.

Avançant droit vers eux avec une démarche nonchalante, leur trogne se redresse, leur corps se recourbe en position de défense.

Je me suis juré de demeurer à l'écart des emmerdes et de toute violence. Lake mérite une vie paisible, je suis à la retraite. Ces conneries, c'est fini, putain !

— Messieurs, salué-je poliment en espagnol en voulant les dépasser.

Le plus massif sort de l'ombre, me barrant le chemin.

— C'est notre garçon du soir, se moque-t-il, toute trace de politesse et de retenue partie en fumée.

Je lève les mains en signe de paix.

— Vous ne devriez pas rester là, ça peut être dangereux la nuit dans ce coin, expliqué-je.

Ils échangent un regard et s'esclaffent comme un seul homme.

— Le danger se trouve déjà là, ricane son acolyte.

Ses lunettes ont disparu, son attitude est plus fourbe malgré le peu de clarté qui atteint notre position.

— OK, OK, chantonné-je en reculant, les paumes encore plus hautes. Je ne veux pas d'ennuis, donc je vais juste vous demander de me laisser passer pour que j'effectue mon travail et je ferai comme si je ne vous avais pas vus, garantis-je.

Je ne me mêlerai pas de leurs manigances, Lake est trop importante. Je suis sincère dans mes allégations. Ce qu'il se passe entre deux gangs ne me concerne pas. Rosa est une vieille femme, mais pas une en détresse. Si ces types sont assez idiots pour s'en prendre à la mère du chef des Las Sombras, c'est leur problème.

Subséquemment que je fais un pas de côté dans l'intention de les contourner, ils se plantent devant moi, me barrant une fois de plus le passage.

— Ce n'est pas comme ça que ça va se dérouler, se gausse le plus âgé. Tu vas rentrer là-dedans et baver sur les deux mecs qui se planquent dans la ruelle. Tu nous prends pour des simples d'esprit ?

Je pousse un soupir, m'éloignant pour prouver ma bonne foi.

— Écoutez, je n'ai rien à faire avec vos jeux ridicules, assuré-je d'un timbre las. Moi, je suis là juste pour faire mon job de serveur et balayeur de salle. C'est la paye qui m'intéresse et rien d'autre.

Ils me toisent en silence un moment, puis le plus grand éclate de rire. L'autre suit son exemple de près, s'esclaffant à son tour.

Je commence à perdre mon sang-froid, voyant l'heure tourner. Je déteste être en retard. Je ne l'ai jamais été, même après avoir baisé ma petite souris jusqu'au seuil de la mort. Ce ne sont pas deux couillons qui briseront cette routine.

— Regarde-toi, lance le balèze. Un gaillard comme toi se contentant d'un petit boulot de merde, se marre-t-il.

— Ouais, il veut qu'on gobe qu'il est un simple larbin pour la vieille Costa, pouffe-t-il.

Le plus grand passe de l'hilarité à une expression froide. Je me prépare mentalement avant qu'un poing s'enfonce dans mon estomac. Je me courbe, crachant tout mon air.

— Regarde-le, cet imbécile va gerber ses tripes, se gausse le plus petit.

Je serre mes paupières fermement, inspirant profondément. Je me redresse, leur faisant face sans afficher la moindre émotion. Je pourrais les tuer, mais le visage de Lake plus tôt alors qu'elle était encore pantelante et brûlante de plaisir me retient.

— Je vous le demande une dernière fois, soufflé-je. Laissez-moi passer et je ferai juste mon taf.

Le plus petit fonce sur moi, poing lancé vers l'avant. J'esquive en pivotant vers le côté opposé. Il trébuche en me dépassant. Un coup me percute sur l'arrière du crâne, me faisant voir des étoiles un instant.

Tu ne vas pas les laisser s'en tirer comme ça ? bougonne une voix familière dans ma boîte crânienne.

Je me secoue, grognant en sentant la fureur assoupie émerger.

Les deux m'encerclent, tournoyant autour de moi comme des hyènes autour d'une proie.

Mes poignes se contractent, mes muscles se bandent, mes épaules se haussent avec ma colonne vertébrale.

— On dirait que le plongeur est finalement prêt à en découdre, raille le plus costaud.

Je te laisse je ne sais combien de temps et je retrouve une mauviette, râle la voix.

Ferme-la. Tu me déconcentres, contré-je.

Dis-moi que tu n'as pas laissé partir ma muse, gronde-t-il.

Non. Mais elle risque de se sauver quand elle saura que tu es de retour, connard.

C'est seulement si elle le découvre, notifie-t-il d'un ton sournois.

— Montre-moi ce que valent tous ces muscles, me provoque le grand.

Un rictus sadique flanqué sur la figure, je remonte la capuche de mon sweat sur le sommet de mon crâne.

Je prends Laurel et toi Hardy, déclare Kael.

Je fais craquer mes cervicales de gauche à droite, puis redresse la colonne vertébrale.

Ouais, il est temps qu'ils fassent connaissance avec la Grim Reaper.

REMERCIEMENTS

Bon, je crois que le mot au pluriel donne un peu le ton, LOL.

Car, oui, il y a de nombreuses personnes qui, au fil des deux ans qu'a duré cette aventure de composition, m'ont accompagnée. D'autres m'ont apporté une aide précieuse en partageant leurs connaissances avec moi.

Je commencerai par ma moitié de cerveau, mon ovaire gauche, Micaela, alias ma Barloche.

Ma biche, tu sais que je ne suis pas très douée pour m'épancher, la faute à ces foutues voix psychotiques qui me parasitent le cerveau, MDR. En plus, il n'y a pas de mots assez forts dans le dico (du moins l'officiel, on passe outre le nôtre) pour exprimer ma gratitude pour tout ce que tu fais au quotidien pour moi et tout au long des différentes étapes de mon travail. Merci, c'est trop léger, alors je résumerai mes sentiments à ceci : tu es le phare dans ma nuit noire.

Oceane, ma petite darkfae, qui, mine de rien, mine de crayon (punaise je pars déjà en live, ça craint pour la suite) a fait une émergence dans la communauté TikTok dans le même laps de temps qu'il m'a fallu pour écrire un seul bouquin. Sans toi et ta passion, nous ne serions pas grand-chose dans cet océan vaste qu'est l'édition. Tu es à mes côtés depuis que Kieran a envahi ta bibliothèque. Tes encouragements, ta bonne humeur, ta force mentale et physique sont un putain de booster inimaginable. Tu es pour moi, ce qu'est le Red Bull pour Lennox.

Chloé, ma Miel, tu es toujours là pour moi quand le besoin se fait ressentir. Mais ça n'est pas suffisant pour me faire spoiler le type de fin de mes livres. (facepalm)

Anna Triss, ma belle maman, tu m'as été d'une assistance précieuse. Comment dire que j'ai été capable d'écrire un bouquin de 200 000 mots et pas foutue d'en composer 100 pour les résumer (si un jour, je ressens de la honte, tu seras la première à le savoir, PTDR). Merci d'avoir pris le temps pour moi alors qu'Arthur et Kel étaient encooooore en train de mettre le bazar dans ton bureau.

Je tiens aussi à remercier deux professionnelles de la santé qui m'ont apporté beaucoup de leurs savoirs afin d'aborder, avec un maximum de cohérences, le trouble du dédoublement de la personnalité. Avril Sinner et Jenifer.

Je ne peux oublier bien sûr toutes celles qui sont dans l'ombre de ma messagerie et qui me soutiennent à fond : Celine, ma tata Solène, Poupette, ma TikTokeuse d'enfer, Lorelei, wesh meuf ! Ma femme, le sang de ma veine, Tessa. Et bien d'autres que j'oublie en cet instant précis où je suis en train d'écrire cette phrase, là tout de suite, mon cerveau est saturé de sucre et de bonbons avec ces mots et il me menace de faire un reset.

Je ne peux pas terminer sans avoir, bien entendu, remercié mes lectrices (et lecteurs, car j'ai eu la chance d'en rencontrer deux. Les mecs, vous déchirez) qui sont avec moi depuis mes débuts. Sans vous, aucune magie n'aurait opéré. Alors, merci d'être là, c'est pour vous que je dors que quatre heures par nuit pour tout coucher sur papier (bah, Slo, t'es fumée ou quoi, tu écris sur un ordi). Bref ! Ne jouons pas sur les mots, on s'est compris.

Enfin, toute ma gratitude pour ces personnes qui opèrent leurs talents pour que la mayonnaise prenne. Anaïs Mony, Maryline Lallie, Maya Aasri, Orlane.

Printed in Poland
by Amazon Fulfillment
Poland Sp. z o.o., Wrocław
30 November 2023

56d6d70d-a091-4585-a9e2-66a2755b87d7R01